CHARLOTTE LINDERMAYR

Die heimliche Spur

CHARLOTTE LINDERMAYR

Die heimliche Spur

Kriminalroman

Impressum

Bibliografische Information der Deutschen Nationalbibliothek:
Die Deutsche Nationalbibliothek verzeichnet diese Publikation in der
Deutschen Nationalbibliografie; detaillierte bibliografische Daten sind
im Internet über http://dnb.dnb.de abrufbar.

TWENTYSIX - der Self-Publishing Verlag Eine Kooperation zwischen
der Verlagsgruppe Random House GmbH und der Books on Demand
GmbH

Herstellung und Verlag:
BoD – Books on Demand, Norderstedt

ISBN: 978-3-740-371212
Cover-Foto: tpsdave

Paris 2014

»Geschafft«, sagte Fabienne laut, als sie am Abend ihr Laptop zuklappte und sich in ihrem Schreibtischstuhl zurücklehnte.

Sie drehte sich um und sah durch die große Panoramascheibe ihres Büros. Dicht gedrängt reihten sich auf der Straße Autos mit ihren Scheinwerfern wie eine Perlenkette aneinander.

»Stör ich Dich«? fragte plötzlich eine dunkle Stimme leise hinter ihr.

Fabienne schloss die Augen. »Christian, natürlich störst Du mich nicht«, flüsterte sie ohne hinzusehen. »Ich habe nur gerade darüber nachgedacht, dass ich diesen Ausblick in der nächsten Zeit nicht mehr haben werde«.

Er drehte sie zu sich um. »Du wirst es hoffentlich nicht bereuen. Und jetzt komm bitte mit«.

Sie verließen gemeinsam das Büro und gingen langsam den Flur entlang.

»Wo wollen wir denn eigentlich hin«? fragte sie verblüfft. »Der Ausgang ist auf der anderen Seite des Gebäudes«.

Lächelnd zog er sie weiter und stieß die Tür zum Konferenzraum auf. Das Licht ging an.

»Überraschung«, riefen die Mitarbeiter und hielten Fabienne und Christian ein Sektglas entgegen.

Ein älterer Herr in einem dunklen Anzug sah sie freundlich an. »Entschuldigen Sie bitte diese überfallartige Abschiedsparty Madame Mercier«.

Er deutete auf Christian. »Monsieur Clément hat alles arrangiert und wollte, dass wir heute noch einmal hier zusammenkommen«.

Fabienne schluckte. »Oh bitte. Es ist schon so schwer genug für mich, denn ich werde Sie alle sehr vermissen«. Schnell wischte sie sich die aufsteigenden Tränen aus den Augen und sah sich um.

In der Mitte des Raumes war ein opulentes Büfett aufgebaut. Ein kleiner Champagnerbrunnen sprudelte leise vor sich hin.

»Christian, hast Du das wirklich alles organisiert«? fragte sie sichtlich beeindruckt.

Er nahm zwei Gläser und hielt ihr eins hin. »Ja, aber nicht allein. Ohne unseren geschätzten Monsieur Dupont und Deine Sekretärin Catherine würden wir jetzt hier nicht stehen«.

»Ich bin sowieso immer noch ratlos, wie es ab jetzt hier im Verlag ohne Sie weitergehen soll«, seufzte Adrien Dupont und tupfte sich einige Schweißperlen von der Stirn. »Vor diesem Tag habe ich mich regelrecht gefürchtet. Aber nun scheint es ja wirklich so zu sein«.

Fabienne nippte an ihrem Glas und sah betreten in die Runde. »Jetzt tun Sie doch nicht so, als ob die Welt unterginge«, sagte sie gespielt vorwurfsvoll.

»Und bis ich mein Kind bekomme, werde ich einmal im Monat bei meinen Eltern in Paris sein. Ganz bestimmt besuche ich Sie dann auch hin und wieder. So schnell werden Sie mich also nicht los«.

»Ich kann mir Sie nicht in Deutschland vorstellen Madame Mercier«, sagte nun Catherine leise. »Und schon gar nicht in einer relativ kleinen Stadt wie Freiburg. Sie haben schließlich immer hier gelebt«.

Christian ging lächelnd auf sie zu. »Jetzt machen Sie bitte meine Heimat nicht madig, Catherine. Gut Freiburg ist nicht Paris, aber dort leben immerhin auch über zweihunderttausend Menschen«.

Adrien Dupont drehte sich zu den Mitarbeitern um. »Jetzt lassen Sie uns ein bisschen feiern«.

»Gute Idee«, rief Christian. »Das Buffet ist hiermit eröffnet«.

Als sie später im Auto auf dem Heimweg waren, beobachtete er sie aus den Augenwinkeln.

»Wie fühlst Du Dich, wo Du gewissermaßen jetzt alles hinter Dir lässt«?

Fabienne schluckte und sah gedankenversunken aus dem Fenster. »Es ist nun mal so wie es ist«.

Sie drehte sich zu ihm hin und bemerkte seinen zweifelnden Blick. »Sei unbesorgt, ich wollte es doch genauso wie Du und wir haben es gemeinsam entschieden«.

Er nickte lächelnd, als sie an einer Ampel anhalten mussten. Während er weiter geradeaus sah, murmelte er: »Wenn erst einmal das Kind da ist, wird alles anders, glaube mir. Ich kann es sowieso kaum noch erwarten«.

»Morgen früh habe ich übrigens einen Termin in der ›Rue de Gogol‹«, seufzte Fabienne.

»Dr. Schadt will noch ein Testergebnis mit mir besprechen. Richtig spannend hat er es gemacht und wollte am Telefon nichts dazu sagen«.

Christian sah sie erschrocken an. »Warum denn das? Bisher war doch immer alles ok. Und Dir geht es doch auch gut, oder«?

»Ja, ich fühle mich mal abgesehen von den ewigen Rückenschmerzen relativ wohl«, murmelte sie leise. »Aber er hatte wieder das Wartezimmer voller Patientinnen und deshalb keine Zeit«.

»Ich werde Dr. Schadt noch heute Abend anrufen«, zischte Christian wütend. »Schließlich bist Du Privatpatientin und es geht um Deine Gesundheit und die unseres Kindes«.

»Bitte nicht«, antwortete sie schnell. »Ich kann im Moment keine Aufregung gebrauchen. Heute werde ich nur noch ein Bad nehmen und mich ausruhen«.

Sie waren in Montmartre angekommen. Christian parkte den Wagen in einer Seitenstraße und zog die Handbremse an. »Ich möchte mit zu dieser Untersuchung kommen, Fabienne. Lass mich daran teilhaben, denn es ist mir sehr wichtig. Zu gerne möchte ich unser Kind mal auf dem Monitor strampeln sehen«.

Fabienne antwortete nicht, sondern stieg schnell aus dem Auto.

Kurz darauf betraten sie die geräumige Penthouse-Wohnung. Christian lockerte seine Krawatte, warf den Wohnungsschlüssel auf ein Sideboard und ging ins Wohnzimmer, um den rot blinkenden Anrufbeantworter abzuhören.

An der Hausbar stellte er ein Cognacglas auf den Tresen, warf einige Eiswürfel hinein und goss einen gehörigen Schluck Alkohol darüber.

Leise hörte er im Badezimmer das Wasser rauschen und ein Duft von Lavendelöl durchzog jetzt das Appartement.

Und wieder hatte seine Schwiegermutter mindestens dreimal hintereinander angerufen, um sich mit überbesorgter Stimme nach dem Befinden ihrer Tochter zu erkundigen.

Er atmete durch. »Freiburg ist über fünfhundert Kilometer von Paris entfernt«, murmelte er leise vor sich hin. »Es wird höchste Zeit, dass sie sich endlich von ihren dominanten Eltern löst«.

Fabienne hatte gleich nach ihrem Abitur eine Eliteschule besucht.

Christian war sehr beeindruckt, dass sie an der ›Ecole Polytechnique‹ in Palaiseau erfolgreich angewandte Mathematik studiert hatte und nach ihrer Rückkehr nach Paris engagiert und selbstbewusst die Buchhaltung des Verlages ihres Vaters führte.

Die Firma von Robert Mercier war seitdem ihre Welt und Paris schon immer ihre Stadt.

Kurz nach ihrem fünfundzwanzigsten Geburtstag heiratete sie auf Drängen ihres Vaters den fast dreißig Jahre älteren Lucas Bellier, der schon viele Jahre seine rechte Hand in der Firma war.

Trotzdem traf sie sich abends oft allein mit Freunden in Clubs und Bars. Und immer wieder hatte sie Affären, von denen Lucas zwar oft wusste, oder es zumindest ahnte, sie aber nie zur Rede stellte.

Und dann lernte sie einen zehn Jahre jüngeren deutschen Journalistik-Studenten kennen.

Christian Clément. Groß, schlank, sportlich und gutaussehend. Sie verliebten sich ineinander und Fabienne ließ sich bald von Lucas Bellier scheiden.

Ihre Eltern waren außer sich, aber Fabienne war das egal. Schnell verschaffte sie ihm einen Job im Verlag, dennoch lebte Christian in erster Linie von ihrem Einkommen.

Anfangs gab Fabienne ihm zwar das Gefühl, dass sie das nicht störte und betonte immer wieder, Hauptsache er sei da.

Doch mittlerweile war sie sechsunddreißig und seit sie ein Kind von ihm erwartete, ließ sie ihm gegenüber öfter Bemerkungen fallen, die wie Nadelstiche wirkten. Dabei waren Sätze, dass sie beide ohne ihren Job im Verlag bald am

Hungertuch nagen würden, noch die Harmlosesten.

Immer wieder waren sie deshalb in Streit geraten und Christian fühlte sich erniedrigt.

Wütend hatte er dann die Wohnung verlassen, betrank sich in einem kleinen Bistro und verbrachte die Nacht auf der Couch im Wohnzimmer.

Am nächsten Morgen tat Fabienne dann meist so, als ob nichts gewesen wäre, aber er hatte schon einige Male mit dem Gedanken gespielt, seine Sachen zu packen und zu gehen.

Umso mehr wunderte er sich, als sie ihm eines Tages den Vorschlag machte, gemeinsam Paris zu verlassen und in seine Heimatstadt Freiburg im Breisgau zu ziehen.

Sie war plötzlich bereit, ihr ganzes bisheriges Leben hinter sich zu lassen.

War ihr Hormonhaushalt etwa durch die Schwangerschaft so aus den Fugen geraten, dass sie vielleicht Dinge tat, die sie sonst nie tun würde? Oder lief sie vor etwas Anderem davon?

Nur wovor?
Christian glaubte eigentlich nicht, dass sie Geheimnisse hatte, aber seit geraumer Zeit gingen sie einfach anders miteinander um.

Liebevolle kleine Gesten wurden immer seltener, es gab keine intensiven Gespräche mehr und Fabienne wich ihm aus, wenn er sie anfassen wollte. Je näher der Tag der Abreise nach

Deutschland kam, desto unsicherer wurde er. Grübelnd schwenkte er sein Cognacglas hin und her, nippte daran und stellte es schließlich resigniert weg.

»Christian? Hast Du was, oder geht es Dir nicht gut«? fragte sie plötzlich und setzte sich dicht neben ihn. Er sah sie mit unsicherem Lächeln an. »Ich muss mit Dir reden Fabienne«, begann er zögernd und lehnte sich zurück.

»Was ist denn los«? fragte sie beunruhigt und sah ihm offen ins Gesicht.

Mit ihrem pastellfarbenen flauschigen Bademantel und dem Handtuch, dass sie sich um den Kopf gewickelt hatte, um ihre nassen schwarzen Locken darunter zu verstecken, sah sie jetzt aus wie Kleopatra, die gerade einem duftenden Rosen-Bad entstiegen war.

Er schluckte. »Bist Du Dir wirklich sicher, dass Du mit mir nach Deutschland ziehen willst«?

Schlagartig setzte sie sich aufrecht hin. »Christian, was soll denn diese Frage? Suchst Du etwa schon wieder Streit? Natürlich gehe ich mit Dir mit. Wie kommst Du denn jetzt, kurz vor dem Umzug auf solche Gedanken«?

Er wiegte den Kopf. »Na ja, ich kenne eben nur zu gut Dein bisheriges Leben. Ich bin dann tagsüber in der Uni und Du allein mit unserem Kind in einer kleinen Wohnung. Das wird bestimmt eine gewaltige Umstellung für Dich«.

Er sah sie von der Seite an. »Und viel Geld werden wir auch nicht haben. Ich schreibe zwar dort wöchentlich meine Kolumne für eine Tageszeitung, aber wir werden uns beide einschränken müssen«.

Fabienne lächelte. »Na und? Wie Du weißt, habe ich einiges gespart und im Notfall rufe ich eben meinen Vater an. Er lässt uns ganz sicher nicht verhungern«.

»Und genau das möchte ich nicht Fabienne«, antwortete er mit ernster Miene. »Ich will finanziell nicht abhängig sein und mir irgendwann von Deinen Eltern Vorhaltungen machen lassen, dass ich nicht in der Lage wäre, die Familie zu ernähren«.

»Bis jetzt hast Du doch ganz selbstverständlich alles was mir gehört, auch mit in Anspruch nehmen können«, zischte sie mit blitzenden Augen. »Oder etwa nicht«?

»Ja Fabienne das stimmt, aber Du hast Dich verändert. Bei jedem falschen Wort bist Du aufbrausend und wir streiten sehr oft. Abgesehen davon, dass wir schon seit Wochen nicht mehr miteinander geschlafen haben«.

»Christian«, rief sie vorwurfsvoll. »Wie Du weißt bin ich schwanger«.

Er lächelte müde. »Ja Fabienne, das weiß ich. Aber wir haben noch fünf Monate Zeit bis zur Geburt«.

Er räusperte sich. »Und Dein Vater lässt auch keine Gelegenheit aus mir klar zu machen, dass er es viel lieber gesehen hätte, wenn Du bei Lucas geblieben wärst. Und Deine Mutter ruft jeden Tag mehrmals hier an. Ihre besorgte weinerliche Stimme macht mich ganz krank und man meint, dass Du gerade auf die Guillotine abgeführt worden bist«.

»Jetzt reicht es mir aber«, rief Fabienne. »Lucas ist, seit wir uns beide kennen und zusammen sind, nur noch ein Kollege im Verlag. Nicht mehr und nicht weniger, oder habe ich Dir je einen Grund gegeben eifersüchtig zu sein«?

Beleidigt verschränkte sie jetzt die Arme vor sich. »Was meine Eltern angeht, erwarte ich schon ein bisschen mehr Respekt vor Dir. Natürlich war es für Papa nicht gleich zu verstehen, als ich mich statt für Lucas, für Dich entschieden hatte. Und Mama ist eben wie sie ist. Im Übrigen sind sie beide jetzt über achtzig und ich bin nun mal ihre einzige Tochter«.

Christian stand auf, steckte beide Hände in die Hosentaschen und stellte sich vor sie hin.

»Entschuldige bitte Fabienne. Ich wollte weder Dich, noch Deine Familie kränken. Aber Du solltest auch mich verstehen und vor allen Dingen möchte ich sicher sein, dass Du in Deutschland nicht unglücklich sein wirst«.

»Willst Du etwa, dass ich hier in Paris bleibe und Du allein nach Freiburg ziehst«? fragte sie aufgebracht. »Das käme einer Trennung gleich«.

Er setzte sich wieder und atmete tief durch. »Ich möchte nur wissen, warum Du mir überhaupt den Vorschlag gemacht hast, nach Freiburg zu gehen«.

»Kann es sein, dass Du daran zweifelst, dass ich Dich liebe«? fragte sie erschrocken.

»Ich möchte es sehr gern glauben, Fabienne«, antwortete er mit heiserer Stimme. »Aber in letzter Zeit hatte ich nicht das Gefühl«.

Abrupt stand sie auf. »Ich kann es nicht fassen Christian, aber ich werde sehr genau über Deine Worte nachdenken«.

Langsam ging sie zur Tür.
Plötzlich sagte er: »Siehst Du, da haben wir es wieder. Wir können nicht reden, ohne wieder einmal in Streit zu geraten. Und meine Frage hast Du mir trotzdem immer noch nicht beantwortet«.

Fabienne drehte sich zu ihm um und fauchte: »Ich habe endgültig genug von Dir, pack Deine Sachen. Und selbstverständlich bist Du auch aus dem Verlag entlassen. Die Papiere werden Dir nachgeschickt und Dein Gehalt für zwei Monate überwiesen«.

Schnell warf sie die Tür zu und rannte die Treppe nach oben.

Christian starrte ihr nach und ließ sich gegen die Couchlehne fallen. »Was habe ich denn getan«? murmelte er. »Wieso erklärt sie mir jetzt plötzlich, dass es ›Aus‹ ist? Das kann doch nur ein Vorwand sein. Niemand wird das verstehen, denn ich verstehe es ja selbst nicht«.

Er schenkte sich einen weiteren Cognac ein und kippte ihn mit einem Ruck herunter. Dann stand er auf und ging die Treppe zum Schlafzimmer nach oben. Vorsichtig klinkte er an der Tür. Wie erwartet war sie verschlossen und eigentlich wusste er, dass es keinen Sinn hatte sie zu bitten, trotzdem zu öffnen.

Dennoch klopfte er leise an. »Fabienne, mach auf. Bitte lass uns in Ruhe über alles reden«.

Absolute Stille, sie antwortete nicht.
Resigniert ging er zum begehbaren Kleiderschrank nebenan und holte seinen alten Leder-Reisekoffer hervor. Langsam schob er jetzt die Schwebetüren an die Seite und warf achtlos seine Hemden, Pullover und die T-Shirts hinein. Dann verstaute er seine Anzüge und die Krawatten in einen Bügelkleidersack und zog er den Reißverschluss zu.

Unschlüssig stand er eine Weile da und wartete, ob sie vielleicht doch noch die Tür öffnen würde. Schließlich ging er kopfschüttelnd nach unten.

In Fabiennes Büro schaltete er das Licht ein und sah sich noch einmal um.

Er schluckte, als er jetzt das Bild betrachtete, dass auf ihrem Schreibtisch stand. Es zeigte sie in ihrem ersten gemeinsamen Urlaub an der Côte d'Azur. Glücklich lächelten beide dem Fotografen entgegen. Er öffnete den Rahmen, nahm das Bild heraus und steckte es in seine Sakkotasche.

Dann holte er seinen Reisepass aus einer Schublade und wollte die Schreibtischlampe wieder ausschalten.

Jetzt stutzte er, als er ein kleines mit Stoff bezogenes Album fand. Grübelnd drehte er es hin und her. Auf der Rückseite stand: ›Herzliche Grüße aus dem Saarland von Maja, Roman und Luce‹.

»Wer ist denn das«? murmelte er, als er die Fotos betrachtete. Im Mittelpunkt stand ein kleiner Junge, mal auf einem Spielplatz, mal beim Eis-Essen und dann wieder an seinem Geburtstag mit Freunden und Spielkameraden.

Christian hatte noch nie etwas von ihnen gehört oder gesehen, aber vielleicht war einer der Eltern mit Fabienne zur Schule gegangen.

Doch auch darüber hatte sie nie mit ihm gesprochen. Auch seinen gelegentlichen Fragen, ob es noch Freunde aus ihrer Kindheit oder Jugend gibt, war sie immer ausgewichen.

»Seit wann hat denn Fabienne Bekannte oder Freunde in Deutschland«? überlegte er.

Ratlos legte er das Album wieder an seinen Platz, schob die Schublade leise zu und löschte das Licht. Er wusste, dass sie es nicht mochte, wenn er allein in ihren Sachen kramte.

»Was machst Du noch in meinem Büro«? zischte sie plötzlich hinter ihm.

Christian zuckte zusammen. »Entschuldige bitte«, stotterte er. »Ich wollte nur meinen Reisepass holen und konnte Dich ja nicht danach fragen«.

»Und«? fragte sie ungerührt. »Hast Du ihn gefunden«? Er nickte wortlos. Die plötzliche Kälte in ihrer Stimme ließ ihn erschaudern. »Fabienne, warum tust Du das? Und warum bist Du plötzlich so abweisend? Wollen wir nicht doch noch einmal über alles reden«?

»Geh«, rief sie wütend. »Ich will Dich nie mehr wiedersehen«.

Christian starrte sie an. ›Was ist bloß in sie gefahren‹? dachte er entsetzt.

Hastig lief er an ihr vorbei, nahm seinen Mantel von der Garderobe und warf ihn über die Schulter. Dann nahm er den Koffer und den Kleidersack.

An der Wohnungstür drehte er sich noch einmal um. »Ich kann nicht verstehen, warum Du mich jetzt rauswirfst und nicht mit mir reden willst. Selbstverständlich gehe ich, aber solltest Du Dich doch besinnen und reden wollen, hast Du ja meine Mobilfunknummer. Und falls nicht, gib mir wenigstens Bescheid, wenn unser Kind geboren ist«.

»Du hast etwas vergessen«, antwortete sie schroff.

Er stutzte. Dann griff er in seine Hosentasche und streifte den Wohnungsschlüssel von seinem Bund. Verächtlich warf er ihn auf das Sideboard neben der Tür. »Du denkst aber auch an alles, nicht wahr«?

Ohne sie noch einmal anzusehen, zog er leise die Tür hinter sich zu.

**

Frustriert lief Christian mit seinem Gepäck langsam durch die dunklen Straßen. Es hatte zu regnen begonnen und ein frischer Wind blies ihm unangenehm ins Gesicht.

Als er einen Taxistand erreichte, winkte er kurz und öffnete hastig die Autotür eines Kombi.

Gerade wollte er seinen Koffer auf dem Rücksitz verstauen, da rief der Fahrer: »Oh Monsieur, das geht leider nicht. Ich habe schon einen Fahrgast. Es sei denn, der Dame macht es nichts aus«.

Christian begann etwas unsicher zu lächeln, als er Catherine erkannte. »Was für ein Zufall«, sagte er erstaunt. »Wohin wollen sie denn noch so spät am Abend«?

»Und Sie«? fragte sie freundlich. »Sollten Sie um diese Zeit nicht bei Ihrer Frau sein«?

Er hob die Schultern. »Eigentlich liegt das Nahe, aber warten Sie einen Moment, dann erkläre ich es Ihnen. Sie haben doch nichts dagegen, wenn ich mitfahre«?

Sie schüttelte den Kopf. »Nein, kein Problem«.

Er sah zum Taxifahrer. »Da haben Sie es gehört und wie Sie sehen, kenne ich die Dame«.

Nachdem der Taxifahrer das Gepäck im Kofferraum verstaut hatte, ließ sich Christian neben ihr auf den Rücksitz fallen und strich sich seine nassen blonden Haare aus dem Gesicht.

»In welche Richtung müssen Sie denn«?

»Nach La Défense zu meiner Mutter. Ich habe einige Besorgungen für sie gemacht und muss es ihr bringen, sonst hätte ich die Metro genommen. Und Sie«?

»Ich möchte zum Flughafen«.

Sie hob erstaunt die Augenbrauen. »Ganz allein? Und so plötzlich«?

Christian nickte. »Ja. Fabienne hat mich gerade hinausgeworfen«.

Der Taxifahrer drehte sich um und fragte: »Wohin zuerst«?

»Nach La Defense«, antwortete Christian schnell. »Ich habe kein Ticket und weiß sowieso nicht, ob ich heute noch wegkomme«.

Catherine sah ihn entgeistert an. »Fabienne? Sie machen wohl einen Scherz«?

Er sah sie ernst an. »Darüber würde ich niemals scherzen«. An den Taxifahrer gewandt, sagte er: »Fahren Sie bitte endlich los«.

Schweigend fuhren sie durch die nasse Stadt, während das Autoradio leise vor sich hin dudelte.

Catherine beobachte Christian aus den Augenwinkeln. »Was ist denn plötzlich passiert Monsieur Clément«? fragte sie leise. »Als sie den Konferenzraum mit ihr verlassen hatten, schien doch alles in bester Ordnung«.

Christian lächelte bitter. »Sie haben den Nagel auf den Kopf getroffen. Ja, es schien alles in Ordnung zu sein, aber im Grunde ist es das schon lange nicht mehr«.

»Aber Probleme hat doch jeder«, warf Catherine ein. »Man muss nur vernünftig darüber reden, dann gibt es meistens auch eine Lösung. Oder etwa nicht«?

»Warum leben Sie denn dann allein«? fragte Christian spitz. »Soweit ich weiß, haben Sie ja auch zwei Kinder«.

»Das ist nicht fair Monsieur Clément«, antwortete sie sichtlich getroffen. »Aber zu Ihrer Information. Ich war dreizehn Jahre glücklich verheiratet. Mein Mann Jules kam am fünfundzwanzigsten Juli 2000 ums Leben. Leider saß er in der Concorde-Unglücksmaschine nach New York, die kurz nach dem Start abgestürzt ist«.

Sie starrte aus dem Fenster, gegen die jetzt trommelnd die Regentropfen prasselten.

»Als mich die Nachricht erreichte, dachte ich, dass ich den Boden unter den Füßen verliere und mein Leben wertlos ist«. Sie sah zu Christian hin, der jetzt betreten ihren Blick erwiderte. »Aber da gab es ja noch unsere gemeinsamen, zu diesem Zeitpunkt zwölf und acht Jahre alten Kinder Philipe und Carole. Ich hätte sie niemals im Stich gelassen. Inzwischen bin ich sechsundfünfzig und es vergeht kein Tag, an dem ich nicht an meinen Mann denke«.

»Entschuldigen Sie bitte Catherine«, sagte Christian leise. »Fabienne hat es mir nicht erzählt und Sie haben ja auch nie darüber gesprochen. Wenn ich das gewusst hätte, dann …«.

»Was dann«? unterbrach sie ihn. »Ihre Bemerkung war einfach nur taktlos«.

Christian lehnte sich resigniert zurück. »Es war dumm von mir, aber ich bin gerade selbst nicht in guter Verfassung. Können Sie mir noch einmal verzeihen? Es kommt bestimmt nicht wieder vor«.

»Ja Monsieur Clément. Aber nun sagen Sie mir bitte, warum Sie und Fabienne sich heute getrennt haben«.

»Wir haben schon seit einiger Zeit Probleme miteinander. Und heute Abend gab wieder einmal ein Wort das Andere«.

»Und weiter«? fragte Catherine besorgt. »Deswegen muss man sich doch nicht gleich trennen«.

Christian schüttelte den Kopf. »Sie hat mich plötzlich angeschrien, mich dann, na sagen wir mal eindringlich aufgefordert, sofort die Wohnung zu verlassen und mir natürlich auch postum meinen Job gekündigt«.

Er atmete tief durch. »Ich konnte einfach nicht mehr mit ihr reden. So habe ich Sie noch nie erlebt«.

Grübelnd sah er Catherine an. »Darf ich Sie etwas fragen«?

Sie nickte. »Ja natürlich«.

»Als ich vorhin meinen Reisepass aus ihrem Büro geholt habe, fiel mir ein kleines Fotoalbum in die Hände. Darin waren Bilder einer Familie aus dem Saarland. Wissen Sie, ob Fabienne dort Verwandte oder Bekannte hat? Mir gegenüber hat sie nichts dergleichen erwähnt«.

»Nein, darüber weiß ich nichts, aber warum haben Sie sie nicht selbst danach gefragt«?

»Weil Sie mir keine Gelegenheit mehr dazu gegeben und mich zum Schluss mit eiskalter Miene regelrecht der Wohnung verwiesen hat«.

Catherine nickte. »Das erinnert mich an ihre Teenagerzeit. Da hatte sie oft Streit mit Ihrem Vater, war aufbrausend und vor allen Dingen gemein zu ihrer Mutter. Ich glaube einfach, dass ihr die Zeit als Mädchen in dem Internat nicht gutgetan hat«.

»Sie meinen auf der ›Ecole Polytechnique‹ in Palaiseau«? fragte Christian erstaunt. »Das verstehe ich nicht. Viele junge Leute studieren doch an anderen Wohnorten und leben in Internaten«.

Catherine nickte verständnisvoll. »Monsieur Clément, ich glaube, dass Sie bei Weitem nicht alles über Fabienne wissen«.

Er schluckte. »Wie meinen Sie das«?

»Fabienne musste schon mit sechs Jahren nach Toulouse in ein Internat. Ihr Vater hatte darauf bestanden, worüber ihre Mutter nicht glücklich war. Sie kam damit überhaupt nicht zurecht«.

Christian fasste sich an den Kopf. »Das habe ich nicht gewusst, aber jetzt wird mir einiges klar. Ihr Vater versucht seinen Fehler gutzumachen, indem er sie ständig mit Geld vollstopft und ihre Mutter ist aus diesem Grunde so überbesorgt um ihre einzige Tochter«.

Catherine nickte. »Sie haben es richtig erkannt«. Jetzt bremste der Taxifahrer. »Madame, wir sind in der ›Rue Voltaire‹ angekommen. An welchem Haus soll ich halten«?

»Gleich da, vor dem weißen Mehrfamilienhaus bitte«, antwortete Catherine.

Plötzlich hörten sie über den Taxifunk eine Nachricht. »Ein Häuserbrand in Montmartre. Meidet weiträumig den Bereich am Pigalle, insbesondere die ›Rue Pierre Fontaine‹. Die Feuerwehr und die Polizei haben alles abgeriegelt und Notarztwagen sind im Einsatz. Es soll Verletzte und sogar einen Toten gegeben haben«.

»Habe ich das gerade richtig gehört«? fragte Christian entsetzt. »In der ›Rue Pierre Fontaine‹ ist ein Häuserbrand«?

Der Taxifahrer nickte. »Kennen Sie dort etwa jemanden«?

Catherine antwortete schnell: »Ja, der Monsieur wohnt dort. Können Sie über Ihre Zentrale etwas genauere Informationen bekommen«?

Natürlich wusste auch sie, dass sich in dieser Straße die Wohnung von Fabienne befand.

Der Taxifahrer nahm ein Mikrofon in die Hand. »Hallo Michel, bitte melde Dich«.

Eine Weile war es ruhig, dann rief eine Stimme: »Was gibt es Serge«?

»Ich habe hier einen Fahrgast, der in der ›Rue Pierre Fontaine‹ wohnt. Weißt Du, in welchem Haus es brennt«?

»Nein, das kann ich im Moment leider nicht sagen. Ich weiß nur, dass es dort jetzt kein Durchkommen gibt. Drehe mal Dein Autoradio lauter. Vielleicht haben die etwas Neues«.

Christian kramte mit zittrigen Händen sein Mobiltelefon aus der Jackentasche und wählte hastig Fabiennes Festnetz-Nummer. Er bekam keine Verbindung. Genervt legte er wieder auf. »So ein Mist«, murmelte er. »Alles tot«. Schnell wählte er ihre Mobilnummer. Sofort sprang die Mailbox an. »Das darf doch nicht wahr sein«, rief er. »Ich kann sie nicht erreichen«.

»Was in einem solchen Fall nicht ungewöhnlich ist«, sagte Catherine. »Machen sie sich nicht verrückt, bestimmt ist Fabienne längst in Sicherheit«.

»Das glaube ich erst, wenn ich Gewissheit habe«, sagte Christian unruhig. »Ich würde es mir nie verzeihen, wenn ihr wirklich etwas passiert ist«.

»Warten sie bitte fünf Minuten«, sagte Catherine zum Taxifahrer und gab ihm einen Geldschein. »Ich bringe schnell die Sachen zu meiner Mutter und fahre mit zurück in die Innenstadt«.

Der Fahrer nickte und stellte sein Taxameter wieder auf null.

Angespannt und sichtlich nervös wartete Christian auf die Rückkehr von Catherine. Als die endlich wieder die große verzierte Zugangstür öffnete und zum Taxi lief, atmete er auf.

»Beeilen Sie sich bitte«, rief er dem Fahrer zu.

»Wir nehmen jetzt einen Schleichweg«, murmelte der. »Nicht ganz legal, aber im Moment interessiert mich das nicht und falls die ›Flicks‹ uns aufhalten, dann müssen Sie für mich aussagen«.

Sie fuhren durch entgegengesetzt verlaufende Einbahnstraßen, die um diese Zeit fast menschenleer waren.

»Mein Schwager arbeitet im gehobenen Dienst bei der Polizei«, sagte Catherine und klopfte dem Fahrer beruhigend auf die Schulter. »Im Zweifel wird er Ihnen helfen, denn auch mir hat er schon einige Bußgelder erspart«.

Christian sah sie staunend an. »Das hätte ich Ihnen gar nicht zugetraut«.

Der Taxifahrer kurvte geschickt um parkende Autos und schließlich kamen sie an eine Straßensperre am Pigalle.

Schon von weitem sahen sie blaue Signalleuchten. Ein Polizist beugte sich nach vorn.

»Bon soir, Madame und Monsieur«. Er nickte allen freundlich zu. »Ich darf Sie leider nicht weiterfahren lassen«.

»Meine Frau Fabienne Mercier wohnt in der ›Rue Pierre Fontaine‹«, rief Christian ungeduldig. »Wissen Sie, ob mit ihr alles in Ordnung ist«?

Der Polizist schluckte. »Wie war gerade der Name? Fabienne Mercier«?

Christian erschrak. »Wissen Sie etwas? Geht es ihr gut«?

Der Polizist drehte sich wortlos um und rannte zu einem an der anderen Straßenseite parkenden Einsatzwagen. Kurz darauf stiegen eine Frau und ein Mann aus diesem Auto und kamen direkt auf das Taxi zu.

Christian öffnete hastig die Autotür: »Was ist mit Fabienne? Nun sagen Sie schon, was los ist«.

Die beiden hielten ihm ihre Dienstausweise entgegen. »Ich bin Capitaine de Police Victor Levéfre«, antwortete der Mann ruhig. Er trug über einem dunklen Anzug einen hellen Regenmantel und hatte seinen Hut dicht ins Gesicht gezogen.

Man konnte sehen, dass er trotz der etwas altbackenen, aber dennoch sehr teuer wirkenden Kleidung, sicher nicht älter als vierzig war.

»Und das ist meine Kollegin Lieutenant de Police Isabelle Robin. Sind Sie Christian Clément«?

Der nickte und starrte ihn ungläubig an. »Woher kennen Sie meinen Namen«?

»Kommen Sie bitte mit«, sagte die Kommissarin. »Die Eltern von Fabienne Mercier sind auch bereits hier«.

Der Regen hatte inzwischen aufgehört. Sie liefen zwischen Feuerwehr-Fahrzeugen, hell blinkenden Polizeiautos und umherstehenden Polizisten zu einem provisorisch aufgebauten Pavillon, wo Robert und Beatrice Mercier auf zwei Klappstühlen saßen und starr vor sich hinblickten.

Als sie Christian erkannten, sprang Beatrice Mercier auf und schrie: »Warum hast Du Fabienne allein gelassen? Warum«?

»Was ist denn passiert«? stotterte Christian. »Was passiert ist«? rief Robert. »Unsere einzige Tochter ist tot, das ist los. Und wenn Du sie nicht allein gelassen hättest, dann würde sie bestimmt noch leben«.

Der Kommissar drängte ihn zurück. »Hören Sie bitte sofort auf damit Monsieur Mercier. Wir reden auf der Préfecture weiter«. Er gab seiner Kollegin ein Zeichen. »Lassen sie uns fahren«.

»Nein, ich höre nicht auf«, rief Robert aufgebracht. »Christian ist an allem schuld. Ständig hat er nur Unglück über meine Familie gebracht«.

»Und wer sind Sie«? fragte Victor Levéfre an Catherine gewandt, die Christian gefolgt war.

»Ich heiße Catherine Moreau, bin Mitarbeiterin des Verlages und war heute Abend mit Monsieur Clément zufällig in einem Taxi unterwegs«.

Der Kommissar holte einen Notizblock aus der Innentasche seines Mantels und fragte sie nach ihrer Adresse und ihrer Telefonnummer.

»Gut Madame Moreau«, sagte er, während er die letzten Zahlen notierte. »Wir werden Sie anrufen, falls es nötig sein sollte. Au revoir«.

»Moment«, rief Christian aufgebracht. »Wo ist Fabienne jetzt? Ich gehe hier nicht eher weg, bevor ich nicht wirklich davon überzeugt bin, dass sie das Todesopfer ist«.

Victor Levéfre sah ihn durchdringend an. »Kommen Sie mit«. Dann drehte er sich um und lief wortlos über einen Grünstreifen hinüber zu einem dunklen Van. Gerade wollte der Fahrer Gas geben.

»Warten Sie bitte«, rief er und hob die Hand. »Ich muss die Tote einem Angehörigen zeigen«.

»Hat das nicht Zeit bis Morgen«? fragte der sichtlich genervt. »Erstens sieht sie nach dem Brand nicht besonders appetitlich aus und zweitens haben wir gleich Feierabend«.

Der Kommissar packte ihn durch die offene Fensterscheibe am Revers und hatte ihn jetzt dicht vor seinem Gesicht. »Tun Sie was ich gesagt habe«, zischte er. »Anderenfalls sorge ich dafür, dass Sie Morgen Ihren Job los sind. Haben Sie mich verstanden«?

Verdattert stiegen der Mann und sein Beifahrer aus dem Wagen. Die Heckklappe wurde geöffnet.

Sie zogen den Sarg vorsichtig heraus und öffneten den Deckel.

Christian atmete schwer, als er langsam um das Auto herumging.

Ein Reißverschluss wurde aufgezogen und jetzt starrte er in ein verbranntes, schrecklich entstelltes Gesicht. »Sie ist es«, krächzte er. »Da gibt es keinen Zweifel«.

»Und was macht sie so sicher«? fragte der Kommissar gespannt. »Von ihrem Gesicht ist fast nichts übrig«.

»Die Ohrringe«, flüsterte er. »Ich hatte sie ihr zu Weihnachten geschenkt«.

Der Fahrer fragte vorsichtig: »Dürfen wir jetzt wieder schließen«?

Levéfre nickte. »Ja, bringen Sie sie bitte gleich in die Pathologie«.

Dann wandte er sich wieder an Christian. »Warum waren Sie eigentlich nicht bei ihr, als der Brand ausbrach«?

»Wir hatten Streit«.

Der Kommissar horchte auf. »Darüber werden wir reden müssen Monsieur Clément«.

»Wieso«? Das ist doch Privatsache«.

Victor Levéfre nickte. »Ja grundsätzlich schon, aber wir kennen im Moment die Brandursache noch nicht und haben keine Ahnung, warum sie es als einzige nicht rechtzeitig nach draußen geschafft hat«.

Schnell ging er zu Fabiennes Eltern, Catherine Moreau und seiner Kollegin, die bereits ungeduldig warteten.

»Ich möchte Madame und Monsieur Mercier auf die Préfecture begleiten«, sagte Catherine. »Ich hoffe, dass das möglich ist«.

»Wenn Sie wollen, dann fahren Sie mit«, antwortete Isabelle Robin.

Als alle eingestiegen waren, schob sie die Tür zu und drehte sich zu dem diensthabenden Polizisten um: »Passen Sie ein bisschen auf. Die Herrschaften sind im Moment nicht besonders gut aufeinander zu sprechen«.

Der nickte. »Danke für den Tipp, aber wir werden sie schon heil auf die Préfecture bringen«.

Schnell stiegen die Beamten ein und fuhren davon.

Isabelle Robin sah ihnen nach. »In der Nacht findet die Obduktion von Fabienne Mercier statt und die Spurensicherung hat auch noch einiges zu tun«.

»Dann nehmen wir nachher nur ihre Personalien auf und warten morgen das Ergebnis ab«, antwortete Victor Levéfre grübelnd. »Schließlich wissen wir ja noch nicht, ob es nur ein Unfall war. Erst wenn das geklärt ist, können wir gezielte Fragen stellen«.

Grübelnd rieb er sich das Kinn. »Aber interessant finde ich schon mal die Tatsache, dass Monsieur Clément und das Opfer kurz vorher Streit hatten. Fahren Sie jetzt erst einmal nach Hause, ich schaffe das allein«.

Dankbar sah Isabelle ihn an, denn ihr kleiner Sohn schlief allein zu Hause.

Sie nickte ihm zu und ging schnell zu ihrem Auto.

**

Christian Clément und Catherine Moreau standen kurz nach Mitternacht am Haupteingang der Préfecture und sahen sich ratlos an, nachdem Fabiennes Eltern wortlos an ihnen vorbeigegangen und schnell in ein Taxi gestiegen waren.

»Sie halten mich für den Grund allen Übels«, sagte Christian resigniert. »Und bestimmt denken Sie auch, dass ich mit dem Brand im Haus etwas zu tun habe«.

»Ziehen Sie keine voreiligen Schlüsse«, antwortete Catherine. »Und bedenken Sie, dass die beiden gerade ihr einziges Kind verloren haben. Etwas Schlimmeres kann einem Menschen nicht passieren«.

»Haben Sie daran gedacht, dass auch ich gerade meine Frau und mein Kind verloren habe«? schluchzte er. »Was soll ich denn jetzt machen«?

Sie sah ihn mitleidig an. »Wo schlafen Sie heute«?

Er hob die Schultern. »Keine Ahnung, ich werde mir ein günstiges Hotel etwas Außerhalb suchen, denn ich darf ja im Moment die Stadt nicht verlassen«.

»Wenn Sie wollen, können Sie erst einmal mit zu mir kommen. Philipe und Carole sind für ein paar Tage zu meiner Schwester ins Elsass gefahren. Sie lebt allein und die beiden helfen ihr ein bisschen auf dem Hof«.

»Na gut«, antwortete Christian dankbar. »Aber dann zahle ich jetzt das Taxi«.

Catherine lächelte. »Abgemacht«.

Lange wälzte sich Christian in dieser Nacht schlaflos hin und her. Ein alter Regulator an der Wand, der immer zur vollen Stunde einen leisen Gong von sich gab, tickte monoton vor sich hin.

›Warum habe ich Fabienne gerade heute zur Rede gestellt‹? dachte er. ›Ich hätte damit einfach bis zum nächsten Tag warten sollen. Nur die

Aussprache wäre so oder so unvermeidlich gewesen‹.

Wieder drehte er sich auf den Rücken und starrte an die Zimmerdecke. Kleine Lichtkreise tanzten umher, sobald ein Auto an den Fenstern vorbeifuhr. »Ich bekomme kein Auge zu«, murmelte er und setzte sich aufrecht hin.

Aus seiner Sakkotasche, die neben ihm am Stuhl hing, kramte er ein Päckchen filterlose Zigaretten hervor, die er seit einigen Wochen zwar mit sich herumgetragen, aber nicht mehr angerührt hatte.

»Sogar das hatte ich mir für sie abgewöhnt«, flüsterte er, während ihm die Tränen die Wangen hinunterliefen.

Als er ein Streichholz entzündete und den ersten Zug einatmete, wurde ihm übel.

Plötzlich ging das Licht an. Catherine stand in einen Morgenmantel gehüllt an der Tür und sah ihn vorwurfsvoll an. »Wenn ich nicht um die Umstände wüsste, hätten Sie jetzt ein Donnerwetter erlebt«, sagte sie streng. »In meiner Wohnung erlaube ich niemandem das Rauchen«.

Schnell ging sie zum Fenster und riss es sperrangelweit auf. »Ich konnte allerdings auch nicht schlafen. Kommen Sie mit in die Küche, ich habe gerade frischen Kaffee gemacht«.

Jetzt sah sie verächtlich auf die Zigarette, die er noch immer brennend in der Hand hielt.

»Und nehmen Sie diesen Glimmstängel mit, bevor auch noch mein schöner Teppich in Mitleidenschaft gezogen wird«.

»Entschuldigen Sie«, murmelte er niedergeschlagen. »Ich habe nicht nachgedacht«.

Er zog sich schnell sein Shirt über, schlüpfte in die Jeans und trottete hinter ihr her.

»Hier«, sagte sie beschwichtigend und stellte ihm einen kleinen Keramikaschenbecher auf den Tisch. »Er gehörte meinem Mann und wurde, seitdem er nicht mehr da ist, auch nicht mehr benutzt«.

Dann goss sie Kaffee und Milch in zwei große Bol-Tassen und stellte knuspriges Baguette daneben. »Wir müssen uns heute mit Marmelade begnügen«, sagte sie beiläufig. »Camembert kaufe ich nur am Wochenende auf dem Markt ein«.

»Danke«, sagte er betreten. »Aber ich bekomme im Moment sowieso keinen Bissen herunter«.

In kleinen Schlucken trank er jetzt den heißen Kaffee und fühlte sich langsam ein bisschen besser. »Vielen Dank Catherine«, flüsterte er. »Ich weiß nicht, was ich allein in einem tristen Hotelzimmer gemacht hätte«.

»Ist schon gut, aber jetzt reden wir mal Klartext. Was hat Fabienne dazu gebracht, Sie gestern Abend aus der Wohnung zu werfen«?

Christian hob die Schultern. »Wenn ich das nur selber wüsste«.

Er lehnte sich grübelnd zurück. »Wir haben gestern Abend gestritten und in der letzten Zeit sowieso leider zu häufig«.

Wieder sah er sie verzweifelt an. »Aber meiner Meinung nach hätte es nicht zu einer Trennung kommen müssen«.

Er schüttelte den Kopf. »Fabienne war dermaßen aggressiv und kalt. So habe ich Sie noch nie erlebt. Wenn ich jetzt darüber nachdenke, hat sie nur nach einem Vorwand gesucht mich loszuwerden«.

»Sie meinen, dass sie nicht wirklich mit Ihnen nach Deutschland gehen wollte«?

Christian wiegte den Kopf. »Ja und nein. Als ich wissen wollte, warum sie mir überhaupt den Vorschlag gemacht hatte dorthin zu ziehen, habe ich keine Antwort bekommen, aber im Gegenzug hat sie die Frage gestellt, ob ich daran zweifle, dass ich sie liebe«.

Catherine beugte sich nach vorn. »Und? Was haben Sie geantwortet«?

Er schluckte. »Dass ich es gern glauben würde, aber so, wie es in letzter Zeit war, nicht sicher bin«.

»Und dann«? fragte sie gespannt.

»Sie hat mich angeschrien und gesagt, endgültig genug von mir zu haben«.

Wieder brannte er sich eine Zigarette an und sog tief den Rauch ein. »Ich habe an der verschlossenen Schlafzimmertür geklopft, habe gebettelt, dass wir noch einmal in Ruhe über alles reden sollten. Nichts, keine Antwort«.

»Und dann haben Sie die Wohnung verlassen«? Er schüttelte den Kopf. »Nein, ich bin in ihr Büro gegangen, weil ich meinen Reisepass gesucht habe. Und da stand sie plötzlich doch hinter mir«.

Er grübelte wieder. »So schroff und abweisend war sie bei vorhergehenden Streitigkeiten noch nie. Glauben Sie mir Catherine, ich hatte gestern Abend nicht den Hauch einer Chance«.

»In ihrem Büro haben Sie dann das kleine Album gefunden, von dem Sie mir im Taxi erzählt hatten, oder«?

Christian nickte. »Ja«. Er dachte kurz nach. »Sagen Sie mal, können Sie nicht mal Fabiennes Eltern fragen, wer diese Familie auf den Fotos ist, denn mit mir werden sie bestimmt nicht reden«.

»Warum wollen Sie das wissen«?

»Weil ich das Gefühl habe, dass sie mir doch etwas verheimlicht hat«.

Catherine hob die Schultern. »Na gut, ich kann es versuchen, aber die Gelegenheit muss sich ergeben. Aus dem Nichts werde ich in dieser Sache kein Gespräch mit den Merciers suchen. Es kann also eine Weile dauern«.

Sie nahm sich jetzt das Obstglas, träufelte etwas Marmelade über ein Croissant und biss genüsslich hinein. »Essen sie wenigstens ein bisschen was, der Tag wird lang«.

Christian schüttelte den Kopf. »Vielleicht später«.

Er stand auf, steckte seine Hände in die Hosentaschen und ging zum Küchenfenster.

Draußen wurde es langsam hell. Er sah jetzt zu, wie ein Lieferant eilig Getränkekisten an einer gegenüberliegenden Pizzeria ablud. »Es ist schon seltsam«, murmelte er. »Das Leben geht wie gewohnt weiter, als wäre nichts geschehen«.

Catherine lächelte gequält. »Ja genau dasselbe habe ich damals auch gedacht, als mein Mann so plötzlich starb. Ich hatte oft das Gefühl, als ob nur ich so eine gewaltige Last zu tragen habe«.

Sie ging zu ihm hin und sah nun ebenfalls hinaus. »Es spielen sich täglich überall auf der Welt fürchterliche Tragödien ab, unter denen Angehörige oder Freunde zu leiden haben. Jeder schiebt so ein Szenario gedanklich von sich weg und hofft, dass es ihn nicht trifft, was ja auch normal ist«.

Jetzt drehte sie sich zu ihm hin. »Ihnen ist das jetzt leider passiert, aber bitte denken Sie daran, dass Sie nicht allein sind und falls es etwas gibt, bei dem ich, oder die Mitarbeiter im Verlag Ihnen helfen können, dann sagen Sie es. Wir werden alles tun, was wir können«.

»Danke Catherine«, antwortete Christian heiser.

**

Früh am Morgen saß Isabelle Robin hinter ihrem Schreibtisch und las in dem Ermittlungsprotokoll, dass Victor Levéfre noch in der Nacht angefertigt hatte.

Müde rieb sie sich die Augen, denn ihr kleiner Sohn Jacques hatte wieder einmal die Nacht zum Tag gemacht. Er bekam gerade seine Milchzähne, hatte deshalb Fieber und schlief unruhig.

Aber sie war froh, dass sie ihre Mutter dazu überreden konnte, sich heute um ihn zu kümmern, denn der Fall in der ›Rue Pierre Fontaine‹ interessierte sie brennend.

Ihr Mann Yves, der als Fernfahrer für eine große Spedition arbeitete, war gerade für mehrere Tage in Luxemburg unterwegs und oft nicht da, wenn dem Kleinen etwas fehlte. Und kam er dann zurück, war meistens schon das Schlimmste überstanden.

Sie nippte gerade an ihrem Milchkaffee, als Victor Levéfre das Büro betrat. »Guten Morgen Isabelle«, murmelte er, warf seine Aktenmappe auf seinen Stuhl und zog sich den Trenchcoat aus.

»Guten Morgen Monsieur«, antwortete sie und sah ihn fragend an. »Wie lief es denn gestern Abend mit den Merciers und diesem Christian Clément«?

Etwas mürrisch wiegte er den Kopf. »Ich habe zuerst mit Robert und Beatrice Mercier gesprochen. Sie sind natürlich am Boden zerstört und der festen Überzeugung, dass Monsieur

Clément schuld daran ist, dass ihre Tochter und auch ihr Enkelkind ums Leben gekommen sind«.

»Sie sagten gestern Abend etwas von einem Streit. Konnten Sie ihn danach fragen«?

Victor Levéfre ging zur Kaffeemaschine und goss sich eine große Tasse ein. Dann drehte er sich zu seiner Kollegin um.

»Nachdem ich seine Personalien festgestellt habe, wurden noch seine Fingerabdrücke nebenan bei Nicolas im Büro genommen. Währenddessen erzählte er mir, dass sie in eine, na sagen wir mal ernsthafte Diskussion geraten sind, die letztendlich darin endete, das sie ihn sofort rausgeworfen und auch seinen Job im Verlag gekündigt hat«.

Isabelle sah ihn misstrauisch an. »Welche Frau schmeißt denn den Vater ihres Kindes grundlos raus«?

»Na ja, ich war noch nie in der Situation Vater zu werden«, antwortete er grübelnd und trank einen Schluck Kaffee. »Zumindest haben wir aber hier einen Ansatz, es sei denn, die Spurensicherung findet bei der Brandursache, oder die Pathologie an der Leiche andere Ungereimtheiten«.

Er ging zu ihrem Schreibtisch. »Ist denn schon ein Ergebnis da«?

»Nein noch nicht, aber soweit ich weiß, schreibt Dr. Lambert gerade den Obduktionsbericht«.

Plötzlich klopfte es an der Tür und Nicolas Dubois betrat das Büro. »Guten Morgen«, sagte er grinsend. »Ich habe interessante Neuigkeiten im Fall Fabienne Mercier«.

Er setzte sich an Isabelles Schreibtisch auf den Rand und drehte dabei zufrieden einen Bleistift zwischen den Fingern.

»Die Brandermittler waren noch die ganze Nacht in der ›Rue Pierre Fontaine‹ und haben die Ursache dieses verheerenden Feuers geklärt«.

»Nun sag schon was es ist Nicolas«, rief Victor Levéfre. »Oder muss ich Dir jedes Wort einzeln aus der Nase zieh' n«?

»Der Hausmeister Alain Simon hat im Keller mit seinem Sohn an einem Motorrad gebastelt. Der hat dabei geraucht und irgendwann wurde der Tankdeckel geöffnet. Daraufhin gab es eine Verpuffung und das angrenzende Lager stand sofort in Flammen, weil dort verbotener Weise Schmieröl und was weiß ich nicht alles gelagert wurde. Durch die Steigschächte im Haus, die nicht ordnungsgemäß verschlossen waren, verrauchten dann in kürzester Zeit alle Flure und die Flammen schossen in die Etagen«.

»Dann können wir also Christian Clément als Verdächtigen ausschließen«? fragte Isabelle.

»Ich bin noch nicht fertig«, sagte Nicolas Dubois gedehnt. »Da der Concierge schnell und umsichtig gehandelt hat, konnten alle Bewohner rechtzeitig das Haus verlassen, nur Fabienne Mercier nicht. Nur warum«?

Er sah jetzt von einem zum anderen.

»Die Spurensicherung hat stundenlang ihre Wohnung untersucht und natürlich auch trotz der Brandschäden viele Fingerabdrücke von Christian Clément gefunden«.

»Das heißt doch gar nichts Nicolas«, antwortete Isabelle Robin. »Die beiden haben schließlich dort gemeinsam gewohnt«.

»Nach seiner eigenen Aussage hat Christian Clément gegen halb elf am Abend die Wohnung verlassen«, antwortete der. »Das bestätigte auch der Concierge. Und jetzt kommt der Clou. Die Spurensicherung hat zweifelsfrei ermittelt, dass die Wohnungstür zusätzlich von außen verriegelt war. Fabienne Mercier konnte nicht fliehen«.

»Was heißt denn zusätzlich verriegelt«? fragte Victor Levéfre und stützte sich mit beiden Händen auf den Tisch. »Als wir im Hausflur standen, war die Wohnung offen und es lagen nur noch verkohlte Reste von der Tür umher. Konnte die Spurensicherung das wirklich feststellen«?

»Das Türblatt war am Rahmen mit einer dicken Schraube fixiert«, sagte Nicolas und legte ihm einige Fotos hin. »Es wundert mich nur, dass um diese Zeit, wo es ja sehr ruhig im Haus ist, niemand von den Nachbarn etwas gehört hat. Wir haben schon einige befragt«.

Victor Levéfre grübelte. »Auf jeder Etage befindet sich nur eine Wohnung und zum

Treppenhaus und dem Aufzug gibt es eine Zwischentür. Wenn die geschlossen war, kann es schon sein, dass niemand etwas mitbekommen hat«.

Er sah Isabelle an. »Rufen Sie bitte gleich Dr. Lambert an und fragen ihn nach der Todesursache von Madame Mercier«.

An Nicolas gewandt, fragte er: »Wo ist Christian Clément jetzt«?

»Keine Ahnung, wir haben ihn zwar darüber belehrt, dass er Paris nicht verlassen darf, aber wo er sich im Moment aufhält, wissen wir nicht«.

Victor Levéfre nahm seinen Mantel. »Ich fahre jetzt in dieses Verlagshaus und rede als Erstes mit Catherine Moreau. Sie war ja gestern Abend mit ihm hier auf der Préfecture. Vielleicht weiß sie, wo wir ihn finden können«.

»Warten Sie bitte Monsieur Levéfre«, rief Isabelle. »Ich telefoniere kurz mit der Pathologie und dann begleite ich Sie«.

»Meinetwegen«, brummte der. Er hatte oft im Alleingang schwierige Fälle gelöst und sich noch immer nicht daran gewöhnt, jetzt eine Kollegin neben sich zu haben, die ihm auf Schritt und Tritt folgte.

Schnell nahm sie den Telefonhörer und ließ sich verbinden. Als sie wieder aufgelegt hatte, sagte sie: »Es passt alles zusammen. Fabienne Mercier ist durch die starke Rauchentwicklung ohnmächtig geworden und die Flammen haben ihr dann den Rest gegeben«.

»Das war abzusehen, nachdem was uns Nicolas gerade berichtet hat. Und jetzt kommen Sie schnell, wir müssen sofort Christian Clément finden«.

»Soll ich eine Fahndung nach ihm herausgeben«? fragte Nicolas.

Der Kommissar drehte sich an der Tür noch einmal um. »Ich melde mich aus dem Verlagshaus. Sollten wir ihn dort nicht finden und auch sonst niemand wissen, wo er steckt, kannst Du loslegen«.

Kurz darauf saßen sie im Auto und fuhren durch die Stadt. »Wo ist eigentlich dieses Verlagshaus«? fragte Isabelle. »Ich habe den Namen noch nie gehört«.

»Ich habe mir auf dem Stadtplan angesehen, wo sich das Verlagshaus befindet«, antwortete Victor.

»Wir müssen zum ›Place de la Bastille‹ und hinter der Ausfahrt zur ›Rue St. Antoine‹ befindet sich das Gebäude. Hoffentlich finden wir dort einen Parkplatz«.

Isabelle staunte. »Respekt. Die Merciers scheinen sehr vermögend zu sein. Immobilien in dieser Lage sind doch fast unerschwinglich«.

Victor sah sie von der Seite an. »Also ich kann gut darauf verzichten, oder wollen Sie jetzt mit denen tauschen? Alles Geld der Welt bringt denen ihre Tochter nicht zurück«.

Isabelle sah betreten aus dem Fenster und antwortete nicht. Sie standen jetzt im Stau und quälten sich langsam durch die Straßen.

Als sie schließlich das Gebäude erreichten, sagte Victor: »Da ist ein kleiner Innenhof mit Besucherstellplätzen«.

Er parkte seinen Citroen und zog die Handbremse an. Im Foyer des Hauses saß ein älterer Herr hinter einem Tresen und las Zeitung.

»Bon jour«, sagte der Kommissar höflich und hielt ihm seinen Dienstausweis hin. »Ich bin Capitaine de Police Victor Levéfre und das ist meine Kollegin Lieutenant de Police Isabelle Robin«.

»Darf ich mir Ihren Ausweis mal näher ansehen«? fragte der Mann freundlich. »Hab noch nie einen in der Hand gehabt«.

»Zweifeln Sie etwa daran, dass er echt ist«? fragte Victor Levéfre ungeduldig. »Abgesehen davon sind wir nicht zu unserem Vergnügen hier«.

Der Mann stutzte. »Oh entschuldigen Sie bitte, ich bin manchmal etwas zu neugierig. Wie kann ich Ihnen weiterhelfen«?

»Wir suchen Monsieur Christian Clément«, warf Isabelle Robin schnell ein. »Ist er im Haus«?

Der Concierge überlegte kurz. »Nein, ich habe ihn heute noch nicht gesehen«.

»Und Madame Moreau«? fragte sie weiter.

Sein Gesicht hellte sich auf. »Ja, Madame Moreau ist seit etwa einer Stunde hier. Ich habe mich darüber gewundert, denn sonst ist sie immer früher dran und eine der Ersten«.

»Und wo finden wir Sie«?

»Sie arbeitet in der Buchhaltung im dritten Stock«, erklärte der Concierge weiter. »Sie können es nicht verfehlen«.

Isabelle lächelte ihm noch einmal zu und schon gingen sie zum Aufzug, zogen die Gittertür auf und fuhren nach oben.

»Sie haben ihn ja richtig um den Finger gewickelt«, sagte Victor lächelnd.

Isabelle hob die Schultern. »Na und«?

In diesem Moment öffnete sich die Tür und Catherine Moreau stand mit einer Akte vor ihnen.

»Oh«, sagte sie verblüfft. »Wollten Sie etwa zu mir«?

»Ganz recht«, entgegnete Victor Levéfre. Sie traten in den Flur. »Wissen Sie vielleicht, wo sich Christian Clément gerade aufhält«? begann er ohne Umschweife. »Wir müssen ihn dringend sprechen«.

»Monsieur Clément ist gestern Abend mit in meine Privatwohnung gefahren. Ich habe es ihm selbst angeboten, denn er wusste nicht, wo er sonst hinsollte«.

»Und dort ist er jetzt auch«? fragte Isabelle Robin weiter.

»Ich nehme es an. Soll ich ihn anrufen«?

»Nein, nicht nötig«, antwortete Victor Levéfre schnell. »Ihre Adresse habe ich ja gestern notiert, wir fahren sofort selbst zu ihm hin, denn wir haben einige wichtige Fragen an ihn«.

»Dann komme ich aber mit«, antwortete Catherine. »Ich möchte nicht, dass die Polizei ohne mein Beisein meine Wohnung betritt«.

Der Kommissar hob die Schultern. »Na gut, Isabelle begleitet Sie in Ihr Büro, damit Sie Ihre Sachen holen können. Ich warte dann im Innenhof«.

Schon stand er wieder am Aufzug und drückte den Knopf. Draußen vor der Tür holte er sein Mobiltelefon aus der Manteltasche und wählte die Nummer von Nicolas Dubois in der Préfecture.

»Pass mal auf«, sagte er hastig. »Christian Clément ist angeblich in der ›Rue Jule Ferry‹ Nr. 23. Er hat dort bei einer Mitarbeiterin des Verlages übernachtet. Sie heißt Catherine Moreau und wir fahren jetzt gemeinsam mit ihr hin. Schick sofort einen Streifenwagen los«.

Schnell legte er wieder auf, denn Isabelle Robin und Catherine Moreau kamen auf ihn zu.

Schweigend fuhren sie durch die verstopften Straßen. Schließlich blieb Victor Levéfre längere Zeit an einer Ampel stehen. »Hat Ihnen Monsieur Clément gestern Abend vielleicht noch etwas Wichtiges erzählt, was unseren Ermittlungen dienen könnte«?

»Ich weiß nicht was Sie meinen Capitaine Levéfre«, antwortete Catherine scheinbar gelassen. »Das einzige was ich Ihnen konkret dazu sagen kann ist, dass er bestimmt nichts mit dem Tod von Fabienne Mercier zu tun hat«.

»Woher nehmen Sie die Gewissheit, wenn ich fragen darf«? fragte er kühl.

»Ich kenne ihn nun schon, seit er mit Fabienne zusammen ist«, entgegnete Catherine. »Ich müsste mich schwer in ihm täuschen«.

»Madame Moreau«, antwortete er ungerührt. »Ihre Meinung über Monsieur Clément in allen Ehren, aber was glauben Sie, wie oft ich schon während meiner Dienstzeit getäuscht wurde«?

»Was liegt denn gegen ihn vor«? fragte sie entsetzt. »Wollen Sie mir etwa ernsthaft erklären, dass er Fabienne tatsächlich umgebracht hat«?

»Im Moment gehen wir nur den Ergebnissen der Spurensicherung und der Obduktion des Opfers nach. Und deshalb müssen wir sofort mit ihm reden, mehr können wir jetzt nicht sagen«.

Er fuhr schnell an einem Auffahrunfall vorbei und konnte Gas geben, die Straße war frei.

Als sie schließlich in der ›Rue Jule Ferry‹ einbogen, sagte Catherine: »Da vorn das Haus mit dem grauen Stuck an der Fassade, das ist es«.
Der Wagen bremste. Isabelle Robin und Catherine Moreau stiegen aus.

»Warten Sie bitte, bis ich einen Parkplatz gefunden habe«, rief Victor ihnen nach und fuhr weiter, denn ein Kleintransporter hupte bereits ungeduldig hinter ihm.

Plötzlich hielt ein Streifenwagen. »Sind die auch wegen Monsieur Clément hier«? fragte Catherine erstaunt.

»Ja«, antwortete Isabelle Robin leise. »Das sind sie, aber es ist nur eine Vorsichtsmaßnahme«.

Catherine nestelte nervös ihren Schlüssel aus der Handtasche und öffnete die Haustür. Als sie mit den Kommissaren im Aufzug nach oben fuhr, sagte sie: »Ich bitte Sie um Diskretion, denn in diesem Haus haben die Wände Ohren«.

»Wie meinen Sie denn das«? fragte Victor Levéfre.

»Hier wohnt eine sehr neugierige alte Dame, die keine Gelegenheit auslässt, in der Nachbarschaft Neuigkeiten zu verbreiten«.

»Machen Sie sich keine Sorgen Madame Moreau«, antwortete Isabelle Robin. »Wir nehmen Monsieur Clément sowieso gleich mit auf die Préfecture«.

Der Aufzug blieb stehen und Catherine schob wortlos die Gittertür an die Seite. Dann öffnete sie die Wohnungstür.

»Christian«? rief sie. »Wo stecken Sie denn«? Die Kommissare sahen sich fragend an, während Catherine von einem Zimmer zum anderen lief.

Schließlich stand sie wieder im Flur. »Es tut mir leid, aber er ist nicht mehr da«.

»Hat er gesagt, dass er tagsüber das Haus verlassen will«? fragte Victor Levéfre.

»Nein, eigentlich nicht. Bevor ich zur Arbeit gefahren bin, hat er mir noch erklärt tot-müde zu sein. Er wollte duschen und sich erst einmal ausschlafen. Ich habe noch gesagt, dass das eine gute Idee sei. Und dann bin ich zur Arbeit gegangen«.

Der Kommissar holte sein Mobiltelefon aus der Manteltasche und wählte hastig eine Nummer.

»Nicolas«, sagte er. »Christian Clément hat die Wohnung von Madame Moreau verlassen. Gib sofort eine Fahndung raus. Und vergiss nicht die Bahnhöfe und die Flughäfen. Und zwar alle«.

Schnell legte er wieder auf.

»Meinen Sie wirklich, dass er auf der Flucht ist«? fragte Catherine. »Vielleicht sitzt er nur in einem Bistro und trinkt Milchkaffee«.

»Es ehrt sie sehr, dass Sie nach wie vor an das Gute in ihm glauben, Madame Moreau«, antwortete Victor Levéfre, als er zur Tür ging. »Ich bin da mehr als skeptisch«.

Er gab ihr eine Visitenkarte. »Bleiben Sie bitte heute daheim und falls er sich meldet, rufen Sie uns sofort an. Ach ja und wir müssen natürlich im Moment Ihr Haus überwachen«.

**

Christian stand hinter einem Zeitungskiosk in der
›Rue Pierre Fontaine‹ und beobachtete die
Gegend. Immer wieder sah er auf die dunkel
verrußte Fassade, wo er in der obersten Etage mit
Fabienne gewohnt hatte.

Fast alle Fensterscheiben hatten der gewaltigen
Hitze des Brandes nicht standgehalten und wurden
gerade von einigen Bauarbeitern notdürftig mit
Brettern verschlossen.

Der Eingang war mit einem Sperrband gesichert
und ein großer Schuttcontainer stand daneben.

In einem unbeobachteten Moment rannte er
über die Straße und blieb vor der großen hölzernen
Rundbogentür stehen.

Als er sah, dass ein Siegel der Polizei angebracht
war, dass niemanden den Zutritt erlaubte,
schluckte er. Vorsichtig drückte er dagegen.

Die Tür gab nach und nun stand er in dem
kleinen Windfang, durch den er bisher jeden Tag
mit Fabienne gegangen war.

Er schob die Pendeltür auf und schielte zum
Tresen, wo er immer den Concierge freundlich
begrüßt hatte. Niemand war zu sehen.

Überall roch es verbrannt und an den Wänden
hingen rußgeschwärzte Tapeten, die sich an den
Enden abgelöst hatten.

An der geschwungenen Wendeltreppe schaute er nach oben und hörte die Kommandos des Bauleiters, der seinem Trupp Anweisungen gab und sie zur Eile mahnte.

Schnell lief er in den ersten Stock und versteckte sich hinter einer Zwischentür, denn jetzt kamen ihm die Bauarbeiter lärmend entgegen.

Dann wurde es wieder ruhig.

Als er sicher war, dass außer ihm niemand in der Nähe war, rannte er schnell nach oben und stand schließlich vor der Wohnung.

Das Herz klopfte ihm bis zum Hals, als er in den offenen Flur trat und sich umsah.

Nichts war mehr, wie es mal war. Überall verbrannte Gardinen, Möbel, Teppiche und Bilder.

Der Parkettboden war schwarz verfärbt und ächzte unter jedem seiner Schritte.

Plötzlich stutzte er. »Hier muss Fabienne gelegen sein«, murmelte er.

Er hockte sich hin und starrte eine Weile auf die weiß umrandete Kontur. Irgendwann stand er wieder auf und ging in Fabiennes Arbeitszimmer.

Der Schreibtisch war kaum noch zu erkennen und die Tischplatte unter den Flammen zusammengebrochen.

Schnell lief er hin und zog vorsichtig die kleine Schublade auf, in dem er am Abend zuvor das Album entdeckt hatte.

Ein feines Lächeln umspielte jetzt seinen Mund, als er es fast unversehrt herausnehmen konnte. Schnell steckte er es unter seine Jacke.

Plötzlich erschrak er, denn er konnte jetzt Stimmen hören. Jemand sagte: »Seht noch einmal überall nach und seid vorsichtig. Er könnte sich irgendwo versteckt haben. Wenn Ihr nichts findet, wird die Wohnung durch eine Platte verschlossen. Bis auf weiteres darf sie niemand betreten«.

Murmelnd kamen Schritte nach oben. Christian sah sich hektisch um, denn jetzt musste er hier weg. Auf Zehenspitzen lief er ins Wohnzimmer zu einem Erker und riss das Fenster auf.

Er wusste, dass er von hier einen kleinen Balkon des Nachbarhauses erreichen und dann über die Feuertreppe nach unten gelangen konnte.

Schwer atmend stand er schließlich im Innenhof. »Ein bisschen mehr Sport in der letzten Zeit wäre sicher nicht schlecht gewesen«, murmelte er.

Zwischen umher stehenden Mülltonnen schlich er in den Flur und öffnete langsam die Haustür. Erschrocken sah er jetzt auf der anderen Straßenseite mehrere Dienstwagen der Polizei und erkannte die Polizisten, die am Abend zuvor mit ihm gesprochen hatten.

Doch dann stiegen plötzlich alle in ihre Fahrzeuge. Türen klappten und sie fuhren davon.

Er fasste sich jetzt an seine Jacke und atmete auf, als er noch immer das kleine Album darunter fühlte.

Dann strich er sich seine etwas wirren Haare glatt, steckte die Hände in die Hosentaschen und spazierte, langsam wie ein normaler Fußgänger aus dem Haus.

Als er an einem Flohmarkt vorbeischlenderte, kaufte er sich eine Sonnenbrille und ein Base-Cup. Dann holte er sein Mobiltelefon aus der Tasche und erschrak. ›Deshalb wussten die, wo ich gerade bin‹. Schnell schaltete er es aus.

Grübelnd lief er jetzt die Straße entlang. ›Wovor laufe ich eigentlich weg‹? fragte er sich. ›Schließlich habe ich weder Fabienne umgebracht, noch den Brand verursacht. Aber sie scheinen ja nach mir zu suchen, weil Fabiennes Eltern mit Sicherheit ausgesagt haben, dass ich an allem schuld bin‹, dachte er wütend.

›Und bestimmt waren sie auch schon bei Catherine in der Wohnung‹.

Jetzt sah er sich um und entdeckte eine Telefonzelle. Hastig blätterte er das Telefonbuch durch. Als er endlich ihre Nummer fand, warf er mit zittrigen Fingern ein paar Münzen ein.

Lange ließ er es läuten.
Gerade wollte er wieder auflegen, als er endlich ihre Stimme hörte.

Er atmete auf. »Salute Catherine«, flüsterte er. »Ich bin es, Christian«.

»Warum sind Sie denn heute weggegangen, ohne eine Nachricht zu hinterlassen«? fragte sie aufgebracht. »Und wo stecken Sie überhaupt«?

»War die Polizei bei Ihnen«? entgegnete er, ohne ihre Fragen zu beantworten.

»Ja und Sie haben mich in große Schwierigkeiten gebracht. Lucas Bellier hatte heute im Verlag eine große Präsentation und ich konnte nicht da sein, weil ich zu Hause bleiben muss und der Polizei Bescheid sagen soll, falls Sie auftauchen oder anrufen«.

»Ich bin zur Wohnung gefahren, weil ich das Album haben wollte. Dort habe ich mehrere Polizeibeamte gesehen, die anscheinend nach mir gesucht haben. Ich bin so darüber erschrocken, dass ich mich erst einmal verdrückt habe. Aber glauben Sie mir bitte, dass ich weder mit dem Brand, noch mit Fabiennes Tod etwas zu tun habe«.

»Dann haben Sie auch nichts zu befürchten. Stellen Sie sich der Polizei und sagen Sie alles, was Sie wissen, denn irgendwas haben die anscheinend in der Hand und suchen deshalb nach Ihnen«.

»Wenn ich jetzt aus dem Verkehr gezogen werde, sind mir die Hände gebunden«.

»Aber Sie machen sich nur noch mehr verdächtig, wenn Sie sich verstecken Christian. Jeder wird dann erst recht glauben, dass Sie es waren«, entgegnete

Catherine. »Und ich muss Monsieur Levéfre jetzt informieren, dass Sie mich gerade angerufen haben«.

»Sagen Sie es dem ruhig, denn ich will Sie da nicht mit hineinziehen. Au revoir Catherine und danke für alles«.

Schnell legte er wieder auf.

Grübelnd stand er da und plötzlich hatte er eine Idee. So schnell er konnte, lief er zur Metro-Station am Pigalle.

Als er schließlich, umringt von vielen Menschen, auf einer Rolltreppe stand, die ihn zum Bahnsteig brachte, überlegte er, wann er das letzte Mal mit einem öffentlichen Verkehrsmittel unterwegs war. Fabienne mochte es nicht und zog es vor, mit dem Auto durch die Stadt zu fahren.

Schneller waren sie meistens auch nicht, aber sie sagte ihm immer wieder, dass sie Beklemmungen bekäme, wenn sie sich das antäte.

Als er in die Metro einstieg, zog er sich sein Base-Cup tief ins Gesicht. Schier unendlich schien ihm die Fahrt. Als schließlich die Haltestelle Montparnasse durchgesagt wurde, atmete er auf.

Die Türen wurden geöffnet. ›Bloß raus hier‹, dachte er und drängte sich schnell an ein paar Touristen vorbei. Oben angekommen querte er eine Avenue und schon war er in der ›Rue Armand Moisant‹ angekommen.

Dort wohnte ein ehemaliger Polizist, der ihm bei einer Vernissage von Fabienne vorgestellt wurde.

Frédéric Legrand. Er war nach einem schweren Unfall im Dienst früh pensioniert worden und gelangweilt mit einem Glas Champagner dagestanden, denn die Bilder, die sich seine Frau Marie mit Fabienne an diesem Abend dort ansah, interessierten ihn eigentlich nicht.

Christian war mit ihm ins Gespräch gekommen und seitdem trafen sie sich hin und wieder in einem Bistro. ›Wenn mir jetzt jemand noch helfen kann, dann Frédéric‹, dachte er, als er den Klingelknopf drückte.

»Ja bitte«? fragte eine heisere Stimme an der Gegensprechanlage.

»Salute Frédéric«, flüsterte Christian. »Bist Du allein zu Hause«?

»Ja bin ich, komm doch hoch«.
Der Summer ertönte.

Christian lief so schnell er konnte, die Treppe nach oben. Völlig außer Atem stand er schließlich an der Wohnungstür, wo Frédéric bereits wartete.

Er trug einen dunkelroten Morgenmantel, war unrasiert und seine grauen Locken standen ihm zu Berge. Unter den Augen hatte er dunkle Ränder. Man konnte sehen, dass er gerade erst aufgestanden war und vermutlich am Abend zuvor zu viel Rotwein getrunken hatte.

»Lass mich bitte rein und mach die Tür zu«.

»Was ist denn los«? fragte Frédéric und begann zu grinsen. »Bist Du auf der Flucht vor Fabienne«?

Christian drehte sich zu ihm um. »Fabienne ist tot«.

Frédéric wich die restliche Farbe aus dem Gesicht. »Sag mal, spinnst Du? Wie tot«?

»Tot«, antwortete Christian. »Umgekommen bei einem Brand in der Wohnung«. Dann ließ er sich auf einen Küchenstuhl fallen.

Frédéric starrte ihn ungläubig an. »Ich kann es nicht fassen. Wie ist denn das passiert«?

Christian erzählte ihm nun zögernd von seinem Streit mit ihr, der darauffolgenden Trennung, dem Verhör auf der Préfecture und von der Übernachtung bei Catherine Moreau.

»Wer ist auf der Préfecture zuständig für den Fall«? fragte Frédéric sofort.

»Victor Levéfre und ...«.

Frédéric unterbrach ihn: »Victor Levéfre«, zischte er und seine Augen wurden dabei schmal. »Man sieht sich also doch zweimal im Leben«.

»Kennst Du ihn«? fragte Christian. »Das wäre ja ein Zufall«.

»Ja und was für einer«, antwortete er gedehnt. » Levéfre hat damals die Ermittlungen geleitet, als ich den Dienstunfall hatte«.

»Und weiter«? fragte Christian.

Frédéric ging zu seiner Kaffeemaschine, schenkte zwei Tassen ein und goss Milch darüber. Dann setzte er sich gegenüber und trank einen Schluck.

»Bei der Messerstecherei am ›Place de la Concorde‹, von dem ich Dir ja schon mal vor einiger Zeit erzählt hatte, war Victor Levéfre der Meinung, dass ich schuld sei, dass die Situation eskaliert ist. Er unterstellte mir ›unprofessionelles Verhalten‹. Und hätte der Gutachter, den mein Rechtsanwalt eingeschaltet hatte, das nicht widerlegen können, würde ich wahrscheinlich heute keine Pension bekommen und wäre unehrenhaft aus dem Polizeidienst entlassen worden«.

»Bist Du aber nicht, oder«? fragte Christian. Er schüttelte den Kopf. »Nein. Ich wurde in zweiter Instanz freigesprochen und rehabilitiert. Hat eine Menge Zeit, Kraft und Geld gekostet«.

Er zündete sich eine Zigarette an und sah Christian nachdenklich an. »Wie kann ich Dir jetzt helfen«?

»Ich war vor zwei Stunden noch einmal in der ausgebrannten Wohnung, weil ich ein kleines Fotoalbum gesucht habe. Den Grund erkläre ich Dir später. Und anschließend habe ich noch einmal mit Catherine von einer Telefonzelle aus gesprochen«.

Er machte eine kurze Pause. »Sie sagte mir, dass die Polizei nach mir fahndet. Frédéric, ich muss herausbekommen, was die gegen mich in der Hand haben«.

Grübelnd lehnte er sich zurück. »Ich denke zwar, dass Fabiennes Eltern ihre Finger da drin haben, denn sie haben mich gestern Abend schon beschimpft und unterstellt, dass ich an allem schuld sei«.

»Was könnten Sie denn gegen Dich in der Hand haben«? fragte Frédéric misstrauisch.

Offen sah Christian ihn an. »Nichts, denn ich habe nichts getan. Ich war es nicht«.

Er holte sich jetzt auch sein Zigarettenpäckchen aus der Tasche.

»Und was hat es mit diesem Fotoalbum auf sich«? fragte Frédéric weiter.

Christian zog es aus seiner Jackentasche und legte es vor sich auf den Küchentisch. Dann zündete er sich auch eine Zigarette an und blies ihm den Rauch entgegen.

»Ich habe es zufällig in Fabiennes Arbeitszimmer entdeckt und glaube, dass sie mir die ganze Zeit etwas verschwiegen hat«.

Frédéric begann darin zu blättern. »Sieht nach harmlosen Familienfotos aus. Was soll denn daran nicht stimmen«?

»Ich verstehe nicht, warum Fabienne das Album in ihrem Schreibtisch versteckt und ein Geheimnis daraus gemacht hat. Wenn es harmlos gewesen wäre, hätte sie es mir doch zeigen können und zum Beispiel gesagt, dass die Freunde von ihr sind«.

»Vielleicht hat sie es nur nicht so verbissen wie Du gesehen, oder ihr war es nicht wichtig genug«.

Frédéric begann zu grinsen. »Da kommt ja richtig Deine journalistische Spürnase zum Vorschein«.

»Es gab schon bessere Zeiten, um Witze zu machen«, antwortete Christian gereizt und klappte das Album wieder zu.

»Also gut«, antwortete Frédéric. »Als Erstes sollten wir aber herausfinden, was Victor Levéfre gegen Dich in der Hand hat. Um diese Leute in dem Album kannst Du Dich danach selber kümmern, ok«?

Er stand auf und holte ein kleines Notizbuch aus dem Flur. »Wie kann ich Dich denn im Moment erreichen«? fragte er weiter.

»Gar nicht, sondern ich melde mich wieder bei Dir«.

Frédéric sah ihn grübelnd an. »Und wo wohnst Du jetzt«?

»Das weiß ich ehrlich gesagt noch nicht, denn ohne Ausweis bekomme ich kaum ein Zimmer«.

Frédéric stand wortlos auf, holte sich das Telefon und tippte eine Nummer. Eine Weile ließ er es läuten.

»Salute Françoise«, sagte er schließlich. »Ich bin es, Frédéric. In etwa einer Stunde kommt ein Freund von mir bei Dir vorbei. Stell ihm bitte keine Fragen und gib ihm ein Zimmer«. Dann legte er auf.

Er nickte Christian zu. »Du nimmst Dir ein Taxi und fährst zur Avenue de la Paix. Das ist ganz in der Nähe des Flughafens Orly. Dort steigst Du aus und läufst in die ›Rue Waldeck Rousseau‹. Am Ende der Straße steht ein kleines Motel, das meinem Freund Françoise Bernard gehört. Geh in den Innenhof, er wird dort auf Dich warten«.

»Wie kann ich das wieder gut machen«? fragte Christian sichtlich erleichtert.

»Na ja, ich lasse mir etwas einfallen«, antwortete Frédéric grinsend. »Und jetzt verzieh Dich erst einmal. Marie kommt gleich heim, sie muss es gar nicht erst erfahren«.

Christian stand auf und ging zur Tür.

»Bevor ich es vergesse«, rief Frédéric. »Bleib auf Deinem Zimmer und rühr Dich nicht von der Stelle. Je weniger Leute Dich sehen, umso besser. Ich melde mich, sobald ich Neuigkeiten für Dich habe«.

Leise zog Christian die Tür hinter sich zu.

**

Isabelle Robin hatte gerade den Telefonhörer aufgelegt, als Victor Levéfre das Büro betrat.

»Monsieur«, sagte sie aufgeregt. »Catherine Moreau hat sich soeben gemeldet und gesagt, dass Christian Clément bei ihr angerufen hat«.

»Weiß sie etwa auch, wo er steckt«?

»Sie hat ihn wohl danach gefragt, aber da er hat sofort aufgelegt«.

Victor rieb sich seinen Dreitagebart. »Er spielt also Katz und Maus mit uns, na gut. Das kann er haben«.

»Er muss sie übrigens von einem Münzapparat angerufen haben«, sagte Isabelle. »Sein Mobiltelefon ist, seit wir es in der Nähe der ›Rue Pierre Fontaine‹ geortet hatten, nicht mehr eingeschaltet worden«.

Victor holte sich seinen Kaffeebecher und stellte sich grübelnd vor den großen Stadtplan, den er vor zwei Jahren hatte aufhängen lassen. Inzwischen war die Karte mit kleinen Fähnchen und bunten Stecknägeln übersät.

»Wo würde ich jetzt an seiner Stelle hingehen«? murmelte er leise vor sich hin.

Er drehte sich zu Isabelle um. »Hat Christian ein Auto zur Verfügung«?

»Keine Ahnung. Soll ich die Merciers anrufen«? Er schüttelte den Kopf. »Nein, wir werden zu ihnen fahren«. Er stellte seinen Kaffeebecher auf ihren Schreibtisch, nahm seinen Mantel und sagte: »Kommen Sie«.

Während sie langsam durch die Stadt fuhren, fragte Isabelle: »Wo wohnen die Merciers«?

»In der ›Avenue Victor Hugo‹. Sie besitzen ein komplettes Haus und haben allein durch die Mieteinnahmen ausgesorgt«.

»Wie haben Sie denn das herausgefunden«?

»Ich war gleich nach unserem Einsatz an der ›Rue Pierre Fontaine« noch einmal im Verlag und habe mit Lucas Bellier gesprochen, denn ich wollte mir einen Überblick über die gesamte finanzielle Situation der Merciers verschaffen«.

Er bog jetzt in die Avenue ein und kam vor dem Wohnhaus zum Stehen. »Oh, die haben sogar eine eigene Tiefgarage«.

Plötzlich kam ein Concierge auf sie zu und tippte an seine Mütze, nachdem Victor die Fensterscheibe heruntergelassen hatte. »Bon jour, kann ich Ihnen weiterhelfen«?

Victor Levéfre holte seinen Dienstausweis aus der Innentasche seines Sakkos und nickte. »Ganz recht, wir möchten zu den Merciers«.

»Dann parken Sie bitte im Untergeschoss und fahren mit dem Aufzug in den vierten Stock. Ich werde Sie anmelden«.

Mit einem Handsender öffnete er das Gittertor. Als die Kommissare schließlich oben durch einen mit Teppich belegten Flur auf die Wohnungstür zuliefen, sahen Sie, dass Robert Mercier bereits auf sie wartete.

Er war schwarz gekleidet und hatte die Hände auf dem Rücken verschränkt. Mit versteinerter Miene sagte er: »Kommen Sie bitte herein, aber das nächste Mal möchte ich Sie bitten, vorher anzurufen«.

»Bon jour Monsieur Mercier«, sage Victor Levéfre mit einem leichten Kopfnicken.

»Entschuldigen Sie bitte, aber wir haben einige dringende Fragen an Sie«.

Robert Mercier drehte sich wortlos um und ging voraus.

Die Kommissare betraten die Wohnung, die mit edlen Möbeln und geschmackvollen Vorhängen ausgestattet war.

»Nehmen Sie doch bitte Platz«, sagte Robert Mercier. »Darf ich Ihnen etwas anbieten? Einen Kaffee vielleicht«?

»Machen Sie sich bitte keine Umstände«, antwortete Isabelle Robin. »Wir werden Sie bestimmt nicht lange stören«.

Jetzt sah sie sich noch einmal um. »Ist Ihre Frau eigentlich auch da«?

Robert Mercier atmete schwer. »Sie schläft jetzt, nachdem sie zwei Flaschen Aperol getrunken hat«.

Sie sah auf ihre Armbanduhr. »Ist Ihre Frau um diese Zeit betrunken«? fragte Isabelle erstaunt.

»Als Fabienne mit sechs Jahren in ein Internat in Toulouse kam, weil ich es für das Beste hielt, begann meine Frau zu trinken, denn Sie kam damit einfach nicht klar. Anfangs habe ich es für Ausrutscher gehalten und gar nicht ernst genommen. Ich dachte, kann ja jedem Mal passieren, dass er zu tief ins Glas schaut. Und oft war ich nicht da, denn damals habe ich ja meinen Verlag geführt. Erst als es zu spät war, merkte ich, dass Beatrice unbedingt Hilfe braucht. Sie hat dann mehrere Entziehungskuren gemacht, aber wieder und wieder Rückfälle, nervliche Zusammenbrüche, das ganze Programm. Doch irgendwann hatte sie es geschafft und war seit über zwanzig Jahren trocken. Sie glauben nicht, wie erleichtert ich war«.

Er stand auf, ging zu einem Fenster und starrte hinaus. »Bis gestern, als ich erfuhr, dass meine Tochter gestorben ist«, fügte er verbittert hinzu.

»Woher meine Frau den Alkohol hatte, weiß ich nicht, aber das spielt jetzt auch keine Rolle mehr. Fabienne ist tot, aber wenn Beatrice jetzt auch noch abstürzt, ist meine Familie komplett zerstört«.

Er drehte sich um und sah in die betretenen Gesichter der Kommissare. »Deswegen sind Sie aber nicht gekommen, oder«?

»Fabienne und Christian ...«, begann Victor Levéfre.

Robert Mercier fiel ihm ins Wort. »Bitte nennen Sie nie wieder den Namen meiner Tochter zusammen mit seinem«. Mit funkelnden Augen sah er ihn an.

Victor Levéfre räusperte sich. »Entschuldigen Sie. Ich wollte wissen, ob und welche Autos die beiden besaßen. Bei der Behörde gab es zumindest keine Eintragungen«.

»Natürlich konnten beide uneingeschränkt unsere Firmenwagen benutzen, die Serge, mein Concierge gestern zurückgeholt hat. Wir hatten immer einen Zweitschlüssel hier im Haus«.

»Bei allem Respekt Monsieur. Sie haben gestern erfahren, dass Ihre Tochter ums Leben gekommen ist und sofort daran gedacht, Ihre Autos zurückzuholen«? fragte Isabelle Robin entsetzt. »Für mich wäre das unvorstellbar«.

»Für meine Frau auch«, entgegnete Robert Mercier. »Aber einer muss doch die Nerven bewahren und sich auch um diese Dinge kümmern, oder glauben Sie etwa, dass ich diesem Schmarotzer einen Audi Q7 überlasse«?

Wütend setzte er sich jetzt gegenüber. Victor Levéfre lehnte sich auf seinem Stuhl zurück und verschränkte die Arme. »Was haben Sie eigentlich gegen Christian Clément«?

Robert Merciers Augen wurden schmal. »Was ich gegen ihn habe? Da fragen Sie noch«?

Er stand wieder auf und lief wie ein Tiger im Käfig auf und ab. »Alles war perfekt, bis er in Fabiennes und unser Leben trat. Ein Bettelstudent aus Deutschland. Pah …«.

Robert Mercier geriet immer mehr in Rage. »Ich habe Fabienne zur Rede gestellt, habe sie gebeten, es sich noch einmal genau zu überlegen, ob sie sich von Lucas Bellier wirklich scheiden lassen will«.

Wieder stampfte er im Wohnzimmer hin und her. »Sie hat mir dann vorgeworfen, dass ich sie als Kind in dieses Internat abgeschoben hätte, wogegen sie sich nicht wehren konnte. Aber jetzt würde sie einmal in ihrem Leben das tun, was sie wollte«.

Er blieb stehen und sah die Kommissare mit hängenden Armen an. »Manchmal glaube ich, dass sie sich von Lucas Bellier nur getrennt hatte, um mich zu treffen«.

Isabelle Robin schüttelte den Kopf: »Glauben Sie denn wirklich, dass es bei der Trennung um Sie ging«?

Robert Mercier sackte auf einen Sessel und stützte die Hände ins Gesicht. »Ich weiß es nicht«, schluchzte er. »Weil ich Sie nie wirklich danach gefragt habe und jetzt kann ich es nicht mehr tun«.

Er begann endgültig zu weinen.

»Vielleicht reden Sie mal in Ruhe mit Lucas Bellier darüber«, sagte Victor Levéfre vorsichtig. »Er muss doch wissen, was Ihre Tochter in die Arme eines Anderen getrieben hatte«.

»War das alles, was Sie mit mir besprechen wollten«? fragte Robert Mercier heiser. »Ich muss nach meiner Frau sehen«.

Die Kommissare standen auf. »Vorerst ja Monsieur Mercier«, sagte Isabelle Robin leise. »Au revoir«. Schnell verließen sie die Wohnung und gingen zum Aufzug.

Auf dem Weg zur Tiefgarage sagte Isabelle: »Sie hatten neulich Recht. Für kein Geld der Welt möchte ich mit dieser Familie tauschen«.

Auf dem Rückweg zur Préfecture sah Victor Levéfre an einer Ampel grübelnd aus dem Fenster.

»Ich habe ein seltsames Grummeln in der Magengegend«, begann er. »Christian Clément ist zwar abgetaucht und wir tun jetzt schon so, als sei er definitiv schuld an dem Tod von Fabienne Mercier«.

»Worauf wollen sie denn hinaus«? fragte Isabelle.

Die Ampel wurde grün und er gab Gas. Während er jetzt in eine Einbahnstraße einbog und geschickt an parkenden Autos vorbeifuhr, sagte er:

»Im Grunde hätte doch Lucas Bellier das älteste Motiv der Welt. Erst verlässt Fabienne ihn wegen einem anderen Mann, dann wird sie schwanger und zuletzt erfährt er auch noch, dass sie für den alles aufgeben will, um nach Deutschland zu ziehen«.

»Was sie letztendlich aber doch nicht getan hat«, entgegnete Isabelle. »Nur das konnte er zum Zeitpunkt des Brandes nicht wissen«.

»Genau«, antwortete er und wendete waghalsig das Auto auf der Kreuzung. Ein Kleintransporter kam nur knapp neben ihm mit quietschenden Reifen zum Stehen. Der Fahrer kurbelte seine

Scheibe herunter und begann lauthals zu schimpfen.

»Fragen wir Monsieur Bellier doch mal nach seinem Alibi von gestern Abend«, sagte Victor, ohne ihn zu beachten.

Isabelle sah auf die Uhr am Armaturenbrett. »Sind Sie sicher, dass er jetzt noch im Verlag ist? Es ist schon halb sechs«.

»Da können Sie ganz beruhigt sein, denn Lucas Bellier ist ein Workaholic. Als ich heute Morgen bei ihm war, hat er mir erzählt, dass er in der Regel nie vor zehn das Büro verlässt«.

»Also einer, der lebt um zu arbeiten«, antwortete sie. »Bestimmt hat er seit Fabienne keine Freundin mehr gehabt«.

»Wenn es nichts mit dem Fall zu tun hat, ist mir das völlig egal«, sagte Victor Levéfre monoton.

Er wollte dieses Thema keinesfalls vertiefen, denn womöglich würde sie ihm dann auch noch Fragen zu seinem Privatleben stellen, zu dessen Beantwortung er nicht bereit war. Überhaupt schien ihm Isabelle Robin in dieser Hinsicht ein wenig zu neugierig, aber das würde er ab jetzt genauer beobachten, um rechtzeitig darauf reagieren zu können.

Doch die schwieg jetzt, holte ihr Smartphone aus der Handtasche und begann zu lächeln.

»Jacques hält ja meine Mutter ganz schön auf Trab«, sagte sie, während sie sich ein kurzes Video ansah. »Und heute Abend kommt mein Mann Yves aus Luxemburg zurück«.

Schnell schaltete sie ihr Privattelefon wieder aus, denn sie bogen gerade auf dem Parkplatz des Verlages ein.

»Sehen Sie doch«, sagte er plötzlich. »Er verlässt gerade das Büro«. Gerade öffnete der seine Wagentür und warf achtlos seine Ledermappe und eine Jacke hinein. Victor Levéfre zog hastig die Handbremse an, sprang aus dem Auto und lief hinter ihm her.

»Monsieur Bellier«, rief er. »Warten Sie bitte einen Moment«.

Erstaunt drehte er sich zu ihm um. »Was wollen Sie denn noch«? fragte er. »Ich habe Ihnen doch heute Vormittag schon alles gesagt, was ich weiß. Und jetzt habe ich gleich einen Termin bei den Merciers und bin ohnehin schon spät dran«.

»Nur eine Frage«, antwortete Victor. »Wo waren Sie gestern Abend nach der kleinen Abschiedsparty, die für Madame Mercier gegeben wurde«?

»Bin ich etwa verdächtig«?

»Das war nicht die Antwort auf meine Frage, abgesehen davon werden alle Personen überprüft, die sich in ihrem näheren Umfeld befanden und da gehören Sie nun mal dazu. Also, wo waren Sie«?

Lucas Bellier räusperte sich. »Muss das wirklich sein«?

Victor Levéfre sah ihn ungerührt an. »Ja, das muss sein«.

»Kann ich unter vier Augen mit Ihnen sprechen«?

»Natürlich, aber je nachdem, was Sie mir jetzt erzählen werden, kann ich nicht dafür garantieren, es für mich zu behalten«.

»Dann bitte ich Sie wenigstens um Diskretion«. Er nickte und sah seine Kollegin an. »Lassen Sie uns bitte einen Moment allein«.

»Ich bin mit dem Auto in die ›Rue Saint Denis‹ gefahren«, begann Lucas mit versteinerter Miene. »Dort war ich für zwei Stunden in einer Strip-Bar, dem ›Paradise-Club‹. Und anschließend habe ich mich wie jeden Dienstag mit Estelle in einem Stundenhotel getroffen«.

»Wie lange waren Sie dort und gibt es Zeugen«? fragte Victor Levéfre.

»Im Paradise-Club saß ich die ganze Zeit an der Bar. Der Barkeeper heißt Jean und kann Ihnen das sicher bestätigen. Ich habe bei ihm Martini bestellt. Später habe ich Estelle angerufen und war bis morgens um vier mit ihr zusammen. Als ich wieder zurück in meine Wohnung gefahren bin, wurde es schon hell«.

Victor zog Notizbuch und Kugelschreiber aus der Innentasche seines Sakkos. »Geben Sie mir bitte mal die Telefonnummer dieser Estelle«.

»Ist das wirklich nötig«? fragte er leise. »Estelle führt ein Doppelleben und hat Familie. Ihr Mann ist krank, arbeitslos und deshalb bessert sie damit die Haushaltskasse auf. Natürlich weiß er nichts davon. Er glaubt, dass sie am Abend Büros putzt«.

»Das kann ich weder Ihnen noch ihr ersparen«, antwortete der Kommissar.

Lucas Bellier öffnete seine Brieftasche und gab ihm mit ernster Miene eine Visitenkarte. »Da bitte«.

Victor Levéfre steckte sein Notizbuch wieder ein. »Wenn der Barkeeper im Paradise-Club und diese Estelle Ihre Angaben bestätigen, werden wir Sie nicht weiter belästigen Monsieur Bellier«.

Lucas nahm ihn am Arm und flüsterte: »Aber bitte erwähnen Sie nichts gegenüber den Merciers«.

»Monsieur Bellier, wir sind keine Kaffeeklatsch-Tanten«, entgegnete Victor brüskiert. »Au revoir«.

Er drehte sich um und ging mit schnellen Schritten zurück zu seinem Auto, wo Isabelle Robin gespannt wartete.

**

Am nächsten Tag saß Frédéric Legrand in seinem Auto gegenüber der Préfecture und beobachtete den Eingang. Ungeduldig sah er auf seine Armbanduhr. Es war jetzt kurz nach drei am

Nachmittag und Schichtwechsel. Jeden Moment musste sein ehemaliger Kollege Eric Fabre Feierabend haben.

Eric war der Einzige, bei dem er es wagte, ihn nach internen Informationen über die laufenden Ermittlungen zu fragen.

Sein Verhältnis zu Capitaine de Police Victor Levéfre war seit dem Unfall kein Gutes, denn er hatte für Frédéric vor Gericht ausgesagt.

Seitdem wurden von ihm keine seiner Anträge auf Beförderung befürwortet und immer wieder hatte er unregelmäßigen Schichtdienst.

Plötzlich sah er, dass ein alter olivgrüner Simca blinkend an der Ausfahrt stand. »Das muss er sein«, murmelte Frédéric und startete seinen Wagen.

Er folgte ihm nun vorsichtig, denn er musste sicher sein, dass niemand merkte, dass er mit ihm Kontakt aufnehmen wollte.

›Wo fährt Eric denn lang‹? dachte er, als der jetzt in Richtung Norden fuhr und schließlich hinter einem Kreisel in die ›Avenue Curie‹ einbog.

Mit quietschenden Bremsen hielt Eric an einem Reihenhaus, stieg aus und nahm seine Jacke und eine kleine Tasche von der Rückbank. Dann warf er die Autotür zu.

Frédéric gab Gas und kam neben ihm zum Stehen. Schnell ließ er seine Scheibe herunter.

»Salute Eric«, sagte er schnell. »Hast Du kurz Zeit für mich«?

»Frédéric. Woher weißt Du denn, wo ich wohne, oder hast Du mich verfolgt«?

»Ich muss mit Dir reden«, antwortete er, ohne auf seine Frage einzugehen.

»Jetzt gleich«? fragte Eric unschlüssig. »Ich habe eine Zwölf-Stundenschicht hinter mir«.

Frédéric nickte. »Bitte, es ist wirklich wichtig«. Eric sah sich um. »Dann lass uns zwei Straßen weiterfahren, da gibt es einen kleinen australischen Pub«. Grinsend fügte er hinzu: »Und gutes Bier«.

»Meinetwegen«, antwortete Frédéric. »Spring rein«.

Als sie dort ankamen und sich an einen kleinen Tresen gesetzt hatten, begann Frédéric: »Seit wann wohnst Du in dieser Gegend? Waren Dir und Deiner Frau die Stadtwohnung nicht mehr gut genug«?

»Julie ist mit den Kindern weg«, antwortete Eric tonlos. »Sie hat einen anderen Kerl mit mehr Zeit und Geld kennengelernt«.

Er trank jetzt hastig und setzte das leere Glas klirrend auf dem Tresen ab. »So viel Miete und Unterhalt für die Kinder sind einfach nicht machbar und deshalb wohne ich jetzt wieder bei meinen Eltern im Kinderzimmer. Tolle Karriere was«?

Frédéric schluckte. »Julie hat Dich verlassen und die Kinder mitgenommen? Wann denn«?

»Vor anderthalb Jahren«, antwortete er resigniert. »Sie hat mir keine Chance gegeben und mich von einem auf dem anderen Tag vor vollendete Tatsachen gestellt«.

»Warum hast Du Dich nicht bei mir gemeldet«? fragte Frédéric. »Vielleicht hätten wir eine andere Lösung gefunden. Du weißt doch, dass Marie und ich ein kleines Stadthaus mit zwei vermieteten Eigentumswohnungen haben. Im Erdgeschoss befindet sich zwar ein kleiner Laden, aber der würde Dich bestimmt nicht stören«.

»Ich wollte niemandem zur Last fallen und konnte lange keinen klaren Gedanken fassen«.

Jetzt sah er ihn an. »Vielleicht komme ich deshalb noch mal auf Dich zu, denn ein Dauerzustand ist das natürlich hier nicht«.

Frédéric nickte. »In Ordnung Kumpel. Wenn ich helfen kann, mache ich das gerne«.

»Und warum bist Du hier«? fragte Eric jetzt. »So wie ich Dich kenne, hast Du auch etwas auf dem Herzen«.

Frédéric grinste. »Ja, Du könntest mir auch einen Gefallen tun. Ich brauche unbedingt ein paar Informationen zu einem aktuellen Fall bei Euch«.

Eric lehnte sich erstaunt zurück. »Was meinst Du genau«?

»Es geht um den Brand in der ›Rue Pierre Fontaine‹, wo es ein Todesopfer gab. Fabienne Mercier«.

»Du meinst diese Sache, an der Victor Levéfre und Isabelle Robin dran sind«?

»Isabelle Robin«? fragte Frédéric. »Ist die neu«?

Eric nickte. »Ja, seit einem halben Jahr. Sie stammt aus der Bretagne und hat gerade ihren Abschluss gemacht. Levéfre hat so seine Probleme damit, denn wie Du ja aus eigener Erfahrung weißt, ermittelt er ja am liebsten allein«.

»Ich habe einen guten Freund, den Levéfre im Visier hat und der, zumindest bin ich davon überzeugt, unschuldig ist. Christian Clément«.

»Der ist zur Fahndung ausgeschrieben«, antwortete Eric erschrocken. »Halt Dich da lieber raus«.

»Ich pass schon auf«, sagte Frédéric gleichgültig und nippte an seinem Bier. »Aber falls ich beweisen kann, dass Levéfre ihn zu Unrecht beschuldigt, dann Gnade ihm Gott. Wie Du weißt, habe ich noch eine Rechnung mit ihm offen«.

»Und was willst Du jetzt von mir«? fragte Eric misstrauisch.

»Was hat Levéfre gegen Christian in der Hand«? fragte Frédéric und sah ihm offen ins Gesicht.

Eric schluckte. »Das weiß ich leider nicht«. Grübelnd drehte er sein Glas in der Hand.

»Aber soweit ich informiert bin, hat das Team um Nicolas Dubois dort die Spuren gesichert. Ich könnte ihn Morgen danach fragen, da ist unser Bowlingabend. Vielleicht erzählt er mir etwas, wenn er genügend getrunken hat«.

Er stand auf. »Ich bin nicht sicher, ob das gut geht«, sagte er zweifelnd. »Wenn das rauskommt, bin ich geliefert«.

»Ich werde schweigen wie ein Grab«, antwortete Frédéric mit ernster Miene. »Und heute Abend rede ich gleich mit Marie wegen unserer Mietwohnung. Die alte Dame, die jetzt noch darin wohnt, zieht in Kürze in ein Altenheim«.

»Danke Frédéric«, sagte Eric betreten. »Ich muss mir die Sache aber erst durch den Kopf gehen lassen. Bist Du noch unter Deiner alten Adresse erreichbar, falls ich etwas für Dich habe«?

Der nickte. »Ja klar, aber am besten wird es sein, wenn wir uns woanders treffen«.

Er grübelte einen Moment und sagte nun: »Ich werde übermorgen gegen fünf am Nachmittag in einer kleinen Boutique am Champs-Elyssee sein und ein Geburtstagsgeschenk für Marie kaufen. Der Laden heißt ›Manu‹. Du weißt ja, dass ich auf so kurze schwarze Teile stehe, die sie zu gewissen Anlässen hin und wieder am Abend trägt«.

»Du alter Schwerenöter«, antwortete Eric schmunzelnd. »Aber jetzt muss ich los, mein Vater wird sich wundern, wenn mein Auto vor dem Haus steht und ich nicht da bin. Au revoir mein Freund«.

Schnell verließ er die Kneipe und machte sich zu Fuß auf den Heimweg.

Frédéric zündete sich eine Zigarette an und winkte den Kellner herbei. »Bringen Sie mir bitte noch ein Bier«.

Er lächelte zufrieden, weil es ihm gelungen war, Eric dazu zu bringen, ihm die Informationen zu besorgen, die er brauchte.

Insgeheim überlegte er jetzt, ob es ihm mehr darum ging, sich an Capitaine de Police Victor Levéfre zu rächen, oder Christian Clement aus dem Schlamassel zu ziehen. Er wusste es im Moment selbst nicht, aber seinem Freund Eric, den er nun schon so viele Jahre kannte, wollte er auf jeden Fall helfen.

Kurz darauf machte er sich auf den Weg in die ›Rue Waldeck Rousseau‹. Er wollte jetzt unbedingt nach Christian sehen und ihm Hoffnung machen.

In einer nah gelegenen Seitenstraße parkte er den Wagen, setzte sich eine Sonnenbrille auf und schlenderte langsam zum Motel seines Freundes Françoise.

Als er das spärlich beleuchtete Hinweisschild entdeckte, musste er lächeln, denn Françoise waren Äußerlichkeiten schon immer egal.

Er war jetzt Anfang sechzig, hatte keine Familie und aß was er wollte. Am liebsten frisches Brot mit deftigen Schinken und streng riechenden Käse.

Er lebte von regelmäßigen Buchungen einiger Stammgäste und wenn mal niemand außer ihm selbst im Haus war, schlief er lange und ließ den lieben Gott einen guten Mann sein.

Sein Markenzeichen war eine braune Cordhose und bunte Hosenträger, die seinen dicken Bauch überspannten.

Frédéric lief in den Innenhof.

Françoise saß auf einem alten abgenutzten Holzstuhl und schützte mit einer Hand seine Augen vor der Sonne, als er eine Silhouette auf sich zukommen sah.

»Salute Françoise«, sagte Frédéric leise und sah sich kurz um. »Bist Du im Moment allein«?

»Salute«, antwortete der und nippte an einem Glas Rotwein, dass er gerne in der Abendsonne trank.

»Außer Deinem Freund, der den ganzen Tag im Appartement im Dachgeschoss im Bett liegt, ist niemand da«.

»Weißt Du, wie es ihm geht«?

»Na ja, er isst fast nichts und wenn man ihn etwas fragt, antwortet er mit ›ja‹ oder ›nein‹. Hat er was angestellt«?

Frédéric zog sich einen kleinen Hocker heran. »Nein, das hat er nicht, aber die Polizei sucht trotzdem nach ihm. Mehr kann und will ich Dir im Moment nicht sagen«.

»Was ich nicht weiß, macht mich nicht heiß«, antwortete Françoise ungerührt. »Und Ärger mit den ›Flics‹ kann ich sowieso nicht gebrauchen.

Wie lange wird er denn bleiben und wer bezahlt mich eigentlich«?

Frédéric wiegte den Kopf. »Ich schätze, dass er eine Woche hierbleiben wird. Hoffentlich ist die Sache bis dahin geklärt«.

Er nahm ihm am Arm. »Mach Dir keine Sorgen, Dein Geld bekommst Du auf jeden Fall«.

»Eine Woche ist in Ordnung«, murmelte Françoise. »Denn dann kommen drei Stammkunden aus Oslo, die hier jedes Jahr um die gleiche Zeit auf ein Heavy-Metal-Konzert gehen. Haben gestern Abend noch angerufen«.

Frédéric stand auf. »Alles klar und danke für Deine Hilfe«.

»Immer wieder gerne. Und pass an der Treppe auf, wenn Du hochgehst. Das Geländer wackelt. Hätte es schon längst mal reparieren sollen«.

Frédéric schmunzelte. ›So ist eben Françoise. Lässt sich durch nichts und niemanden aus der Ruhe bringen‹.

Er erreichte den Flur und stieg langsam die knarrende Holztreppe nach oben. Im Dachgeschoss angekommen sah er sich um. Am Ende des kleinen Ganges gab es eine unscheinbare Tür. Bestimmt würde niemand vermuten, dass hier ein Gast wohnen könnte.

Frédéric klopfte an. »Christian«, flüsterte er. »Mach auf, ich bin es Frédéric«.

Vorsichtig drehte sich ein Schlüssel im Schloss und die Tür wurde geöffnet. »Danke, dass Du gekommen bist«, sagte der.

»Was ist denn los«? fragte Frédéric, als er in dem kleinen Mansardenzimmer stand und die Tür wieder geschlossen hatte. »Du siehst total übermüdet aus. Hast Du nicht geschlafen«?

»Ich habe bis jetzt kein Auge zu bekommen«, seufzte der. »Bei jedem Geräusch schrecke ich hoch und letzte Nacht ist hier eine Katze im Haus herumgeschlichen. Bis ich wusste, was es ist, bin ich fast durchgedreht«.

Er ließ sich auf sein zerwühltes Bett fallen und schaltete den kleinen Fernseher aus, der auf einem Tisch in der Ecke stand. »Hast Du etwas herausgefunden«?

Frédéric hob die Hände. »Langsam Christian. So schnell geht es nicht, denn ich musste erst einmal alte Kontakte knüpfen. Aber ich habe jemanden gefunden, der mir in Kürze sagen kann, was man angeblich gegen Dich in der Hand hat«.

»Wirklich«? fragte er und sah ihn hoffnungsvoll an. »Wann wird das sein«?

»Frühestens übermorgen«, antwortete Frédéric. »Bis dahin musst Du Dich einfach gedulden. Es hilft alles nichts, aber bei Françoise bist Du erst einmal sicher«.

Christian lief jetzt, die Hände in den Hosentaschen vergraben, im Zimmer auf und ab.

»Ich bin zum Nichtstun verdammt«, zischte er bissig. »Das macht mich wahnsinnig«.

»Hör sofort auf damit«, fuhr Frédéric ihn an. »Wir müssen jetzt die Nerven bewahren, sonst machen wir Fehler und sind beide geliefert. Ich habe so etwas ganz bestimmt nicht nötig«.

Christian blieb stehen und schluckte. »Entschuldige bitte«. Dann setzte er sich wieder.

»Du hast ja recht, aber es ist hier sowas von trostlos«.

»Pass auf«, antwortete er. »Du duschst erst einmal, isst ein wenig von Françoise leckerer Salami und seinem Lieblingskäse und dann legst Du Dich schlafen. Morgen sieht die Welt bestimmt anders aus. Und lass Dich ja nicht gehen, denn wir haben bestimmt bald einiges zu tun«.

»Ok, ich werde es versuchen«.
Frédéric räusperte sich. »Hast Du eigentlich Bargeld? Wir müssen hier irgendwann Kost und Logis bezahlen«.

»Ich habe nur knapp hundert Euro dabei«, antwortete Christian. »Sonst habe ich ja immer mit Kreditkarte bezahlt, aber die sind von Lucas Bellier auf Anweisung meines Schwiegervaters bestimmt gesperrt worden«.

»Oder die Polizei wartet nur darauf, dass Du sie benutzt und wissen sofort, wo sie nach Dir suchen müssen«, ergänzte Frédéric und schüttelte den Kopf. »Lass gut sein. Ich werde später bei Françoise die Rechnung begleichen. Du gibst mir das Geld zurück, wenn alles vorbei ist. Und morgen bringe ich Dir ein paar T-Shirts«.

Christian sah ihm ins Gesicht. »Du bist wirklich ein echter Freund«.

Frédéric begann zu lächeln. »Kein Problem«.

**

Isabelle Robin und Victor Levéfre waren auf dem Weg in den Nordosten von Paris zu Estelle Carlos.

Als sie in der Vorstadt Pantin ankamen, sagte Isabelle: »Sie hat heute Morgen am Telefon geweint, als sie hörte, warum wir sie sprechen wollen«.

»Das ist ganz bestimmt nicht mein Problem, verehrte Kollegin«, antwortete Kommissar Levéfre ungerührt.

»Haben sie denn mit solchen Leuten gar kein Mitleid«? fragte sie sichtlich entsetzt.

»Warum sollte ich? Und erzählen Sie mir ja nicht, dass sie keine Wahl gehabt hätte. Diesen Spruch habe ich während meiner Laufbahn schon zur Genüge gehört«.

Isabelle schwieg jetzt, denn sie hatte das Gefühl, dass er in dieser Hinsicht seine vorgefertigte unumstößliche Meinung bestimmt nicht ändern würde. Zumindest tat er ständig so.

Aber sie sah es doch anders, seit ihre Cousine Jaqueline nicht mehr lebte. Als Kinder hatten sie oft zusammengespielt, ihren Puppen die Haare gekämmt und gemeinsam übernachtet.

Als Jaqueline siebzehn wurde, zog sie mit ihren Eltern nach Lille und hatten keinen Kontakt mehr.

Drei Jahre später erfuhr Isabelle, dass sie von zu Hause abgehauen, sich prostituiert hatte und schließlich an einer Überdosis Heroin gestorben war.

Isabelle hatte sich nie verziehen, Jaqueline jemals angerufen, oder eine Postkarte geschrieben zu haben. Vielleicht hätte sie ja doch helfen können.

Als ihr Sohn auf die Welt kam, gab sie ihm den Namen ›Jacques‹. Wenigstens der Name würde dann ein wenig an sie erinnern.

In einem Viertel, dem man schon von Weiten ansah, dass es sich um Sozialwohnungen handeln musste, blieb Victor Levéfre vor einem ziemlich heruntergekommenen Reihenhaus stehen. »Hier muss es sein«, murmelte er, zog die Handbremse an und stieg aus. Isabelle folgte ihm.

Kurz darauf standen sie vor einer schäbigen Haustür, wo auf einem kaum leserlichen Klingelschild in Schreibschrift der Name ›Carlos‹ stand.

Victor Levéfre drückte energisch den Knopf. Ein dumpfes Läuten war zu hören.

Die Tür wurde geöffnet und Estelle stand vor ihnen. Sie war sicher nicht älter als fünfunddreißig, gertenschlank und hatte die lockigen schwarzen Haare, die man an ihrer Stirn und den Schläfen sehen konnte, unter einem Kopftuch zusammengesteckt.

Sie trug eine alte verwaschene Jeans und hatte eine ausgebleichte Schürze darüber gebunden.

Unsicher fragte sie: »Sind Sie von der Polizei«? Er nickte und hielt ihr seinen Ausweis entgegen. »Ich bin Capitaine de Police Victor Levéfre«.

Dann deutete er auf Isabelle. »Meine Kollegin Lieutenant de Police Isabelle Robin, Sie haben heute bereits mit ihr telefoniert. Dürfen wir hereinkommen«?

Sie schaute etwas hektisch nach hinten in den Flur. »Können wir im Garten reden? Wissen Sie, mein Mann schläft gerade und dann stören wir ihn nicht«.

»Um diese Zeit«? fragte der Kommissar und sah auf seine Armbanduhr. »Es ist noch nicht einmal zwölf Uhr am Mittag«.

Estelle zog die Tür leise hinter sich zu, kam die zwei Treppenstufen herunter und lief um das Haus herum in den Garten.

Ohne die Kommissare anzusehen, erklärte sie: »Durch seine Medikamente macht er oft die Nacht zum Tag. Und dann schläft er eben, wann er will und wo er geht und steht«.

Eilig klopfte sie nun zwei kleine Sitzkissen auf einer Holzbank auf. »Hier bitte«, sagte sie. »Ich hoffe, dass es so geht«.

Isabelle nickte ihr freundlich zu und wollte sich eben setzen. Plötzlich stutzte sie. »Was sind das für blaue Flecke an Ihren Oberarmen und an der Schulter«?

»Ach nichts weiter«, antwortete Estelle hastig. »Ich bin nur manchmal etwas ungeschickt«.

Schnell wickelte sie ein Tuch darüber und verschränkte die Arme vor sich.

Victor Levéfre trat direkt vor sie hin. »Schlägt Ihr Mann Sie«?

Mit flackernden Augenlidern antwortete sie: »Nein, wie kommen Sie denn darauf«?

Plötzlich hörten sie eine betrunkene Männerstimme durch ein offenes Fenster rufen: »Estelle, wo steckst Du«?

»Das ist mein Mann«, flüsterte sie. »Ich flehe Sie an ihm nicht zu sagen, warum Sie hier sind«.

Victor Levéfre sah kurz zu seiner Kollegin herüber. Dann nickte er ihr zu. »Sagen Sie mir, wo Sie am Dienstagabend in der Zeit von zehn bis etwa vier Uhr morgens waren«.

Estelle schluckte: »Lucas Bellier hat mich so wie jede Woche abends gegen zehn Uhr angerufen und dann haben wir uns in einem Stundenhotel in der ›Rue Saint Denis‹ getroffen. Kurz vor fünf Uhr am Morgen war ich wieder zu Hause«.

Beschämt blickte sie auf den Boden und wischte sich die aufsteigenden Tränen weg. »Er ist immer sehr zuvorkommend und mit dem Geld, das er mir gibt, kann ich wenigstens für die Kinder sorgen«.

Jetzt trat Isabelle zu ihr hin und gab ihr eine Visitenkarte. »Madame Carlos, sollten Sie unsere Hilfe brauchen, dann rufen Sie uns bitte an«.

Schnell verbarg sie die Karte in ihre Schürzentasche unter einem Taschentuch.

»Danke«, schluchzte sie. »Und jetzt bitte ich Sie zu gehen, bevor mein Mann merkt, dass Sie Polizisten sind. Er würde mir bestimmt keine Ruhe lassen, bis er weiß, warum Sie hier waren«.

Schnell drehte sie sich um und verschwand über die Terrasse im Haus.

Schweigend fuhren die Kommissare Richtung Innenstadt.

Aus den Augenwinkeln beobachtete Isabelle immer wieder Victor, der stur geradeaus sah.

»Ich weiß genau, was Sie jetzt über mich denken«, sagte er plötzlich.

»So? Was denke ich denn«? fragte sie spitz zurück.

»Das ich überheblich und arrogant bin und über Menschen urteile, von dessen Leben und Problemen ich keine Ahnung habe«.

»Vorhin beschlich mich tatsächlich der Eindruck«, antwortete sie. »Aber vielleicht ist Estelle Carlos durch diesen Mann in eine solche

Lage geraten, ohne dass sie etwas, oder nur wenig dafürkonnte«.

Sie ließ die Autoscheibe ein Stück herunter und während ihr der warme Fahrtwind ins Gesicht wehte, sagte sie: »Vielleicht war es bei diesem Ehepaar am Anfang ganz anders. Sie haben sich geliebt, später geheiratet und dann kamen die gemeinsamen Kinder auf die Welt. Aber er wurde vielleicht krank, oder Teufel Alkohol kam ins Spiel.

Plötzlich verliert er seinen Job und gibt jedem die Schuld an dem ganzen Dilemma, nur sich selbst nicht. Und lässt den Frust irgendwann an seiner Frau und den Kindern aus. Anfangs glaubt sie, dass es eine Ausnahme ist, wenn er mal die Nerven verloren hat und ihm die Hand ausrutscht ist. Doch dann kommt es immer öfter vor, Drohungen, Schläge, das ganze Programm«.

Wieder machte sie eine Pause und überlegte. »Und plötzlich trifft sie vielleicht zufällig einen Mann wie Lucas Bellier, der selbst von seiner Frau abserviert wurde und zutiefst verletzt ist. Er ist liebebedürftig, kann sie aber nicht in seine Welt einbeziehen, da ihm letztendlich seine Karriere und sein Job wichtiger sind. Doch sie treffen ein Arrangement, bei dem jeder auf seine Weise profitiert«.

Victor Levéfre schluckte. »Entweder haben Sie Psychologie studiert, ein Helfersyndrom, oder es selbst erlebt«.

»Nichts von allem«, antwortete sie kurz angebunden. »Aber falls sie von ihrem Mann misshandelt wird, können wir das keinesfalls ignorieren«.

»Was würden Sie denn tun«? fragte er.

»Ich würde ihr Mut machen aus diesem Teufelskreis auszubrechen«, antwortete Isabelle entschlossen. »Schon der Kinder wegen. Und möglicherweise kann man auch ihrem Mann helfen, denn vielleicht ist auch da noch nicht alles verloren. Er könnte sich behandeln lassen, eine Therapie beginnen und sich dann wieder auf seine Familie besinnen«.

»Sie haben doch Psychologie studiert«, antwortete er schmunzelnd. »Geben Sie es zu«.

Sie sah ihn jetzt auch lächelnd an. »Nein, das habe ich nicht. Das sagt mir einfach nur mein gesunder Menschenverstand«.

»Na gut«, antwortete er. »Wir fahren jetzt in diesen Club, wo Lucas Bellier angeblich an dem Abend war und fragen diesen Barkeeper, ob er tatsächlich da war. Allerdings halte ich das nur noch für eine Formsache. Und morgen rufen Sie bei Estelle an, damit sie sich bei der Fürsorge meldet. Überreden Sie sie genauso überzeugend wie mich«.

Isabelle lehnte sich zufrieden zurück und sagte ironisch: »Sie haben ja direkt menschliche Züge Monsieur Levéfre«.

»Übertreiben Sie mal nicht, sonst werde ich tatsächlich noch überheblich und arrogant«, antwortete er zynisch. »Aber einen guten Rat gebe ich Ihnen trotzdem. Natürlich sind wir verpflichtet, Missstände zu melden und müssen eingreifen, wenn häusliche Gewalt im Spiel ist. Aber lassen Sie das Schicksal dieser Familien persönlich nicht zu sehr an sich heran. Sie arbeiten bei der Kriminalpolizei und verlieren sonst den Blick für Ihre eigentlichen Aufgaben«.

Sie nickte. »Ja, das haben wir auf der Polizeischule ständig gepredigt bekommen«, antwortete sie. »Die Realität ist doch manchmal anders, aber ich werde Ihren Rat beherzigen«.

Als sie schließlich in der ›Rue Saint Denis‹ ankamen und vor dem ›Paradise-Club‹ ihren Wagen parkten, kam ihnen sofort ein Türsteher entgegen. »Wir haben um diese Zeit noch geschlossen«, sagte er forsch.

Victor Levéfre hielt ihm gelassen seinen Dienstausweis hin. »Aber nicht für uns«.

»Und was wollen Sie hier? Der Laden ist sauber«, antwortete er mürrisch.

»Na dann haben sie ja nichts zu verheimlichen und zeigen uns schnell den Weg zu Jean, dem Barkeeper«.

Wortlos öffnete er die Tür. Den Kommissaren kam ein gemischter Luftschwall aus kaltem Rauch und abgestandenem Alkohol entgegen.

Das Lokal war nur spärlich beleuchtet und eine Putzfrau schob auf der Tanzfläche einen laut dröhnenden Staubsauger vor sich her.

Hinter dem Tresen stand ein etwa vierzigjähriger, sehr schlanker Mann und räumte Gläser aus der Spülmaschine in das Rückwandbuffet.

»Sie wünschen«? fragte er erstaunt und strich sich eine schwarze Locke aus der Stirn. »Wir haben um diese Zeit noch nicht geöffnet«.

Victor Levéfre hielt auch ihm seinen Ausweis hin. »Mein Name ist Capitaine de Police Victor Levéfre und das ist meine Kollegin Lieutenant de Police Isabelle Robin«, begann er. »Wir ermitteln in einem Mordfall«.

Er steckte seinen Ausweis wieder in die Innentasche seines Sakkos. »Heißen Sie mit Vornamen Jean«?

»Ja, wieso«? fragte der erschrocken. »Ich habe doch nichts getan«.

»Das haben wir auch nicht behauptet«, entgegnete der Kommissar. »Es geht um das Alibi eines Ihrer Kunden, der letzten Dienstagabend hier gewesen sein will«.

Jean hob die Schultern. »Ich kenne die meisten Kunden nur vom Sehen, denn oft sind sie inkognito hier. Viele von denen sind verheiratet und haben Familien«.

»Dann versuchen wir es einfach mal. Es geht um Lucas Bellier. Er hat ausgesagt, dass er gegen zehn hier bei Ihnen am Tresen saß und Martini bestellt hat«.

Jeans Gesichtszüge hellten sich auf. »Ja den kenne ich, denn er ist Stammkunde und war wirklich hier. Später hat er, gemeinsam mit Estelle, die Bar verlassen«.

Victor nickte. »Danke für die Auskunft, aber nennen Sie mir noch der Vollständigkeit halber Ihren Nachnamen«.

Jean schluckte. »Muss das sein«?

Victor sah ihn ungerührt an. »Wir finden Ihren Namen auch so heraus, glauben Sie mir. Aber dann fangen wir womöglich an zu graben und das werden Sie, oder der Inhaber dieses Etablissements bestimmt nicht so toll finden, oder«?

»Legrand«, murmelte er.

Victor Levéfre war gerade dabei, sich umzudrehen und zu gehen. Ruckartig blieb er stehen.

»Was haben Sie da gerade gesagt«? fragte er ungläubig. »Sie heißen Legrand«?

Er nickte. »Ja. Jean Legrand ist mein vollständiger Name«.

Victor sah ihn jetzt misstrauisch an. »Sagen Sie mal, haben Sie einen Bruder, oder vielleicht einen Cousin, der Frédéric heißt«? fragte er vorsichtig.

»Frédéric ist mein älterer Bruder. Kennen Sie ihn etwa«? fragte Jean zurück. »Na ja, möglich wäre es schon. Schließlich war er ja auch mal Polizist«.

Ein leichter Schatten flog über Victors Gesicht. ›Das gibt es doch nicht‹, dachte er jetzt. ›Paris hat über zwei Millionen Einwohner und ich treffe hier den Bruder von Frédéric Legrand in einer Bar‹.

»Au revoir Monsieur Legrand«, sagte er und sah zu Isabelle herüber, die staunend das Gespräch verfolgt hatte. »Lassen Sie uns bitte gehen«.

Mit eiligen Schritten verließ er die Bar. Draußen vor der Tür blieb er stehen und holte tief Luft.

»In so einem Mief könnte ich nicht arbeiten«, murmelte er.

Isabelle fragte misstrauisch: »Weihen Sie mich über diesen Frédéric Legrand ein? Er scheint ja einen nachhaltigen Eindruck auf Sie gemacht zu haben«.

Ohne darauf zu antworten, ging er zu seinem Auto. Während er die Türen entriegelte, sagte er:

»Das ist eine längere Geschichte, aber ich werde Sie Ihnen bei einem Kaffee erzählen. Kommen Sie«.

»Heute geht es leider nicht«, antwortete sie. »Ich muss nach Hause. Yves ist gestern Abend von seiner Tour heimgekommen und Jacques hat mal wieder Schnupfen«.

»Soll ich Sie nach Hause bringen«? fragte Victor.

Sie wiegelte ab. »Nein danke. Ich brauche mein Auto und das steht ja noch auf dem Parkplatz der Préfecture«.

**

Eric Fabre saß am Abend auf einer Ledercouch im Bowlingcenter und sah gespannt zu Nicolas Dubois herüber, der im ersten Frame auf Anhieb alle Pins abgeräumt hatte und sich johlend zu seinen Kollegen umschaute.

›Irgendwann muss er doch mal eine Pause machen‹, dachte er ungeduldig.

Die ganze Nacht hatte er kein Auge zubekommen und überlegt, ob er wirklich Frédéric Legrand die Informationen liefern sollte.

Immer wieder hatte er zu der kleinen Schrankwand herübergesehen, die er schon aus Kindertagen kannte. Hier standen seine Matchbox-Autos aufgereiht, mit denen er oft gespielt hatte und die nun seine Mutter sorgsam für ihre Enkel hütete.

»So kann es nicht weitergehen«, murmelte er leise. »Und warum soll ich nicht die Chance beim Schopfe packen. Dann kann ich endlich wieder in einer eigenen Wohnung wohnen und die Kinder können mich jeder Zeit besuchen«.

Er wusste zwar, dass das hier eigentlich auch möglich war, aber seine Exfrau Julie setzte alles daran, dies zu verhindern. Immer wieder gerieten sie deswegen in Streit und sie erklärte ihm dann, dass die Bindung zu seinen Eltern nicht gut für sie wäre, da sie jetzt eine neue Familie hätten.

Eric schreckte aus seinen Gedanken auf, denn jetzt war das Spiel beendet und Nicolas kam mit zwei anderen Kollegen zu ihm und ließ sich auf die Couch fallen.

»Eric, warum machst Du nicht mit«? fragte Nicolas erstaunt.

Er zog jetzt ein großes Stofftaschentuch hervor und wischte sich den Schweiß von der Stirn. »Ich komme mir vor wie in der Sauna«.

»Weil ich gegen Dich sowieso keine Chance habe«, antwortete er schmunzelnd. »Du hast eine Glückssträhne, oder«?

»Glückssträhne«? fragte der. »Ich bin der Meister und das habe ich heute wieder einmal unter Beweis gestellt«. Die beiden anderen lachten und gingen zurück an die Bahn.

Eric schluckte. ›Endlich sind wir allein, jetzt oder nie muss ich ihn fragen‹.

»Sag mal Nicolas«, begann er vorsichtig. »Kommt Victor Levéfre heute auch«?

Nicolas, der gerade einen Schluck Bier trank, setzte die Flasche ab und fragte ungläubig: »Wie kommst Du denn auf diese Idee? Der war doch noch nie hier dabei«.

»Warum eigentlich nicht«? fragte Eric gespielt unbefangen. »Sind wir ihm nicht gut genug, oder hat er mit seinem neuen Fall so viel zu tun, dass er keine Zeit hat«?

»Das kann Dir doch egal sein«, antwortete Nicolas und holte seine E-Zigarette aus der Hosentasche. Genüsslich sog er daran und sagte schließlich grübelnd: »Seit Victor Levéfre in unserer Préfecture arbeitet, hat er noch nie an solchen Abenden teilgenommen, warum weiß ich auch nicht«.

Sie schwiegen eine Weile.

Eric begann erneut: »Vielleicht muss er ja in diesem Mordfall auch abends ermitteln«.

»Davon wüsste ich«, plauderte Nicolas. »Da mein Team alle Spuren gründlich gesichert hat, wird das nicht notwendig sein«.

»Wieso? Habt Ihr etwa den Täter schon ermittelt«? fragte er mit gleichgültiger Miene.

Nicolas wiegte den Kopf. »Noch nicht ganz. Aber wir wissen, warum das Opfer das Haus während des Brandes, der übrigens durch die Zündelei des Hausmeisters Alain Simon und seinem Sohn im Keller entstanden ist, nicht lebend verlassen konnte. Im Moment spricht alles dafür, dass der Lebensgefährte Christian Clément nach einem Streit in der Wohnung die Tür von außen verriegelt hat. Und jetzt ist er abgetaucht, weshalb er ja zur Fahndung ausgeschrieben. Haltet bloß alle die

Augen nach ihm offen, dann es ist ganz sicher nur eine Frage der Zeit, bis wir ihn haben«.

»Selbst, wenn die beiden vorher gestritten haben, muss er doch nicht der Täter sein. Woher sollte er davon gewusst haben, dass der Hausmeister im Keller genau zu dieser Zeit ein Feuer legt«? antwortete Eric.

»Das können wir uns im Moment auch noch nicht erklären, aber warum verschwindet Christian Clément genau in diesem Moment«? fragte Nicolas und lehnte sich zurück. »Wenn er nichts zu verbergen hat, dann soll er doch auf die Préfecture kommen und die Sache erklären«.

»Habt Ihr außer ihm noch andere Verdächtige«? fragte Eric weiter.

Nicolas, der gerade sein Bier ausgetrunken hatte, stellte die Flasche auf den Tisch und sah ihn jetzt misstrauisch an. »Warum willst du das eigentlich alles wissen«?

»Na ja, schließlich sind wir doch Polizisten und ich bin eben genauso neugierig wie alle anderen auch. Abgesehen davon tut mir diese tote Frau sehr leid und ein Mörder läuft nach wie vor frei herum«.

»Genauso ist es«, antwortete Nicolas und stand auf. »Aber nicht mehr lange, denn die Schlinge zieht sich langsam, aber sicher zu. Victor Levéfre hatte noch den Ex-Mann des Opfers im Visier«.

Er begann zu grinsen. »Ausgerechnet der Kellner einer Strip-Bar in der ›Rue Saint Denis‹ und eine

Prostituierte haben ihm ein Alibi gegeben. Bleibt also nur noch Christian Clément als Täter übrig«.

Eric sah Nicolas nach, als der jetzt mit wippenden Schritten zur Bowlingbahn zurückging und rief: »Salute Jungs, hier kommt ›Bruce Willis von Paris‹. Wer möchte gegen mich antreten und jämmerlich verlieren«?

Schallendes Gelächter ertönte.

Auch Eric musste jetzt lachen und dachte: ›Typisch Nicolas. Zu Hause bei seiner resoluten Frau knipst er sich die Lampe unter dem Wohnzimmertisch an und hier spielt er den großen Macker‹.

Zufrieden lehnte er sich zurück, bestellte sich ein weiteres Bier und sah belustigt dem Treiben an der Bowlingbahn zu.

Doch dann begann er zu grübeln und seine Miene verfinsterte sich: ›Frédéric ist von Christians Cléments Unschuld felsenfest überzeugt. Falls er Recht hat und Victor Levéfre mit seinem Verdacht gegen ihn auf dem Holzweg ist, gibt es jemanden, der jederzeit wieder zuschlagen könnte. Doch was, wenn Frédéric sich irrte und Christian Clément tatsächlich der Täter ist‹?

Bei diesem Gedanken fühlte er sich nicht wohl, denn eigentlich hatte er die Pflicht seinen Vorgesetzten zu melden, wenn er etwas erfuhr.

Hastig trank er sein Bier aus, bezahlte und machte sich auf den Heimweg.

**

Catherine Moreau war am nächsten Morgen schon früh in den Verlag geeilt.

Sie hatte schlecht geschlafen, denn Lucas Bellier war am Vortag kurz vor Feierabend bei ihr im Büro aufgetaucht und hatte ihr erklärt, dass ein Termin mit Robert Mercier gegen neun Uhr anberaumt wurde. Warum, das erfuhr sie von ihm nicht.

»Seien Sie bitte pünktlich, die Angelegenheit ist dringend«, hatte er hastig gesagt.

Catherine hatte jetzt kein gutes Gefühl. Zu lange arbeitete sie nun schon mit ihm zusammen. Und eine derartige Geheimniskrämerei kannte sie von ihm eigentlich nicht.

Ganz im Gegenteil. Sie konnte sich noch gut daran erinnern, wenn er wieder einmal niedergeschlagen in ihr Büro gekommen war und erzählte, dass Fabienne eine neue Affäre hatte. Und als er schließlich erfuhr, dass sie sich wegen eines deutschen Studenten endgültig von ihm scheiden lassen wollte, war er in Tränen ausgebrochen.

Sie stand jetzt auf und ging durch den Flur in die kleine Cafeteria. Sorgfältig prüfte sie den Kaffeeautomaten und füllte Milch und Zucker in die bereitstehenden Kännchen auf. Alles war bereit.

Sie verließ den Raum in Richtung Damentoilette. Als sie in den Spiegel sah und ihr sorgfältig aufgelegtes Makeup prüfte, hörte sie ein leises Schluchzen aus einer der Kabinen.

Erschrocken drehte sie sich um. »Hallo? Ist da jemand«? fragte sie vorsichtig und lauschte gespannt. Niemand antwortete. Wieder fragte sie: »Wer ist denn da? Kann ich Ihnen vielleicht helfen«?

Langsam wurde die Tür entriegelt und Catherine sah in das tränenüberströmte Gesicht von Beatrice Mercier. Ihr Kajalstift war an den Augenrändern verschmiert und ihre Bluse und die Hose hatten mehrere Flecke. Sie musste gestürzt sein.

»Madame Mercier«, sagte sie entsetzt. »Was ist denn passiert und was tun Sie um diese Zeit im Verlagshaus auf der Damentoilette«?

»Entschuldigen Sie bitte«, antwortete Beatrice lallend. »Ich wusste sonst nicht, wo ich hinsollte«.

Catherine sah auf den Boden und entdeckte in der Handtasche, die neben ihr lag, eine Schnapsflasche.

»Oh Gott«, sagte sie fassungslos. »Haben Sie etwa getrunken? Ich dachte, dass Sie das seit Jahren nicht mehr tun. Und seit wann sind Sie überhaupt hier«?

»Ich bin in der Nacht aufgestanden, weil ich es nicht mehr ausgehalten habe«, seufzte sie. »Dann habe ich mir ein Taxi gerufen, den Schnaps gekauft und bin hierhergefahren«. Schnell holte sie die

Flasche aus der Handtasche und hielt sie ihr entgegen. »à votre santé«.

Bevor sie jedoch trinken konnte, riss Catherine sie ihr aus der Hand. »Hören Sie sofort auf damit«, zischte sie. »Jederzeit kann ein Mitarbeiter kommen und sieht Sie in diesem Zustand«.

»Na und«? lallte Beatrice weiter. »Meinetwegen kann die ganze Welt erfahren, wie ich wirklich bin. Beatrice Mercier ist eine Alkoholikerin, jawoll. Und ein menschliches Wrack, dass zu nichts Nütze war und ist. Ja genau, das bin ich«.

Sie lehnte sich gegen die Fliesenwand. »Aber eins habe ich mir nicht nehmen lassen«, flüsterte sie grinsend. »Bevor ich in den Verlag gefahren bin, habe mich mit ›IHM‹ getroffen«.

Sie begann gekünstelt zu lachen.

»Mit wem haben Sie sich denn getroffen«? fragte Catherine verblüfft. »Ich verstehe nicht«.

Beatrice lachte immer lauter, schrill und durchdringend.

»Jetzt reicht es aber Madame«, rief Catherine entrüstet. »Ich rufe sofort einen Arzt an und dann auch Ihren Mann«.

Schlagartig wurde Beatrice stumm. »Bitte nicht meinen Mann«, flehte sie nuschelnd. »Robert verzeiht mir das niemals«.

Catherine sah auf ihre Armbanduhr. »Es könnte aber sein, dass er bereits auf dem Weg hierher ist. Wir haben um neun einen gemeinsamen Termin«.

Sie überlegte kurz. »Jetzt kommen Sie erst mal da raus und mit zu mir ins Büro. Ich möchte nicht, dass die Lektoren Sie so sehen«.

Hastig lief sie zur Tür und schaute in den Flur. Niemand war zu sehen. »Kommen Sie schnell Madame«. Beatrice rührte sich nicht.

Catherine ging zurück und hievte sie hoch. »Nun machen Sie schon, wir haben keine Zeit zu verlieren«.

Dann hakte sie die hilflose Frau unter, nahm ihre Handtasche und schwankte mit ihr zurück.

Im Büro schob sie einen Besucherstuhl heran und ließ sie darauf fallen.

Schnell nahm sie den Telefonhörer und sagte: »Bitte ein Taxi zum Verlagshaus Mercier in die ›Rue St. Antoine‹. Und beeilen Sie sich«.

Sie legte den Hörer auf und drehte sich zu Beatrice Mercier um, die inzwischen den Kopf zur Seite gelegt und die Augen geschlossen hatte.

»Madame Mercier, bitte schlafen Sie jetzt nicht, das Taxi kommt gleich und bringt Sie nach Hause. Ich rufe auch gleich noch Ihren Arzt an«.

Die rührte sich immer noch nicht.

»Madame«? fragte Catherine etwas lauter. »Ist alles in Ordnung«? Dabei tätschelte sie ihr mit der flachen Hand vorsichtig auf die Wange. Plötzlich sank ihr Kopf nach unten.

»Um Gottes willen«, rief Catherine entsetzt. Dann nahm sie den Telefonhörer und wählte den

Notruf. »Mein Name ist Catherine Moreau, kommen Sie schnell in die Rue St. Antoine zum Verlagshaus Mercier, es ist dringend. Eine Frau ist bewusstlos«.

In diesem Moment ging die Tür auf und Lucas Bellier betrat zusammen mit Robert Mercier das Büro.

»Beatrice, was machst Du denn hier«? fragte er erstaunt. Dann sah er Catherine an. »Was hat Sie«?

»Ich weiß es auch nicht Monsieur«, stotterte Catherine. »Ich habe sie vorhin auf der Damentoilette gefunden«.

Betreten sah sie ihn an. »Und sie muss viel Alkohol getrunken haben. Als ich dabei war ein Taxi zu rufen und mich wieder umgedreht habe, ist sie scheinbar eingeschlafen«.

Robert kniete jetzt vor ihr. »Beatrice, los komm schon und mach die Augen wieder auf«.

Er begann sie zur rütteln und schreckte plötzlich zurück. »Rufen Sie einen Arzt«, schrie er. »Schnell«.

»Das habe ich doch schon«, antwortete Catherine mit weinerlicher Stimme. »Es müsste gleich jemand kommen«.

Das Telefon klingelte. Sie sah auf das Display. »Das ist der Concierge«, murmelte sie und hob ab.

»Ja bitte«?

»Madame Moreau«, sagte der verwundert. »Hier stehen zwei Rettungssanitäter. Ist bei Ihnen im Büro etwas passiert«?

»Bringen Sie die Herren schnell zu mir. Madame Mercier geht es sehr schlecht«.

»Seit wann ist sie denn im Haus«? fragte er. »Ich habe sie gar nicht kommen sehen«.

»Das erkläre ich Ihnen später«. Schnell legte sie wieder auf.

Lucas Bellier stand noch immer regungslos neben Catherine und hatte, starr vor Schreck, zugehört.

»Jetzt helfen Sie mir bitte«, sagte sie zu ihm und schob einen Stuhl beiseite. Dann legten Sie Beatrice vorsichtig auf den Teppichboden und Catherine holte schnell ein kleines Kissen aus einem Wandschrank, dass sie sonst in den Pausen zur Entspannung nutzte.

Da klopfte es auch schon an der Tür. »Herein«, rief Robert Mercier aufgeregt und öffnete selbst.

»Bitte helfen Sie meiner Frau, sie hat wahrscheinlich einiges an Alkohol getrunken und ist jetzt bewusstlos«.

Die Sanitäter knieten sich neben Beatrice und begannen sie zu untersuchen.

Plötzlich drehte sich einer zu ihm um, setzte sein Stethoskop wieder ab und sagte: »Hier können wir leider nichts mehr tun. Die Frau ist tot«.

Robert Mercier starrte ihn fassungslos an. »Das kann doch gar nicht sein«, begann er zu stottern. »Madame Moreau hat doch kurz vorher noch mit ihr gesprochen«. Flehend sah er Catherine an.

Die nickte. »Ja das stimmt. Und ich bin doch soeben noch mit ihr in mein Büro gegangen«.

Der Sanitäter klappte mit ernster Miene seinen Notfallkoffer zu. »Das bezweifle ich ja gar nicht, aber das ändert nichts an der jetzigen Tatsache. Tut mir leid. Ich muss sofort einen Arzt und die Polizei verständigen«.

Mit hängenden Armen stand Robert Mercier da und starrte auf Beatrice. Sein Kinn begann zu zittern.

»Bitte setz Dich doch«, sagte jetzt Lucas Bellier und sah den Sanitäter an. »Haben Sie vielleicht etwas zur Beruhigung für ihn«?

»Ich bleibe sowieso hier, bis der Arzt eintrifft«, antwortete der beschwichtigend. »Aber ich kann nicht einfach an jemanden, den ich nicht kenne, Medikamente verabreichen«.

Wieder klingelte das Telefon. Catherine ging hin und nahm den Hörer in die Hand. »Ja«? flüsterte sie.

Als sie wieder aufgelegt hatte, drehte sie sich zu Robert Mercier um. »Das war unser Concierge. Er sagt, dass der Arzt da ist«.

Sie machte eine kurze Pause. »Und die Polizei ist auch bereits im Haus, die Untersuchung leitet Capitaine de Police Victor Levéfre«.

Robert Mercier stützte die Hände ins Gesicht. »Auch das noch«.

»Robert«, sagte Lucas Bellier mitfühlend. »Ich werde für heute alle Termine absagen und Dich dann nach Hause bringen«.

»Guten Morgen«, sagte Victor Levéfre in diesem Moment und betrat das Büro. »Mein Beileid Monsieur Mercier. Wir haben soeben erfahren, was geschehen ist und sind natürlich sofort hierhergeeilt«.

Dann drehte er sich um. Die Rettungssanitäter standen noch immer neben der Toten. »Wenn der Arzt sie untersucht hat und das Protokoll unterschrieben ist, können Sie gehen«.

Er sah jetzt ernst von einem zum anderen. »Wir verlassen jetzt diesen Raum und dann erzählen Sie mir, was heute Morgen passiert ist«.

Catherine Moreau antwortete: »Am besten, wir gehen nebenan in den Konferenzraum«.

Langsam erhob sich nun auch Robert Mercier und lief, gestützt von Lucas Bellier, durch den Flur.

Als die Tür geschlossen war, schilderte Catherine ihm, was sich abgespielt hatte und ließ sich dann verzweifelt auf einen Stuhl sinken. »Ich kann das alles noch immer nicht glauben«.

Dann sah sie den Kommissar grübelnd an: »Etwas hat mich allerdings stutzig gemacht und ich habe es auch nicht verstanden«.

»Was denn«? fragte Victor Levéfre neugierig.
»Sie sagte, dass sie sich mit ›IHM‹ getroffen hat, bevor sie mit dem Taxi hierhergekommen ist«.

Catherine schüttelte nachdenklich den Kopf. »Und dann begann sie plötzlich so seltsam zu lachen. Wenn Sie mich fragen, fast hämisch. Ich habe sie ermahnt leiser zu sein, damit niemand ihren Auftritt mitbekommt. Und dann bin ich mit ihr zurück in mein Büro gewankt. Glauben Sie mir, das war gar nicht so einfach«.

»Wen könnte sie damit gemeint haben«? fragte Levéfre. »Hat sie einen Namen genannt«?

»Nein, das hat sie nicht«.

Währenddessen kniete der Arzt bei Beatrice Mercier und sah sie sich genau an. Als er sich wieder erhob, fragte er: »Wo ist Capitaine de Police Levéfre jetzt«?

»Nebenan«, antwortete ein Rettungssanitäter und deutete mit dem Kopf in die Richtung des Konferenzraumes.

Kurz darauf klopfte er dort an und sagte: »Ich muss Sie unterbrechen«.

»Was haben Sie festgestellt«?

»Madame Mercier muss in die Gerichtsmedizin gebracht werden, da die Todesursache nicht eindeutig ist«.

Robert Mercier hob ungläubig den Kopf. »Was«? flüsterte er. »Beatrice ist doch mit großer Sicherheit an Ihrem übermäßigen Alkoholgenuss gestorben. Oder etwa nicht«? Der Arzt wiegte den Kopf. »Möglich ist das schon, aber sie hatte auch eine Schaumbildung im Mund, die mehrere Ursachen haben könnte«.

»Was zum Beispiel«? hakte Victor Levéfre ein.

»Möglich wäre eine Überdosis Schlaftabletten, aber es könnte sich auch um irgendein Gift handeln«, antwortete der Arzt nachdenklich.

Robert Mercier sackte zusammen und begann zu schluchzen. »Bitte nicht«.

Catherine sah ihn mitleidig an und dachte: ›Das hat er wirklich nicht verdient‹.

Victor Levéfre nahm schnell sein Mobiltelefon und wählte eine Nummer. Schließlich sagte er: »Geben Sie mir Nicolas Dubois«.

»Nicolas«, rief er hastig. »Ich bin im Verlagshaus Mercier in der ›Rue St. Antoine‹. Wir haben hier eine Tote. Komm sofort mit einem Team hierher«.

Als er sein Telefon wieder in seiner Jackentasche verstaut hatte, wandte er sich erneut an Robert Mercier. »Das ist eine reine Vorsichtsmaßnahme, damit keine Spuren verloren gehen, falls nach der Obduktion Ihrer Frau weitere Ermittlungen notwendig sind«.

»Weitere Ermittlungen«? fragte der murmelnd und wischte sich die Tränen aus dem Gesicht. »In meinem ganzen Leben hatte ich noch nie persönlich mit der Polizei zu tun. Nicht mal ein ›Knöllchen‹ habe ich bisher bekommen«.

Er war sichtlich am Boden zerstört. Der Arzt und der Kommissar verließen den Konferenzraum.

Lucas Bellier eilte ihnen plötzlich hinterher. »Monsieur Levéfre«, rief er, blieb stehen und sah sich noch einmal um, ob auch wirklich sonst niemand in der Nähe war.

»Kann ich Sie etwas fragen«? Der nickte. »Natürlich, aber ich kann mir schon denken, warum. Sicher möchten Sie wissen, ob wir Ihr Alibi überprüft haben, oder«?

Lucas sah ihn betreten an und nickte langsam. »Haben Sie Estelle getroffen«?

»Wir haben sowohl mit dem Barkeeper und auch mit Ihrer, na sagen wir Mal, guten Bekannten gesprochen. Beide haben Ihre Aussage bestätigt«.

Er wollte schon gehen, da fiel ihm noch etwas ein. »Ach ja, meine Kollegin ermutigt diese Estelle gerade, einen Termin bei der Fürsorge zu vereinbaren, damit ihr und den Kindern wirklich geholfen werden kann«.

Er nickte ihm noch einmal zu und verschwand in Catherines Büro, wo gerade Nicolas Dubois eingetroffen war, um mögliche Spuren zu sichern.

Lucas Bellier schluckte und ging zurück in den Konferenzraum, wo Catherine Moreau und Robert Mercier noch immer ratlos vor sich hinstarrten.

**

Eric Fabre hatte sich unter einem Vorwand am Nachmittag freigenommen und saß seit einer halben Stunde in einem kleinen Bistro am Champs-Elyssee.

Ungeduldig rührte er in seinem Milchkaffee und sah immer wieder, möglichst unauffällig, zum Eingang der Boutique ›Manu‹, wo Frédéric Legrand für seine Frau Dessous einkaufen wollte.

Als er ihn schließlich, die Hände in den Hosentaschen vergraben, vor dem Schaufenster stehen sah, musste er lächeln.

Frédéric trug eine bunt karierte Stoffhose und hatte sich einen farbigen Schal um den Hals geschlungen. Mit seiner dunklen Sonnenbrille und dem kleinen Rucksack, sah er aus wie ein wohlhabender Tourist.

Als er im Laden verschwunden war, trank Eric hastig seinen Kaffee aus, klemmte einen Geldschein unter die Tasse und überquerte mit einem Strom Passanten, die gerade an einer Ampel warteten, die Straße.

Durch das Schaufenster konnte er jetzt sehen, dass Frédéric bereits mit der Verkäuferin flirtete und sich dann lächelnd mehrere Höschen, bestehend aus einem Hauch aus Nichts zeigen ließ.

Er betrat das Geschäft und schlenderte um die Kleiderständer.

Aus den Augenwinkeln beobachtete er dabei Frédéric, der die Verkäuferin gerade fragte: »Und dieses schöne Teil? Haben Sie das auch in schwarz? Meine Frau wird es in Pink nicht tragen«.

»Da müsste ich schnell im Lager nachsehen«, antwortete sie eifrig. »Einen kleinen Moment bitte«.

Als sie verschwunden war, drehte er sich schnell zu Eric um, den er natürlich längst bemerkt hatte.

»Was hast Du herausgefunden«? zischte er.

Eric, der ihm noch immer den Rücken zugewandt hatte, antwortete: »Der Brand in der ›Rue Pierre Fontaine‹ ist durch ein Feuer im Keller entstanden, dass der Hausmeister Alain Simon verursacht hat«, flüsterte er. »Christian Clément ist dringend verdächtig, weil die Wohnungstür zusätzlich von außen verriegelt war und er und das Opfer kurz vorher einen Streit hatten«.

Er wollte gerade weitersprechen, da kam die Verkäuferin zurück. »Es tut mir leid, aber diese Wäsche gibt es nur noch in dunkelblau«.

»Na dann zeigen Sie sie mir doch«, antwortete Frédéric und sah sie dabei mit unschuldiger Miene an.

»Das kann aber ein bisschen dauern«, seufzte sie. »Die Ware ist noch nicht ausgepackt, ich müsste sie suchen«.

Frédéric hob die Schultern. »Also ich habe Zeit und Geduld«, sagte er lächelnd. »Und da meine Frau morgen Geburtstag hat, werde ich warten müssen, sonst stehe ich womöglich mit leeren Händen da«.

Sie sah zu Eric, der jetzt so tat, als ob auch er etwas kaufen wollte. »Pardon Monsieur. Ich muss schnell etwas für den Herrn suchen«.

Der wiegelte ab. »Kein Problem«.
Als sie wieder hinter dem Vorhang verschwunden war, drehte sich Frédéric schnell zu ihm um. »Was weißt Du noch«?

»Anfangs hatten sie noch den Exmann von Fabienne Mercier im Visier, aber der hatte ein Alibi, dass ihm ein Barkeeper und eine Prostituierte in der ›Rue Saint Denis‹ gegeben haben«.

»Und Levéfre hat ihm das abgenommen«? fragte Frédéric hastig weiter.

»Zumindest denke ich das«, flüsterte Eric. »Nicolas Dubois hat es mir beim Bowling erzählt«.

Frédéric begann zu grinsen. »Unsere alte Plaudertasche Dubois«, sagte er verächtlich. »In dieser Hinsicht war auf ihn schon immer Verlass«.

Er nickte Eric zu. »Ich danke Dir mein Freund«. Schnell drehte er sich um, die Verkäuferin war noch immer nicht zu sehen.

»Am besten Du gehst jetzt, bevor sie zurückkommt und am kommenden Sonntag triffst Du Dich um elf mit Marie in der ›Rue de Loraine‹ Nr. sieben und siehst Dir die Wohnung an. In ein paar Wochen ist sie für Dich frei. Ich werde aber sicherheitshalber nicht dabei sein«.

Eric lächelte dankbar, plötzlich fiel ihm noch etwas ein. »Übrigens ist Levéfre heute gegen zehn in dieses Verlagshaus Mercier geeilt. Warum weiß ich allerdings noch nicht«.

»Falls Du es rausbekommst, dann schreib es auf einen Zettel und gib ihn meiner Frau«.

Eric nickte ihm zu. »In Ordnung«. Dann verließ er eilig die Boutique.

Strahlend kam jetzt die Verkäuferin zurück. »Da bitte«, sagte sie und legte die Wäsche auf den Verkaufstresen. »Gefällt sie Ihnen«?

»Ausgezeichnet«, antwortete Frédéric. »Das ist genau das Richtige. Was kostet es denn«?

»Zweihundert Euro«.

Frédéric schluckte, ließ sich aber nichts anmerken. »Das ist ja ein echtes Schnäppchen«, murmelte er ironisch. »Ich hoffe, dass das Geschenkpapier inbegriffen ist«.

»Selbstverständlich«, antwortete sie zufrieden. »Soll ich es gleich einpacken«?

Er nickte wortlos und nestelte widerwillig seine Kreditkarte aus dem Portemonnaie. Dabei fiel ein altes Foto heraus, das sich dahinter verklemmt hatte. ›Jean‹, dachte er erstaunt und starrte einen Moment auf das Bild.

Er hatte schon längere Zeit keinen Kontakt mehr zu seinem jüngeren Bruder gehabt, wusste aber, dass er in der ›Rue Saint Denis‹ in einer Strip-Bar arbeitete.

›Vielleicht hat er auch etwas mitbekommen, denn wenn die Polizei dort in einem Mordfall ermittelt, funktioniert der Buschfunk garantiert‹, grübelte er. ›Ich sollte ihn unbedingt danach fragen‹.

Die Verkäuferin stellte ihm jetzt das Geschenk auf den Tresen und gab ihm die Kreditkarte zurück.

»Bitte Monsieur und viele Grüße an Ihre Frau«. Frédéric verließ die Boutique und schlenderte zu seinem Auto zurück.

Dann stellte er die Tasche auf den Rücksitz, öffnete das Schiebedach und sah nachdenklich durch die Frontscheibe.

›Wie gehe ich denn jetzt am geschicktesten vor‹, überlegte er. ›Zuerst werde ich zu Christian fahren. Und vielleicht sollte ich auch über diesen Hausmeister etwas herausfinden. Es ist schon ein seltsamer Zufall, dass genau in diesem Moment Fabienne die Wohnung nicht verlassen konnte, als der Brand ausbrach. Jetzt verstehe ich auch, dass Levéfre natürlich denkt, dass Christian der Täter ist, zumal er ja seitdem abgetaucht ist. Aber heute Abend werde ich erst einmal Jean in der Strip-Bar einen Besuch abstatten‹.

Er startete den Wagen und fuhr aus der Parklücke, doch er konnte nur langsam die Innenstadt verlassen.

Genervt sah er immer wieder auf die Uhr auf dem Armaturenbrett, denn er fuhr von einem Stau in den anderen.

Angekommen in der ›Rue Waldeck Rousseau‹, nahm er eine Tüte mit Wechselwäsche für Christian vom Beifahrersitz, warf seine Wagentür zu und betrat das Motel.

Françoise saß in dem kleinen Frühstücksraum und las Zeitung. Als er ihn bemerkte, nahm der seine Lesebrille ab und brummte: »Salute Frédéric, bist Du gekommen, um unseren „blinden Passagier" zu besuchen«?

»Ja, ist er auf seinem Zimmer«? fragte er, nachdem er sich zu ihm gesetzt hatte.

Françoise faltete betont langsam seine Zeitung zusammen. »Nein, da ist er nicht«.

Frédéric stutzte. »Nun sag schon, wo er steckt. Er wird doch nicht draußen im Garten sein? Da könnte er gesehen werden«.

»Er ist weg und zwar ohne zu bezahlen«, antwortete Françoise kurz angebunden.

Frédéric stützte seine Arme auf den Tisch. »Was? Und wann«?

»Wenn ich das wüsste, wäre er noch hier, das kannst Du mir glauben. Gestern Abend haben wir noch zusammen gegessen, worüber ich mich ja fast gewundert habe. Gegen zehn ist er wieder nach oben gegangen und als ich ihn heute Morgen ein Frühstück angerichtet hatte, kam er nicht. Ich habe dann nachgesehen, aber das Zimmer war leer«.

Frédéric lehnte sich fassungslos zurück. »So ein Idiot«, rief er wütend. »Was hat ihn bloß geritten«?

»Mich interessiert im Moment mehr, wer die Rechnung hier bezahlt«, antwortete Françoise ungerührt.

Frédéric holte sein Portemonnaie hervor und warf ihm zweihundert Euro auf den Tisch. »Reicht das«?

Françoise nickte. »Locker«. Dann steckte er das Geld in seine Cordhose.

Frédéric begann zu grübeln. »Hast Du das Zimmer schon aufgeräumt«?

»Nein, noch nicht«, antwortete der. »Ich dachte ja anfangs, dass er nur kurz was erledigt und vielleicht noch zurückkommt. Aber damit rechne ich jetzt nicht mehr«.

»Kann ich mich mal umsehen? Vielleicht hat er ja eine Nachricht hinterlassen«.

Françoise hob die Schultern. »Meinetwegen such da oben, solange Du willst. Aber sei leise, wie Du weißt, habe ich Gäste aus Oslo im Haus«.

Er begann zu lächeln. »Vogelwilde Typen, aber sehr höflich. Jetzt schlafen sie den ganzen Tag, waren wohl ziemlich lange gestern auf diesem Konzert«.

Frédéric hörte nicht mehr zu, sondern hastete die Treppe nach oben. Als er das Zimmer betrat, schaute er sich kopfschüttelnd um. Das Bett war zerwühlt, Handtücher lagen achtlos auf dem Boden.

Langsam ging er umher, hob die Bettwäsche auf und sogar die Matratze an. Weit und breit keine Nachricht.

Dann sah er in die Ecke zu dem kleinen Holztisch, auf dem der Fernseher stand und stutzte.

Er zog eine zusammengefaltete Landkarte hervor, klappte sie auf und begann zu lächeln.

»Dort willst Du also hin«, flüsterte er, als er darauf einen roten Kreis entdeckte. »Nur wie willst Du ohne Bargeld und ohne Auto das Saarland erreichen? Und warum jetzt? Du hast doch wahrlich im Moment andere Probleme, als zu erfahren, ob Fabienne Bekannte oder Freunde aus Kindertagen hatte, von denen sie Dir nichts erzählt hat«.

Nachdenklich faltete er die Karte zusammen und ging wieder nach unten.

»Und«? fragte Françoise. »Hast Du was gefunden«?

Frédéric nickte. »Aber wie Du ja schon gesagt hattest, was Du nicht weißt, macht Dich nicht heiß«.

»Warum tust Du das alles überhaupt«? fragte Françoise.

Frédéric vergrub seine Hände in den Hosentaschen. »Das frage ich mich inzwischen auch, aber wenn ich ehrlich bin, geht es im Grunde um eine offene Rechnung, die ich noch mit einem ehemaligen Kollegen auf der Préfecture habe«.

Françoise stand auf, ging zum Wandschrank und holte eine angebrochene Rotweinflasche und zwei Gläser hervor.

Als er sich wieder gesetzt hatte, drehte er den quietschenden Korken heraus und schenkte glucksend ein. Dann stellte er die Flasche laut auf dem Holztisch ab.

»Verrenne Dich nicht Frédéric, denn eigentlich hast Du doch jetzt ein schönes Leben. Du bekommst eine gute Pension, hast eine nette Frau und kannst es Dir gut gehen lassen. Setz das nicht aufs Spiel«.

»Danke für den Rat mein Freund, aber so eine Gelegenheit, meinen Erzfeind Levéfre zur Strecke zu bringen, bekomme ich nicht noch einmal. Er wollte mich damals gnadenlos untergehen lassen«.

»Hass ist aber ein schlechter Ratgeber«, antwortete Françoise und nahm die Lesebrille ab. »Sei bloß vorsichtig«.

Frédéric murmelte: »Ich bin vorsichtig«.
Sie stießen an.

Kurz darauf sah Frédéric auf seine Armbanduhr. »Ich muss weiter. Man sieht sich und danke für Deine Hilfe«.

Eilig verließ er das Motel, denn er wollte jetzt nicht an seinem eigenen Handeln und der Unschuld von Christian Clément zweifeln. Denn was er anfing, brachte er auch sonst fast immer zu Ende.

Abgesehen davon interessierte es ihn inzwischen, warum Fabienne Mercier, die er ja persönlich kannte, dieses Unglück widerfahren war.

Als er im Auto saß und wieder in die Stadt zurückfuhr, dachte er: ›Ich rede erst einmal Hause mit Marie‹.

Anfangs wollte er sie aus allem heraushalten, aber schließlich war sie, seit er mit ihr verheiratet war, seine engste Vertraute.

Bestimmt wusste er dann, was er tun sollte.

**

Isabelle Robin hatte ihren freien Tag und deshalb noch nicht erfahren, dass Beatrice Mercier nicht mehr lebte. Sie hatte am Vormittag gemütlich mit ihrem Mann Yves gefrühstückt, während Jacques auf einem kleinen Spielteppich in der Küche gesessen war und seine Bausteine lachend umherwarf.

»Hey Freundchen«, rief Yves ihm zu. »Die tust Du nachher alle wieder in eine Kiste«.

»Sei nicht so streng mit ihm«, hatte Isabelle darauf geantwortet und selbst damit begonnen, aufzuräumen.

»Du bist in dieser Hinsicht einfach zu nachsichtig«, antwortete er. »In ein paar Jahren stellt er die ganze Wohnung auf den Kopf. Er sollte rechtzeitig ein paar Grenzen aufgezeigt bekommen«.

»Du hast gut reden«, antwortete sie. »Kommst von Deinen Touren nach Hause und wenn Du mir erklärt hast, wie unser Sohn erzogen werden sollte, packst Du Deine Sachen und bist wieder für mehrere Tage irgendwo in Europa unterwegs«.

»Isabelle«, sagte er, während sich eine steile Falte auf seiner Stirn bildete. »Wir haben das doch schon so oft durchgekaut und ich dachte, dass wir uns einig wären«.

Er sah sie ernst an. »Wenn wir unseren Traum vom ›Haus im Grünen‹ verwirklichen wollen, muss ich das noch drei Jahre durchstehen«.

Er stand jetzt auf. »Morgen früh muss ich übrigens wieder los und wenn ich rechtzeitig die Fähre bekomme, bin ich in einer Woche wieder zurück«.

»Welche Fähre? fragte sie. »Wohin musst Du denn dieses Mal«?

»Nach Dänemark«, antwortete er und nahm sie in den Arm. »Bitte lass uns heute nicht mehr diskutieren, sondern die freie Zeit mit Jacques genießen«.

Sie nickte. »Dann gehen wir in den Tierpark und anschließend ein Eis essen«.

Yves begann zu lächeln. »Gute Idee. Wir sollten uns aber mit der ›Ménagerie du Jardin des Plantes‹ begnügen. Jacques wird nach überstandenem

Fieber noch nicht allzu lange durchhalten, aber ein kleiner Zoo ist besser als gar keiner«.

Kurz darauf machten sie sich auf den Weg.

Am nächsten Morgen saß Isabelle schon früh am Morgen in der Küche und bereitete eine große Lunch-Box für Yves vor, der jetzt verschlafen hereinkam.

»Danke Schatz«, sagte er beiläufig. »Dann kann ich während der ersten Pause auf einem Rastplatz etwas essen. Jetzt würde sich mir der Magen umdrehen«.

»Und«? fragte er. »Wie geht's denn eigentlich mit Deinem Kollegen Victor Levéfre so? Hast mir gar nichts erzählt«.

Sie lächelte. »Na ja, ich würde sagen, dass wir auf einem guten Weg sind. Vorgestern war er richtig nett«.

Sie verschloss die Brotdose. Übrigens haben wir gerade einen ziemlich spannenden Fall«.

Yves horchte auf. »So? Worum geht's denn«?

»Ein Hausbrand in der ›Rue Pierre Fontaine‹ und ein Todesopfer. Sie ist die Tochter einer vermögenden Familie und dabei gibt es einige Ungereimtheiten«.

»Hört sich ja spannend an«, antwortete er und stand auf. »Jetzt muss ich aber los. Ich melde mich hinter der deutschen Grenze«.

Sie stutzte. »Wieso fährst Du über Deutschland«? Er nahm seine Reisetasche in die

Hand. »Weil ich in Nancy, Straßburg und Kehl noch Ware zuladen muss«.

Er lächelte sie an. »Pass gut auf unseren kleinen Helden auf. Ende der Woche bin ich ganz bestimmt zurück«. Dann gab er ihr einen Kuss und verließ die Wohnung.

Isabelle räumte alles zusammen, ging ins Bad um zu duschen und föhnte sich schnell die Haare.

Dann weckte sie Jacques. »Guten Morgen mein Schatz«, flüsterte sie und sah ihn liebevoll an.

Langsam rekelte er sich und brabbelte mit geschlossenen Augen: »Papa«?

»Der ist leider schon wieder zur Arbeit. Und jetzt solltest Du aufstehen, sonst bist Du wieder der Letzte in Deiner Kindergartengruppe«.

Als sie schließlich die Préfecture betrat, atmete sie erst einmal durch.

Die Straßen waren an diesem Morgen, wie immer um diese Zeit verstopft und Jacques wollte sich später im Kindergarten weder die Schuhe, noch die Jacke ausziehen lassen.

Schließlich kam eine andere Mutter mit ihrem Kind und sagte: »Lassen Sie mal, ich kümmere mich mit um ihn«.

Isabelle sah sie dankbar an und machte sich schnell auf den Weg, denn sie war ohnehin schon spät dran.

In solchen Momenten haderte sie wieder einmal mit Ihrer Entscheidung, diesen Beruf gewählt und schon nach knapp zwei Jahren Baby-Pause eine offene Stelle angenommen zu haben.

Aber sie hatte erst kurz vor der Geburt den Abschluss geschafft und wollte sich nicht umsonst durch die Ausbildung gequält haben.

Als sie das Büro betrat, standen Victor Levéfre und Nicolas Dubois mit einer Kaffeetasse vor der Stadtkarte.

»Salute«, sagte Isabelle, während sie ihre Jacke über den Stuhl hing. Dann holte sie sich auch eine Tasse, goss einen Schwall Milch darüber und stellte sich neben ihre Kollegen.

»Hatten Sie gestern einen schönen Tag«? fragte Nicolas Dubois freundlich.

Sie nickte. »Ja, ich kann nicht klagen«. Dann trank sie einen Schluck und sah zu Victor Levéfre herüber. »Ich hoffe, dass ich nichts Aufregendes verpasst habe«.

Die beiden Männer sahen sich an.

»Leider muss ich Ihre Frage mit ›Ja‹ beantworten«, begann Victor Levéfre. »Ich will es kurz machen, Beatrice Mercier ist tot und wird gerade in der Gerichtsmedizin untersucht«.

Isabelle verschluckte sich jetzt an ihrem Kaffee und begann zu husten. »Entschuldigen Sie bitte«, sagte sie schließlich. »Habe ich gerade richtig gehört? Isabelle Mercier, die Frau des Verlegers und Mutter von Fabienne Mercier ist tot? Woran ist sie denn so plötzlich gestorben«?

»Heute Vormittag bekommen wir das Ergebnis«, antwortete Victor Levéfre. »Wir fahren gleich dorthin«.

»Vermuten Sie etwa, dass es kein natürlicher Tod war und wo ist das überhaupt passiert«?

»Im Verlagshaus«, antwortete er ungerührt. »Ich erhielt plötzlich einen Anruf, nachdem zwei Rettungssanitäter vor Ort waren. Und der informierte Arzt konnte Fremdeinwirkung nicht ausschließen«.

»Da bin ich mal einen Tag nicht da und dann so etwas«, antwortete sie und ließ sich auf ihren Schreibtischstuhl fallen.

»Trinken Sie Ihren Kaffee in Ruhe aus und dann fahren wir los«, antwortete Victor Levéfre beschwichtigend. »Wirklich spannend wird es sowieso erst, falls Beatrice Mercier außer einer Menge Alkohol noch etwas anderes im Blut gehabt haben sollte«.

»Und haben Sie herausbekommen, wo sich Christian Clément aufhalten könnte«? fragte sie weiter.

»Wir haben immer noch keinen Anhaltspunkt«, antwortete stattdessen Nicolas Dubois. »Ich werde aber gleich noch einmal die Kollegen in der Teambesprechung anspitzen, Augen und Ohren offen zu halten«. Victor Levéfre nickte und sah auf die Uhr. »Wir müssen jetzt los, denn nachher haben wir noch ein Verhör mit diesem Hausmeister und seinem Sohn.

Dass der Brand in dem Moment ausgebrochen war, als die Wohnungstür von Fabienne Mercier von außen verriegelt wurde, ist mir ein bisschen zu viel des Guten«.

»Sind die beiden etwa hier auf der Préfecture«? fragte Isabelle.

»Nein, noch nicht«, antwortete er und zog sich sein Sakko über. »Sie kommen nachher mit ihrem Anwalt. Wir werden sie aber getrennt nacheinander verhören«.

»Ist denn vorstellbar, dass die beiden etwas mit Fabienne Mercier und Christian Clément zu tun hatten«? fragte Isabelle nachdenklich.

»Keine Ahnung«, antwortete Victor Levéfre. »Aber auch danach werden wir sie natürlich fragen«. Schnell gingen sie jetzt zum Auto.

Als sie in der Gerichtsmedizin ankamen, wartete bereits der Arzt auf sie.

Er war ein älterer, etwas untersetzter Mann und hatte sehr kurz geschnittenes, volles graues Haar.

Er setzte sich die Lesebrille auf und legte einen Ordner bereit. »Guten Morgen Monsieur Levéfre«, sagte er freundlich. »Sie haben heute Ihre Kollegin dabei, mit der ich noch nicht das Vergnügen hatte«.

»Guten Morgen Dr. Lambert«, antwortete der und deutete auf Isabelle. »Das ist Madame Robin«.

Sie gab ihm die Hand. »Es freut mich sehr Sie kennenzulernen«.

Sie setzten sich.

Der Arzt las in seinen Unterlagen und sah jetzt die Kommissare über den Rand seiner goldfarbenen Lesebrille ernst an.

»Wie Ihnen ja bekannt sein dürfte«, begann er. »Hatte Beatrice Mercier einen erheblichen Alkoholspiegel im Blut. Und zwar 2,7 Promille. Wir konnten feststellen, dass sie sowohl Wein, als auch hochprozentigen Wodka getrunken hatte«.

»Und wissen Sie, woher die Schaumbildung aus Ihrem Mund kam«? fragte Victor Levéfre gespannt.

»Sie hatte dazu mindestens zwölf sehr starke Migräne-Tabletten eingenommen«, sagte der Arzt daraufhin. »Und das muss sie des Öfteren getan haben, denn auch ihre Leber war bereits durch dauerhafte Einnahme solcher Medikamente, erheblich geschädigt. Dieser Cocktail gestern war schließlich zu viel«.

Victor Levéfre nickte. »Gut, dann wissen wir jetzt, woran sie gestorben ist«.

Der Arzt lehnte sich zurück. »Ich habe aber noch eine andere Information für Sie«.

Der Kommissar horchte auf.

»Wir sind ganz Ohr«.

»Ich habe mir natürlich auch vorher ihre Unterlagen angesehen. Es ist doch richtig, dass die Dame verheiratet war und eine Tochter hatte«?

»Ja«, antwortete Victor Levéfre. »Haben wir etwas vergessen«?

»Wir haben festgestellt, dass Beatrice Mercier mindestens zwei Schwangerschaften hatte, wobei auch eine Abtreibung durchgeführt worden sein muss«.

Die Kommissare sahen sich fassungslos an.

»Können Sie so eine Feststellung auch zeitlich eingrenzen«? fragte nun Isabelle Robin.

Der Arzt wiegte den Kopf. »Beatrice Mercier war zum Zeitpunkt des Todes achtzig Jahre alt. Ich nehme daher an, dass sie schon vor ihrer Tochter Fabienne eine Schwangerschaft hatte und sie nicht zuerst bekam. Und ich bin sicher, dass die Abtreibung zuletzt stattfand, denn sie hat dabei Vernarbungen erlitten. Und sie wurde sterilisiert«.

»Es könnte also ein weiteres lebendes Kind von ihr geben«? fragte Victor Levéfre.

»Das ist durchaus möglich«, antwortete Dr. Lambert selbstsicher und schloss die Akte.

Er stand auf. »Ich habe gleich eine Obduktion und muss mich beeilen. Sollten Sie noch Fragen dazu haben, können Sie mich heute Nachmittag anrufen«.

Sie verabschiedeten sich und waren kurz darauf wieder auf dem Weg zur Préfecture.

»Falls es noch ein Kind gibt, müsste das eigentlich Robert Mercier wissen«, sagte Isabelle unterwegs.

»Zuerst einmal sollten wir aber ergründen, ob diese Tatsache für unseren Fall überhaupt relevant ist, ansonsten ist das Privatsache der Merciers«, sagte Victor Levéfre. »Anderenfalls müssen wir die Archive der Krankenhäuser abklappern, aber ob die uns Auskunft geben, ist bei den heutigen Datenschutz-Gesetzen sehr fraglich. Jetzt reden wir erst einmal mit dem Hausmeister und seinem Sohn«.

Währenddessen war Yves Robin mit seinem Truck unterwegs in Richtung Kehl und mittlerweile knurrte ihm der Magen.

In Straßburg hatte er noch zwei Paletten in den bereits prall gefüllten Laderaum verstaut und war jetzt wieder auf der Autobahn.

Als er von weitem einen Rastplatz sah, der völlig leer war, murmelte er erleichtert: »Perfekt. Hier kann ich halten, etwas essen und dann bin ich in zwei Stunden an der deutschen Grenze«.

Er ging vom Gas und kam schließlich zum Stehen. Dann schaltete er den Motor ab, öffnete die Fahrertür und sprang herunter.

Prüfend ging er um den Truck herum, kontrollierte die Reifen und die Verriegelung an der Laderampe.

Plötzlich stand wie aus dem Nichts ein Mann neben ihm. »Oh Gott, bin ich erschrocken«, rief Yves. »Wieso schleichen Sie sich so an«?

»Entschuldigen Sie bitte«, antwortete der Mann. »Das wollte ich nicht«.

»Schon gut«, murmelte Yves. »Was machen Sie hier ganz allein? Ich sehe gar kein Auto«.

»Ich war per Anhalter unterwegs und wurde hier abgesetzt. Seit vier Stunden stehe ich jetzt hier rum, können Sie mich vielleicht ein Stück mitnehmen«?

Yves sah ihn misstrauisch an. »Eigentlich nehme ich nie Anhalter mit, hab da so meine Erfahrungen. Sind Sie Franzose«?

Der Mann schüttelte den Kopf. »Nein, ich bin Deutscher«.

»Und wohin wollen Sie«? »Nach Saarlouis«.

»Bis Karlsruhe könnte ich Sie mitnehmen, dann müssen Sie sehen, wie Sie weiterkommen. Ich werde jetzt etwas essen und dann geht's weiter. Haben Sie auch Hunger«?

Der Mann sah ihn dankbar an. »Ja und wie«. Yves begann zu lächeln. »Ich habe ein paar belegte Brote dabei«. Dann reichte er ihm die Hand. »Und bei uns Fernfahrern gibt es nur ein ›Du‹. Mein Name ist Yves«.

»Mein Name ist Christian«.

**

Frédéric Legrand hatte am Nachmittag in einem Feinkostgeschäft ein Abendessen für zwei Personen bestellt und gleich einige Flaschen guten Rotwein gekauft.

Marie war den ganzen Tag mit einer Freundin unterwegs und noch nicht heimgekommen. So konnte er in Ruhe den Tisch decken und Servietten falten, ohne dass ihm jemand in die Quere kam.

Er musste heute unbedingt mit ihr reden und von seinen Ermittlungen der letzten Tage erzählen, denn inzwischen hatte er ihr gegenüber ein schlechtes Gewissen.

Als es am Abend schließlich an der Tür klingelte, lief er hin, nahm einem Lieferanten die Warmhalteboxen ab und hielt ihm das Geld entgegen. »Vielen Dank«, sagte er eilig. Dabei sah er immer wieder die Treppe hinunter, denn Marie konnte jeden Moment kommen.

Plötzlich klingelte das Telefon. ›Auch das noch‹, dachte er und hob ab. »Legrand«, rief er und wurde blass. »Christian«, sagte er verblüfft. »Wo bist Du und warum hast Du nicht gewartet, bis ich noch einmal zu Dir gekommen bin? Ich habe mir für Dich den Arsch aufgerissen und Du haust einfach ab. Stattdessen suchst Du nach alten Bekanntschaften von Fabienne in Deutschland. Spinnst Du«?

Er hörte zu, dann sagte er weiter: »Gegen Dich läuft aber eine Großfahndung. Versteck Dich jetzt an einem Ort, wo Dich die nächsten Tage keiner finden kann«.

Er hörte wieder zu, dann flüsterte er: »Was die Polizei gegen Dich in der Hand hat, willst Du wissen«?

Er atmete kurz durch: »Fabienne konnte während des Brandes die Wohnung nicht verlassen, weil sie von außen zusätzlich verriegelt war. Deshalb ist sie nicht mehr herausgekommen. Und jetzt sage mir ehrlich, ob Du damit etwas zu tun hattest«.

Ein weiteres Mal hörte er sich Christians verzweifelte Erklärungsversuche an.

»Na gut Christian, ich glaube Dir«, sagte er. »Und jetzt pass genau auf. Du rufst mich nie wieder zu Hause an. Am ›Place de la Concorde‹ gibt es drei Telefonzellen, die man anwählen kann. Ich werde am Samstagabend um neun dort sein und warte genau zwanzig Minuten, dann bin ich wieder verschwunden. Vielleicht habe ich bis dahin etwas Entscheidendes herausgefunden. Und jetzt lege ich wieder auf«.

Wütend warf er den Hörer auf die Station und schüttelte den Kopf. ›Hoffentlich ist er vorsichtig genug‹.

Der Wohnungsschlüssel drehte sich im Schloss und Marie stand bepackt mit mehreren Tüten vor ihm. »Hallo Schatz«, sagte sie außer Atem. »Da bin ich wieder«.

»Wie ich sehe«, antwortete Frédéric. »Warst Du fleißig shoppen«.

Sie sah sich um. »Sag mal, was riecht denn hier so gut«?

»Überraschung«, antwortete er lächelnd. »Ich habe uns etwas zu essen besorgt«.

»Hast Du etwa ein schlechtes Gewissen«? fragte sie misstrauisch.

Er sah sie mit hochgezogenen Augenbrauen an. »Wie kommst Du denn darauf? Ich wollte einfach nur mal besonders nett zu Dir sein«.

Sie stützte die Hände in die Hüften. »Ich kenne diesen Blick und bin sicher, dass Du etwas auf dem Herzen hast«.

Er umfasste sie und ging langsam mit ihr ins Wohnzimmer. »Komm und setz Dich«, murmelte er. Dann entkorkte er eine Weinflasche und schenkte ein. »Ja, ich muss Dir etwas erzählen«.

»Ich habe es doch gewusst«, antwortete sie. »Aber jetzt mach es nicht so spannend«.

Frédéric begann ihr jetzt von seinem Treffen mit Christian Clément zu berichten und schilderte, was er über den Brand in der ›Rue Pierre Fontaine‹ und dem Tod von Fabienne Mercier wusste.

Als er ihr jedoch schilderte, dass er selbst Recherchen betrieb, die mit Victor Levéfre zu tun hatten und Eric Fabre ihm Details laufender Ermittlungen verriet, wurde sie wütend. »Bist Du von allen guten Geistern verlassen Frédéric? Wenn das herauskommt, habt Ihr beide ein Problem. Warum tust Du das«?

Er sah sie ernst an. »Ich bin fest davon überzeugt, dass Christian nichts Schlimmes getan hat und Levéfre ist mal wieder dabei, jemanden zu Unrecht in Schwierigkeiten zu bringen«.

»Also darum geht es Dir«, antwortete sie. »Du suchst eine Möglichkeit ihm heimzuzahlen, was er Dir vor ein paar Jahren selbst antun wollte«.

Sie trank einen Schluck Wein. »Und ich dachte, dass Du diese Geschichte endlich abgehakt hast«.

»Das dachte ich auch«, murmelte er und sah sie betreten an. »Aber dann kochte alles wieder in mir hoch. Hilf mir bitte«.

»Wie soll ich Dir denn helfen«? fragte sie zurück. Er wiegte den Kopf. »Erstens hoffe ich, dass Du mich verstehst«.

Sie lehnte sich nach vorn. »Und zweitens«?

Er schluckte. »Eric Fabre und seine Frau haben sich vor fast zwei Jahren getrennt und jetzt wohnt er übergangsweise bei seinen Eltern. Seine Frau verhindert aber ständig, dass ihn dort die Kinder besuchen können«.

Er machte eine Pause. »Ich habe ihm für seine Dienste versprochen, dass er unsere Wohnung in der ›Rue de Loraine‹ mieten kann, wenn Madame Noir in ein paar Wochen ins Pflegeheim gezogen ist. Eric braucht dringend eine eigene Wohnung«.

»Und was machen wir, wenn die Polizei erfährt, dass uns die Wohnung gehört und Eric interne polizeiliche Informationen nach außen getragen hat«?

»Wie sollte die Polizei denn das erfahren? Er muss ja niemandem auf die Nase binden, dass uns die Wohnung gehört«.

Marie hob die Schultern. »Ich weiß es nicht, aber wenn sie es durch einen Zufall herausbekommen, dann brauchen sie nur noch eins und eins zusammenzählen«.

»Du bist oft gleich so negativ Marie«, murmelte Frédéric. »Und hörst das Gras wachsen«.

»Negativ«? fragte sie empört und verschränkte die Arme. »Ich möchte einfach nur keinen Ärger haben«.

Frédéric stand auf, ging um den Tisch herum und nahm ihre Hände in Seine. »Ich stecke aber schon zu tief drin. Eric kommt am Sonntag um elf zur Besichtigung und ich möchte Dich bitten, hinzugehen«.

»Du stellst mich also vor vollendete Tatsachen«, antwortete sie mürrisch.

Er gab ihr einen Kuss. »Bitte Marie, ruf bei Madame Noir an und triff Dich mit Eric«, bettelte er.

»Eigentlich dürfte ich nicht einmal darüber nachdenken«, antwortete sie und sah ihn skeptisch an. »Ich weiß gar nicht, wie Du mich zu so etwas bringst«.

Er begann zu lächeln. »Weil Du mich über alles liebst«.

»Bitte versprich mir, dass Du so etwas, über meinen Kopf hinweg, nie wieder tust«, sagte sie versöhnlich.

»Großes Ehrenwort«.

»Und wo ist Christian jetzt«? fragte sie weiter.

»Er war mit einem kleinen Fotoalbum hier und meint, dass Fabienne ihm irgendwas Wichtiges vorenthalten hat. Und deshalb ist er jetzt in Deutschland, um diese Familie zu finden«.

»Wieso gerade jetzt«? fragte sie erstaunt. »Das kann er doch machen, wenn alles geklärt ist. Und wenn er wirklich unschuldig ist, hätte er sich meiner Meinung nach stellen müssen. So macht er sich doch nur unnötig verdächtig«.

»Im Grunde hast Du ja Recht«, antwortete er und steckte sich eine Weintraube in den Mund.

»Er ist abgetaucht, weil er glaubt, dass er bei der Polizei bereits als Schuldiger gilt und dass, wenn er erst einmal verhaftet ist, so schnell nicht mehr herauskommt. Und nachdem, was ich von Eric Fabre weiß, ist es ja auch so«.

»Bitte sei bei allem was Du tust, sehr vorsichtig«, antwortete sie besorgt.

»Ich werde mir die größte Mühe geben«, antwortete er lächelnd. »Und jetzt lass uns erst einmal essen. Ich muss nämlich heute Abend noch mal weg«.

»Darf ich wissen, was Du vorhast«? fragte sie misstrauisch.

»Ich besuche Jean an seinem Arbeitsplatz«. Marie bekam große Augen. »Etwa in dieser Strip-Bar«?

Frédéric nickte. »Eric hat mir erzählt, dass Levéfre dort ermittelt hat, weil der Exmann von Fabienne da verkehrt und ein Alibi brauchte. Vieles spricht sich in diesen Kreisen wie ein Lauffeuer rum und Jean ist schließlich Barkeeper. Vielleicht hat er auch etwas darüber gehört«.

Marie schüttelte den Kopf. »Ich glaube, dass ich das gar nicht so genau wissen möchte«.

»Na gut«, antwortete Frédéric nun sichtlich zufrieden und hielt ihr eine Schale mit Muschelsalat hin. »Dann wechseln wir jetzt das Thema«.

Gegen zehn am Abend hatte er sich in die ›Rue Saint Denis‹ aufgemacht und stand schließlich vor dem Eingang des Clubs.

Zwei Türsteher traten ihm in den Weg. Einer fragte: »Bon soir Monsieur. Sind Sie Clubmitglied«?

Frédéric sah sie erstaunt an. »Nein das bin ich nicht. Ich möchte lediglich an der Bar etwas trinken«.

Die Türsteher sahen ihn noch einmal prüfend an und gaben schließlich wortlos die Tür frei.

Er betrat die Bar, lief direkt auf den Tresen am anderen Ende des Raumes zu und setzte sich auf einen Hocker. Dann sah er sich um.

Um diese Zeit saßen nur vereinzelt Gäste an kleinen Bistrotischen und sahen einer Stripperin zu, die sich auf einer kleinen Bühne an einer Stange rekelte.

Plötzlich sagte jemand zu ihm: »Bon soir Monsieur, kann ich Ihnen vielleicht etwas zu trinken anbieten«?

Frédéric drehte sich um und sah lächelnd in das Gesicht seines Bruders. »Salute Jean«.

»Frédéric«, stotterte der. »Was machst Du denn hier? Oder hat Dich Marie rausgeworfen«?

»Bei mir ist alles in Ordnung«, antwortete er. »Ich wollte kurz mit Dir reden«.

Jean sah sich schnell um. »Das ist aber eher ungünstig«, flüsterte er. »Mein Chef sitzt im Büro und die Videoüberwachung zeichnet alles auf, was hier vor sich geht«.

»Auch Gespräche«? fragte Frédéric.
Jean nickte wortlos, während er Gläser spülte.

»Dann möchte ich jetzt ein Bier«, sagte Frédéric ruhig. »Und in zehn Minuten werde ich mal auf die Toilette gehen«.

»Bitte Monsieur«, sagte Jean laut und stellte ihm ein Glas hin. »Geh schon mal vor«, murmelte er. »Ich komme gleich nach«. Dann nahm er sein

Tablett und lief auf die anderen Gäste an den Tischen zu.

Frédéric nippte am Bierschaum und sah amüsiert einem älteren und ziemlich dicken Mann zu, der umringt von vier Mädchen auf einem Plüschsofa saß. Hin und wieder holte der ein großes Stofftaschentuch aus seiner Sakkotasche, womit sie ihm die Schweißperlen von der Glatze tupften.

Frédéric stand auf und schlenderte in Richtung Toilette, die er über eine schmale Steintreppe im Untergeschoss erreichte.

Jetzt hörte er Schritte und Jean stand vor ihm. »Los rein da«, zischte der. »Bevor uns jemand von der Security sieht«.

Schwer atmend fragte er: »Also, warum wolltest Du mich sprechen? Und mach es bitte kurz, die anderen Gäste warten«.

»Es geht um einen Mord«, begann Frédéric. »Und ich habe gehört, dass die Polizei auch in Clubs das Alibi eines Verdächtigen überprüft hat. Habt Ihr hier vielleicht auch etwas davon mitbekommen«?

»Vorgestern waren sie am Morgen hier«, antwortete Jean. »Ein gewisser Levéfre und seine Kollegin«.

Frédéric bekam große Augen. »Levéfre war hier in Eurer Bar«? fragte er sichtlich überrascht.

Jean nickte. »Es ging um einen Stammkunden, der jeden Dienstagabend bei uns ist«.

»Wie heißt denn der Mann«?

»Er heißt Lucas Bellier. Er trifft sich hier jeden Dienstag mit einer Prostituierten. Mehr weiß ich nicht«.

Frédéric nickte lächelnd. »Ja, Lucas Bellier«.

»Sag mal, was hast Du denn mit dem ganzen Mist zu tun«? flüsterte Jean. »Soweit ich weiß, bist Du doch gar nicht mehr bei der Polizei«.

Frédéric klopfte ihm auf die Schulter. »Ist eine persönliche Sache, in die ich Dich nicht mit hineinziehen möchte«.

Als Jean jetzt Schritte auf der Treppe hörte, erschrak er. »Ich muss sofort wieder nach oben«.

»Alles klar«, flüsterte jetzt auch Frédéric. »Und lass Dich mal wieder bei uns sehen, wenn Du Zeit hast. Marie würde sich bestimmt auch darüber freuen«.

Jean nickte. »Ja, mach ich«. Schnell eilte er davon.

Frédéric ging zu einem Waschbecken, ließ einen Moment das Wasser laufen und sah in den Spiegel.

›Warum sucht Jean sich nicht irgendeinen normalen Job? Wenn er zu uns kommt, werde ich ihn danach fragen‹.

Dann ging er langsam die Treppe nach oben. Im Vorbeigehen warf er einen Geldschein auf den Tresen und lief zum Ausgang. Ein Türsteher trat ihm in den Weg. »Warum wollen sie denn schon gehen? Gleich kommen die wirklich heißen Girls«.

»Nicht meine Kragenweite«, antwortete Frédéric, ohne ihn anzusehen. »Lassen Sie mich bitte vorbei«.

Draußen auf der Straße atmete er durch und ging nachdenklich zu seinem Wagen zurück.

**

Robert Mercier saß am Abend verzweifelt in seinem Ohrensessel und hatte sich aus Beatrice großer Klassik-Sammlung eine CD aufgelegt.

Ihr Lieblingswerk war immer ›Carmina Burana‹ gewesen, das sie meistens dann gehört hatte, wenn sie wieder einmal, in einem Anflug von Depression, an sich selbst zweifelte.

Heute war er selbst soweit, mit sich und seinem Schicksal zu hadern. Schon seit Stunden grübelte er, ob das Leben für ihn jetzt überhaupt noch einen Sinn ergab. »Meine Frau und meine Tochter sind tot«, murmelte er immer wieder vor sich hin.

Es klopfte plötzlich an der Tür und die Haushälterin schaute herein. »Monsieur«, sagte sie leise. »Lucas Bellier und Catherine Moreau sind gekommen. Darf ich sie zu Ihnen lassen«?

Mit leeren Augen sah er zu ihr herüber. »Meinetwegen«, flüsterte er und wischte sich schnell ein paar Tränen aus dem Gesicht.

Dann nahm er die Fernbedienung und schaltete die Stereoanlage ab. Die Haushälterin ging und

Lucas Bellier und Catherine Moreau standen kurz darauf vor ihm. »Bon soir«, sagte Catherine und sah ihn mitfühlend an. »Entschuldigen Sie bitte die Störung«.

»Lassen Sie die Förmlichkeiten und setzen Sie sich«. Er deutete auf die Couch gegenüber und sah sie fragend an. »Warum sind Sie beide hier«?

Lucas räusperte sich. »Wir kommen gerade eben aus dem Verlag und müssen unbedingt mit Dir reden«, begann er. »Es ist sehr wichtig«.

»Wichtig«? fragte Robert Mercier sichtlich niedergeschlagen. »Alles was mir wichtig war und etwas bedeutet hat, existiert nicht mehr«.

»Aber wir halten es trotzdem für unsere Pflicht, Sie darüber zu informieren, dass Ihre Frau vorgestern auf der Bank war und dreihunderttausend Euro in bar abgehoben hat«, sagte nun Catherine hastig.

Robert Mercier hob den Kopf und sah sie erstaunt an. »Beatrice war auf der Bank? Das hat sie doch sonst nie getan«.

»Es muss ja auch nicht unbedingt etwas bedeuten«, sagte Lucas Bellier. »Denn sie hatte ja das Recht dazu, aber soweit mir bekannt ist, hat sie doch sonst immer nur ihre Kreditkarten benutzt«.

Er öffnete eine kleine Aktenmappe und legte einige Unterlagen auf den Tisch. »Hier sind die Kontoauszüge des letzten Monats«.

»Hatte Beatrice vielleicht eine größere Anschaffung geplant«? fragte Catherine.

Robert Mercier schüttelte ungläubig den Kopf. »Nein, davon wüsste ich. Abgesehen davon würde ich bei dieser Dimension niemals mit Bargeld hantieren«.

»Also ich würde mit der Polizei darüber sprechen«, sagte Catherine vorsichtig.

»Warum sollte ich das tun«? fragte er. »Das ist reine Privatsache und geht doch die nichts an«.

»Na ja«, antwortete Catherine. »Als ich Beatrice im Verlag traf, sagte sie doch, dass sie sich kurz vorher mit ›IHM‹ getroffen hatte. Und dann lachte sie in einer Art und Weise, die mir direkt Angst machte. Vielleicht hängt dieser Geldtransfer irgendwie damit zusammen«.

Sie sah ihn direkt an. »Monsieur Mercier, Sie sollten der Sache unbedingt auf den Grund gehen«.

»Und das Finanzamt möchte ganz bestimmt auch wissen, was mit dem Geld passiert ist«, fügte Lucas Bellier hinzu. »Denn unsere Steuerberater müssen die Summe ja als Privatentnahme verbuchen«.

Robert Mercier begann zu grübeln. »Ich kann mich nie erinnern, dass Beatrice je eine solche Geldsumme benötigt hätte. Von welchem Konto wurde abgehoben«? Er nahm sich die Unterlagen vom Tisch und begann darin zu blättern. »Sie hatte doch ein Eigenes, womit sie nach Belieben shoppen gehen und sich alles kaufen konnte, was sie wollte«.

»Das ist es ja, was mich so stutzig gemacht hat, denn das Geld wurde von einem der Hauptgeschäftskonten entnommen«, sagte Lucas Bellier. »Ich kann mich nicht erinnern, dass sie je darauf zugegriffen hätte«.

»Hast Du bei der Bank nachgefragt«?
Lucas Bellier schüttelte den Kopf. »Nein, noch nicht. Ich habe es nur heute Madame Moreau gezeigt und wollte natürlich zuerst mit Dir darüber sprechen«.

Robert Mercier sah zu Catherine herüber. »Sie haben sich mit meiner Frau doch immer gut verstanden. Können Sie sich vorstellen, was sie mit dem vielen Geld gemacht hat und wen sie gemeint haben könnte«?

Catherine überlegte. »Ich habe absolut keine Ahnung. Privat haben wir uns auch nur sehr selten unterhalten und wenn, dann nur über belanglose Dinge«.

»Du rufst gleich morgen früh bei der Bank an und vereinbarst einen Termin«, wandte sich Robert an Lucas.

Er sah jetzt beide an. »Und zur Polizei gehen wir erst einmal nicht, bitte zu niemandem ein Wort«.

»Kann ich sonst etwas für Dich tun«? fragte Lucas.

»Nein danke, ich komme schon zurecht«, antwortete der. »Du warst einige Zeit mein Schwiegersohn und es hätte mich gefreut, wenn es auch dabeigeblieben wäre. Umso froher und vor allen Dingen erleichtert bin ich jetzt über Deine Loyalität meiner Familie und dem Verlag gegenüber«.

Wieder sah er Catherine an. »Und auch Ihnen vielen Dank. Sie waren und sind eine meiner engsten Vertrauten«.

»Keine Ursache«, antwortete sie und stand auf. »Ich habe Ihnen und Ihrer Frau nie vergessen, wie Sie mich und meine Kinder damals unterstützt hatten, als ich plötzlich meinen Mann Jules verlor. Und falls Sie etwas brauchen, dann rufen Sie mich bitte an. Ich werde auch weiterhin alles tun, was ich kann«.

Sie verließen die Wohnung.
Robert Mercier schaltete wieder die Stereoanlage ein, steckte seine Hände in die Hosentaschen und ging nachdenklich zum Fenster.

Während er nun wieder der Musik von Carl Orff lauschte, starrte er grübelnd in die dunkle Nacht. ›Wozu hat Beatrice nur so viel Geld gebraucht‹?

Im Morgengrauen war er schließlich unterwegs in sein Büro. Stundenlang hatte er sich schlaflos hin und her gewälzt und kein Auge zu bekommen.

Um diese Zeit war der Verkehr noch mäßig und so kam er schnell voran.

Der Concierge saß hinter dem Tresen und las gelangweilt den Sportteil in einer Tageszeitung.

»Monsieur Mercier«, sagte er erstaunt. »Was machen sie denn um diese Zeit hier? Es ist gerade erst kurz nach fünf«.

Der ging mit forschem Schritt zum Aufzug, drückte den Knopf für die oberste Etage und drehte sich noch einmal zu ihm um.

»Guten Morgen. Besorgen Sie mir bitte ein kleines Frühstück und in drei Stunden erwarte ich den Limousinen-Service«.

Schließlich eilte er durch den, um diese Zeit noch spärlich beleuchteten Flur der Geschäftsleitung.

Plötzlich stutzte er, denn die Bürotür von Lucas Bellier war einen Spalt breit geöffnet. Vorsichtig drückte er sie auf und sah ihn schlafend auf der Couch liegen.

»Lucas«, flüsterte er. »Wieso bist Du nicht zu Hause«?

Der öffnete schlagartig die Augen und schrak nach oben. »Oh Gott«, antwortete er. »Hast Du mich erschreckt«. Er fuhr sich über das Gesicht.

»Entschuldige bitte«, murmelte er noch immer sichtlich schlaftrunken. »Die Sache mit den Konten hat mir keine Ruhe gelassen und deshalb bin ich noch einmal ins Büro gefahren«.

»Lucas, Dein Einsatz für den Verlag in allen Ehren, aber bitte übertreib es nicht«, sagte Robert Mercier versöhnlich. »Und wenn wir heute bei unserer Hausbank waren, sind wir vielleicht etwas schlauer. Womöglich hat Beatrice dem Banker, der ihr das Geld ausgehändigt hat erklärt, was sie damit machen wollte«.

Lucas sah ihn unsicher an und räusperte sich. »Ich muss Dir auch etwas sagen, dass mich seit zwei Tagen beschäftigt«.

Robert Mercier setzte sich ihm gegenüber und sah ihn fragend an. »Na los, raus damit, denn ich kann mir nicht vorstellen, dass ich es nicht verstehen werde«.

Lucas erzählte ihm nun von seiner unglücklichen Ehe mit Fabienne, ihren immer öfter werden Affären und der Zeit der Trennung.

Schließlich schilderte er ihm seine Besuche in amourösen Clubs und Strip-Bars.

Robert Merciers Miene verfinsterte sich zusehends. »Dass Du mit Fabienne keine glückliche Ehe geführt hast, war für Beatrice und mich unübersehbar«, sagte er schließlich. »Aber alles was Du danach getan hast, ist Deine Privatsache«.

Lucas sah ihn an. »Capitaine Levéfre hat mich verdächtigt, dass ich etwas mit dem Brand in der ›Rue Pierre Fontaine‹ zu haben könnte und wollte wissen, wo ich um diese Zeit war«.

»Und«? fragte Robert Mercier mit hochgezogenen Augenbrauen. »Willst Du mir jetzt etwa sagen, dass Du kein Alibi hattest«?

»Doch«, antwortete er. »Das hatte ich«.

»Nun sag schon, wo Du warst«.

Lucas schluckte. »Ich habe mich nach der Trennung von Fabienne regelmäßig mit einer Prostituierten getroffen, so auch an diesem Abend«.

»Dann ist ja alles klar«, antwortete der mürrisch und stand auf. »Hat Levéfre das wenigstens geglaubt«?

»Ja ich denke schon«, antwortete Lucas kleinlaut. »Ich wollte es Dir unbedingt selbst sagen, bevor Du es womöglich über Umwege erfährst«.

Robert Mercier ging nicht darauf ein und sah auf seine Armbanduhr. »Wann öffnet die Bank«?

»In gut drei Stunden«.

»Sag mir Bescheid, wenn Du den Termin hast. Ich gehe jetzt erst einmal in mein Büro und möchte vorläufig nicht gestört werden«.

Wortlos verließ er den Raum und Lucas sah ihm zweifelnd nach. Dann öffnete einen Wandschrank, in dem er einige Kosmetikartikel aufbewahrte. Damit lief er schnell, bevor andere Angestellte auftauchten, in die Herrentoilette.

Als sie später die Bank verlassen hatten und wieder im Dienstwagen saßen, schaute Robert Mercier wortlos grübelnd aus dem Fenster.

»Ich habe mir fast gedacht, dass wir nichts Neues erfahren«, begann Lucas vorsichtig. Er wollte gerade weiterreden, da klingelte sein

Mobiltelefon und sah, dass Catherine ihn erreichen wollte. Er hob ab.

»Madame Moreau«, sagte er schnell. »Was gibt es denn? Wir sind bereits auf dem Rückweg in den Verlag«.

»Das ist gut«, antwortete sie. »Capitaine Levéfre und Lieutenant Robin warten bereits und wollen mit Monsieur Mercier sprechen«.

Lucas sah zu ihm herüber. »Die Polizei ist schon wieder im Haus und wollen zu Dir«.

Robert Mercier zog die Augenbrauen zusammen. »Dann müssen sie eben warten«.

Lucas beendete schnell das Gespräch und sagte: »Ich kümmere mich nachher gleich darum, dass der obere Konferenzraum zur Verfügung steht«.

Robert Mercier sah ihn mit leeren Augen an. »Nach unserem Gespräch heute Morgen und dem Termin in der Bank habe ich gerade eine Entscheidung getroffen«.

Lucas wurde blass. »Darf ich wissen welche«? »Nein«, antwortete er monoton. »Du wirst es aber bald erfahren«.

Lucas sah ihn zweifelnd an, traute sich aber jetzt nicht mehr zu fragen.

Im Verlag angekommen, eilten sie nach oben. »Was gibt es denn«? fragte Robert Mercier, während er sich den Mantel auszog. »Wir müssen Sie allein sprechen«, begann Victor Levéfre, der über seine schroffe Art sichtlich irritiert war.

»Dann kommen Sie bitte mit, aber machen Sie es kurz«.

Als sie auf einer Ledercouch Platz genommen hatte, sagte der Kommissar: »Wir haben jetzt das Obduktionsergebnis Ihrer Frau. Es war eine Mischung aus hochprozentigem Alkohol und einer Überdosis Schlaftabletten, die zu ihrem Tod geführt haben«.

»Selbstmord«? fragte Robert Mercier ungläubig.

»Ja leider«, antwortete jetzt Isabelle Robin. »Dr. Lambert, der auch Ihre Tochter untersucht hat, teilte uns allerdings noch etwas mit«.

Jetzt sah sie schnell zu Victor Levéfre herüber. Der nickte ihr aufmunternd zu. »Sagen Sie es ihm«.

»Ja sagen Sie es mir ruhig«, entgegnete Robert Mercier scheinbar gleichgültig. »Ich wüsste nämlich nicht, was mich jetzt noch erschüttern könnte«.

»Wir sind bisher davon ausgegangen, dass Sie zusammen mit Ihrer Frau nur eine Tochter hatten, oder«?

Robert Mercier hob die Schultern. »Was ist denn das für eine Frage? Ich weiß nicht, worauf Sie hinauswollen«.

»Mit großer Wahrscheinlichkeit hat Ihre Frau aber zwei Kinder zu Welt gebracht«, antwortete Isabelle.

Robert Mercier, der bis eben noch aufrecht in seinem Drehstuhl saß, sackte zusammen und stotterte: »Das muss ein Irrtum sein«.

»Das dachten wir anfangs auch«, hakte nun Victor Levéfre ein. »Dr. Lambert ist sich allerdings sehr sicher, dass es so ist und sollten Sie Fragen haben, können Sie ihn gerne direkt kontaktieren«.

Er legte ihm eine Visitenkarte auf den Tisch. »Da bitte«.

Robert Mercier schüttelte ungläubig den Kopf. »Wir waren fast fünfzig Jahre verheiratet«, flüsterte er. »Und waren abgesehen von ihren Entziehungskur-Aufenthalten immer zusammen. Das hätte ich doch mitbekommen müssen«.

Victor Levéfre hob die Hände. »Keine Ahnung, wir hielten es nur für unsere Pflicht, Ihnen diese Tatsache mitzuteilen«.

»Es wäre besser gewesen, wenn ich das nicht erfahren hätte«, murmelte Robert Mercier niedergeschlagen. »Ich habe nicht geahnt, dass die Hiobsbotschaften der letzten vier Tage noch getoppt werden könnten«.

»Sie wissen also tatsächlich nichts von einem zweiten Kind«? fragte Isabelle weiter.

»Nein und selbst wenn es so wäre, geht Sie das nichts an«.

Victor Levéfre beugte sich nach vorn. »Da wir noch immer keine heiße Spur wegen des Mordes an

Ihrer Tochter Fabienne haben, ermitteln wir eventuell auch in diese Richtung«.

»Sollten Sie meine Familie durch den Dreck ziehen, schalte ich sofort meine Rechtsanwälte ein«, fuhr Robert Mercier ihn an.

»Bitte beruhigen Sie sich doch«, sagte Isabelle Robin beschwichtigend. »Nichts dergleichen haben wir vor und können uns sehr gut in Ihre Lage versetzen«.

Robert Mercier sah sie mit blitzenden Augen an. »Sie können sich in meine Lage versetzen? Haben Sie so etwas schon einmal mitgemacht«?

Er stützte verzweifelt seine Hände ins Gesicht. »Gehen Sie bitte«, murmelte er schluchzend.

Die Kommissare verließen das Büro.

Auf dem Flur sah Victor Levéfre seine Kollegin an. »Das war gerade nicht besonders klug von Ihnen, auch wenn Sie es sicher gut gemeint hatten«.

»Ja, das war einfach nur dumm von mir, aber eigentlich wollte ich nur ein wenig nett zu ihm sein«, antwortete sie sichtlich verlegen. »Ich glaube ja selbst nicht, dass man sich in seine jetzige Lage wirklich versetzen kann«.

»Ich möchte es nicht einmal versuchen«, ergänzte Victor Levéfre. »Und jetzt kommen Sie, ich lade Sie auf einen Milchkaffee ein, denn ich bin Ihnen ja noch wegen Frederic Legrand eine Antwort schuldig«.

Inzwischen hatte Robert Mercier angeordnet, dass sich alle Mitarbeiter sofort im Showroom des Hauses einfinden sollten und deshalb alle Termine verschoben, oder gestrichen werden mussten.

Die Kommissare sahen ihm verwundert nach, als er plötzlich im Flur mit mehreren Lektoren an ihnen vorbeieilte.

Im Foyer angekommen, nickten sie dem Concierge freundlich zu und verließen das Gebäude.

Plötzlich kamen einige Mitarbeiter sichtlich aufgeregt und laut diskutierend in den Innenhof.

Victor Levéfre wollte gerade wieder in sein Auto steigen und sah sich erstaunt um. »Was ist denn jetzt los«?

Auch Isabelle Robin schaute interessiert herüber. »Vielleicht hat Monsieur Mercier seine Angestellten über irgendetwas wichtiges informiert«.

Lucas Bellier stand bei Adrien Dupont, der sein gesamtes Arbeitsleben in diesem Haus verbracht hatte und versuchte ihn zu beschwichtigen. »Jetzt beruhigen Sie sich doch«.

»Sie haben es bestimmt schon gewusst«, fauchte der ihn an. »Und niemanden etwas davon gesagt«.

»Nein«, beschwor er ihn. »Auch ich habe es genauso wie Sie, soeben erfahren«.

»Was denn erfahren«? murmelte Victor Levéfre.

Lucas Bellier lief jetzt mit ernster Miene auf die Kommissare zu. »Es ist besser, wenn Sie erst einmal den Parkplatz verlassen«.

»Warum sind denn Ihre Mitarbeiter so außer sich«? fragte Isabelle Robin.

»Robert Mercier hat gerade verkündet, dass er den Verlag verkaufen wird, weitere Einzelheiten sind noch nicht bekannt«.

**

Frédéric Legrand stand abends um neun am ›Place de la Concorde‹ und lehnte gespielt gelangweilt an einer Litfaßsäule.

Immer wieder sah er zu den Telefonzellen herüber und hoffte, dass Christian ihn pünktlich anrufen würde. Plötzlich flüsterte jemand hinter ihm: »Erschrick Dich nicht und dreh Dich bitte nicht um«.

Natürlich hatte Frédéric die Stimme erkannt. »Ich gehe jetzt da vorn in die Seitenstraße und Du folgst mir in ein paar Minuten«.

Ohne auf seine Antwort zu warten, schlenderte er langsam los.

Schließlich standen sie voreinander und Frédéric sah ihn mit sorgenvoller Miene an.

Christians Gesicht war sichtlich gezeichnet. Auch hatte er offensichtlich abgenommen und seine Haare schienen deutlich grauer geworden zu sein.

»Salute Frédéric«, sagte er betreten. »Ich muss mich jetzt erst einmal bei Dir entschuldigen, dass ich ohne Bescheid zu sagen, aus der Pension verschwunden bin«.

Frédéric schüttelte den Kopf. »Was ist bloß in Dich gefahren«? zischte er. »Und wie bist Du wieder nach Paris gekommen«?

»Das war gar nicht so schwer«, antwortete der. »Sag mal, steht die Pension bei Françoise noch zur Verfügung? Ich weiß nämlich nicht, wo ich sonst hinkönnte«.

»Du machst es mir wirklich nicht leicht, aber ich werde dann gleich mit Françoise reden und ihn fragen. Solltest Du aber noch einmal abhauen, ohne Bescheid zu sagen, bist Du für mich endgültig erledigt. Und Geld schuldest Du mir jetzt auch«.

»Ich bin wieder flüssig«, antwortete Christian. »Wie viel bekommst Du denn«?

Frédéric wiegelte ab. »Setz Dich erst einmal ins Taxi und fahr zu Françoise, ich komme bald nach«.

»Konntest Du etwas herausfinden«? fragte Christian schnell.

Frédéric nickte und sah auf seine Armbanduhr. »Ja, aber auf die Schnelle kann ich es Dir jetzt nicht erklären. Lass uns später reden«.

Sie trennten sich und Frédéric beobachtete, wie Christian jetzt ein Taxi bestieg und wegfuhr. Dann ging er zu einer Telefonzelle und hörte kurz darauf

Françoise am anderen Ende schniefend sagen: »Motel Bernard«.

Frédéric sah sich noch einmal um, damit ihm auch wirklich niemand zuhörte.

Schnell begann er: »Françoise, ich bin es Frédéric. Gleich kommt Christian wieder zu Dir, bitte nimm ihn noch einmal auf. Ich komme nachher selbst vorbei«.

»Na gut«, brummte der. »Falls er aber wieder so eine Nummer abzieht und einfach verschwindet, brauchst Du seinetwegen hier nicht mehr anrufen«.

Schnell legte der wieder auf und ging zu seinem Auto, dass er in einer Seitenstraße geparkt hatte.

Er war jetzt auf dem Weg in die ›Rue Pierre Fontaine‹, wo er endlich den Hausmeister treffen wollte.

Als er dort ankam, sah er, wie der gerade gegenüber aus dem Haus kam, in seinen kleinen Transporter steigen und davonfahren wollte.

»Monsieur Simon, bitte warten Sie«, rief er ihm zu, während er seinen Sicherheitsgurt löste.

Der drehte sich um und murmelte verärgert: »Ich habe fast eine halbe Stunde vergeblich auf Sie gewartet und will heute Abend das Fußball-Länderspiel sehen«.

»Entschuldigen Sie bitte«, antwortete Frédéric. »Aber ich bin aufgehalten worden und denke auch nicht, dass unser Gespräch lange dauern muss«.

Schwitzend öffnete Alain Simon seinen blauen Arbeitskittel. »Was wollen Sie eigentlich von mir«? fragte er gereizt. »Ich weiß, dass mein Sohn und ich einen großen Fehler gemacht haben und die Polizei hat mich schon gelöchert«.

»Haben Sie Fabienne Mercier eigentlich mal persönlich gesprochen«? fragte Frédéric.

»Nur hin und wieder im Foyer oder im Aufzug«, antwortete er. »Aber es ging immer nur belangloses Zeug«.

»Und Ihr Sohn«? fragte Frédéric weiter. »Hatte er auch mal Kontakt mit ihr«?

Er schüttelte den Kopf. »Ruven ist zwar etwa genauso alt wie sie, wäre aber viel zu schüchtern. Er ist Autist und hängt tagein tagaus am Rockzipfel meiner Frau«. Er atmete einen Moment tief ein.

»Und deshalb habe ich ihn eben manchmal mit in den Keller genommen, wenn ich an meinem Moped gebastelt habe. Erst hatte ich gar nicht bemerkt, dass er mit einer glimmenden Zigarette am offenen Tankdeckel stand«.

Er sah ihn ernst an. »Und als ich mich dann umdrehte, war es schon passiert. Ein Knall und alles stand in Flammen«.

Frédéric schluckte. »Und Sie waren die ganze Zeit mit ihm zusammen, bis der Brand ausbrach«?

»Ja schon«, murmelte er. »Ruven saß in der Ecke und schaute mir zu, wie ich einen Auspuff poliert habe«.

»Ist er selbst auch handwerklich begabt«? fragte Frédéric weiter.

Alain schüttelte den Kopf. »Nein, leider nicht. Er malt liebend gern und wenn er Lust hat, sitzt er da und baut aus Schaschlik-Stäbchen kleine Kunstwerke. Aber alles meiner Meinung nach brotlose Kunst, nur wenn ich zu meiner Frau sage, dass er außer essen und schlafen nichts kann, wird sie ungehalten«.

»Wo ist er jetzt«?

Alain zog eine silberne Taschenuhr aus seiner ausgebeulten Arbeitshose. »Jetzt schaut er mit Sicherheit seine Comic-Serie im Fernsehen und isst wahrscheinlich nebenbei ein Kilo Chips«.

Frédéric nahm ihn am Arm. »Müssen Sie eigentlich unter diesen Umständen für den fürchterlichen materiellen Schaden am Haus haften«?

Alain hob die Schultern. »Das wissen wir im Moment nicht genau, die Versicherungen erstellen gerade ein Gutachten und Ruven muss sich auch einigen Tests unterziehen. Davon hängt es ab«.

»Und die Polizei«? fragte Frédéric vorsichtig. »Sind die Ihnen auch noch auf den Fersen«?

Alain kratzte sich nachdenklich am Kopf. »Ich glaube nicht«, murmelte er. »Und nachdem ich diesem Levéfre alles erklärt hatte, kippte mein Sohn ihm die Kaffeetasse über den Schreibtisch«.

»Etwa absichtlich«?

»Ruven wurde wütend, weil er glaubte, ich werde bedroht. Dann gerät er manchmal außer Kontrolle. Unser Anwalt hat dann sehr schnell dieses Verhör für beendet erklärt und wir konnten gehen«.

»Vielen Dank Monsieur Simon«, sagte Frédéric. »Sie haben mir wirklich weitergeholfen«.

»Wieso wollten Sie alles denn so genau wissen«? fragte Alain misstrauisch.

»Ich bin ein Freund der Familie«, murmelte Frédéric und sah auf seine Armbanduhr. Er wollte sich jetzt keine weiteren Fragen stellen lassen und auch keinesfalls seinen Namen Preis geben.

Schließlich konnte es ja sein, dass Alain Simon noch einmal mit Victor Levéfre Kontakt bekam.

Freundlich nickte er ihm zu, drehte sich auf dem Absatz um und lief zu seinem Auto.

Unterwegs zu Françoise und Christian begann er zu lächeln, weil er sich vorstellte, wie dieser Ruven den Schreibtisch von Victor Levéfre mit einem Schlag verwüstet hatte.

›Gerade er, der immer jeden Bleistift im rechten Winkel zur Schreibtischkante aufreihte‹, dachte er schadenfroh.

Als er schließlich in die ›Rue Waldeck Rousseau‹ einbog, rollte er in eine Parklücke, schaltete sofort das Licht ab und ging in den Innenhof des Motels.

Da ein Fenster offenstand, konnte er leise tuschelnd die Stimmen von Françoise und Christian hören, die allein in dem kleinen Frühstücksraum saßen.

»Salute«, sagte Frédéric und schloss die Tür hinter sich. Erschrocken drehten sich beide zu ihm um.

»Setz Dich«, sagte Françoise und schenkte auch ihm ein Glas Rotwein ein.

Frédéric sah Christian ernst an. »Was hast Du Dir dabei gedacht«? fragte er ärgerlich.

Françoise winkte ab. »Lass es gut sein Frédéric. Ich habe ihm schon den Kopf gewaschen. Hör Dir lieber an, was er in Deutschland herausgefunden hat«.

Frédéric sah erstaunt zu Christian herüber.
Der nahm das kleine Fotoalbum und schob es zu ihm herüber. Dann tippte er mit dem Finger auf die Schrift und begann: »Ich weiß jetzt, wer ›Maja, Roman und Luce‹ sind«.

»Hast Du mit ihnen gesprochen«?
»Ja, mit dieser Maja«.

»Jetzt mach es nicht so spannend und erzähl mir endlich, was Du weißt«, sagte Frédéric ungeduldig.

Christian klappte das Album auf und deutete auf das Kind. »Das ist der kleine Luce und er ist Fabiennes Sohn«. Dann zeigte er auf den Mann.

»Und das ist Roman, der leibliche Vater. Fabienne hatte während ihrer Ehe mit Lucas auch eine Affäre mit ihm«.

»Und wie hast Du das erfahren«?

Christian lehnte sich zurück. »Von seiner ehemaligen Lebensgefährtin Maja. Sie hat mir unter Tränen erzählt, dass Roman sie vor kurzem verlassen und mit dem Jungen nach Paris gezogen ist«.

»Und weiter«? fragte Frédéric ungeduldig.

Christian schluckte. »Der Trennungsgrund war Fabienne. Angeblich hatte sie kurz vor ihrem Tod wieder Kontakt mit Roman aufgenommen und dann wurde mir plötzlich klar, warum sie diesen scheinbar sinnlosen Streit mit mir inszeniert hat«.

Er nahm sein Weinglas und trank einen Schluck. »Sie hat einen Grund gesucht mich loszuwerden, damit der Weg für diesen Roman frei ist und sie auch mit ihrem Kind zusammen sein kann«.

Frédéric fuhr sich mit der Hand grübelnd über sein Gesicht. »Meinst Du wirklich«?

»Ich glaube dieser Maja«, antwortete Christian ruhig. »Und wäre ich nicht dorthin gefahren, hätte ich niemals die Wahrheit über Fabienne erfahren«.

»Meinst Du, dass ihre Eltern, oder Lucas Bellier davon etwas gewusst haben«?

»Das glaube ich niemals«, antwortete Christian. »Robert Mercier hätte doch bestimmt alles versucht, sein Enkelkind bei sich zu haben. Und Lucas Bellier hätte sicherlich einen Vaterschaftstest verlangt, denn er wäre selbst gern der Vater gewesen«.

Frédéric sah zu Françoise herüber. »Gib mir bitte noch etwas Rotwein. Diese Erkenntnisse muss ich jetzt erst einmal verdauen«.

Dann sah er Christian wieder grübelnd an. »Das erklärt aber immer noch nicht Fabiennes Tod. Wer hat ihr bloß nach dem Leben getrachtet? Mit dem Hausmeister habe ich vorhin gesprochen. Er und sein Sohn, haben zwar den Brand verursacht, aber sie wollten niemandem schaden. Nur so viele Zufälle auf einmal sind andererseits auch suspekt«.

Schließlich erzählte er Christian noch von seinen anderen Recherchen. Als der hörte, dass Lucas Bellier regelmäßig eine Strip-Bar besuchte und Kontakt zu einer Prostituierten hatte, bekam er große Augen.

»Was«? fragte er erstaunt. »Hab ich gerade richtig gehört? Lucas verkehrte in solchen Läden«?

Frédéric nickte und stand schließlich auf. »Ja, das ist sicher. Ich muss jetzt aber erst einmal nach Hause, denn Marie wird schon auf mich warten. Sie hat sich heute mit einem Freund von mir getroffen, der auf der Préfecture arbeitet. Vielleicht konnte sie von ihm noch etwas erfahren, das uns weiterhilft«.

Er klopfte Françoise freundschaftlich auf die Schulter, verabschiedete sich von Christian und sagte: »Und Du bleibst hier«.

»Ja ganz bestimmt«, antwortete der. »Und danke für Eure Hilfe«.

Als er nach mehreren Staus endlich zu Hause ankam, wartete Marie bereits ungeduldig auf ihn.

»Da bist Du ja«, sagte sie ungeduldig und hielt ihm einen Umschlag hin. »Eigentlich wolltest Du doch nur kurz mit Christian telefonieren«.

»Tut mir leid Schatz«, antwortete er, während er sich eine Flasche Bier aus dem Kühlschrank nahm. »Aber es kam doch anders. Christian ist wieder in der Stadt«.

»Christian ist wieder da«? fragte sie erstaunt. »Dann wäre es doch das Beste, wenn er sich stellt. Eric und Du, Ihr beide kommt doch sonst nur in unnötige Schwierigkeiten«.

Mit sorgenvoller Miene saß sie ihm jetzt gegenüber. Frédéric riss, ohne darauf einzugehen, das Kuvert auf und las sich die Notizen von Eric durch. Schließlich ließ er das Papier sinken.

»Das ist ja furchtbar«, murmelte er. »Madame Mercier hat sich das Leben genommen«.

»Dann hat ja ihr Mann innerhalb von ein paar Tagen seine ganze Familie verloren«, sagte Marie entsetzt.

Frédéric lehnte sich zurück. »Nicht ganz«.

»Wie meinst Du das«?

»Ich hatte Dir doch von diesem kleinen Fotoalbum erzählt, dass Christian in Fabiennes Büro gefunden hatte«, begann er und erzählte ihr von Christians Recherchen in Deutschland. Zum Schluss sagte er: »Christian hatte einen guten

Riecher, das muss ich neidlos zugeben. Niemals wäre ich darauf gekommen, dass da mehr dahinterstecken könnte«.

Marie schüttelte ungläubig den Kopf. »Fabienne hat irgendwo auf der Welt ein Kind und hält es geheim. Also ich könnte das nicht verbergen und warum auch«? Frédéric begann zu lächeln.

»Spätestens vor Deiner neugierigen Mutter ist nichts und niemand sicher«.

»Lass das bitte«, antwortete sie mit beleidigter Stimme. »Mama ist herzensgut und deshalb möchte ich nicht, dass Du so über sie redest«.

Er nahm ihre Hände in Seine. »Tue ich doch gar nicht«, antwortete er versöhnlich. »Und außerdem hört sie es ja nicht«.

»Wie lief es denn überhaupt in der Wohnung«? fragte er weiter. »Möchte Eric sie haben«?

»Ja natürlich«, seufzte Marie. »Außerdem hast Du ja sowieso schon zugesagt. Nur Madame Noir war nicht begeistert und fühlte sich scheinbar überrumpelt. Ich glaube, dass sie es noch immer nicht wahrhaben will, dass sie dort nicht mehr allein bleiben kann«.

Sie stand auf und schenkte sich ein Glas Wein ein. »Ehrlich gesagt hoffe ich, dass bis zum Einzug von Eric Fabre alles aufgeklärt ist«.

Sie sah zu Frédéric herüber, der grübelnd vor sich hinstarrte. »Hörst Du mir überhaupt zu«?

Der schreckte auf. »Ja natürlich, aber jetzt habe ich mal eine Frage an Dich. Ob Madame Mercier sich nur aus Trauer um ihre Tochter das Leben genommen hat, oder könnte sie vielleicht etwas mit dem Tod ihrer Tochter zu tun haben«?

Marie sah ihn ungläubig an. »Frédéric, das ist doch Unsinn. So einen Verdacht halte ich für völlig absurd«.

**

Isabelle Robin und Victor Levéfre saßen kurz vor Feierabend im Büro und überprüften wieder und wieder die Ermittlungsergebnisse.

Am Vormittag hatten sie beim Polizeipräsident eine Standpauke über sich ergehen lassen müssen, weil der Anwalt von Robert Mercier Beschwerde gegen sie eingereicht hatte.

Zu allem Überfluss spielten die auch noch im selben Club zusammen Golf.

»Was glauben Sie, wenn der Anwalt seine Verbindungen zur Presse nutzt«, hatte er ihnen zähneknirschend vorgeworfen. »Und Sie womöglich letztendlich zu Unrecht in seinem Privatleben und dem seiner Frau herumgeschnüffelt haben? Dann schieben Sie in absehbarer Zeit Dienst im letzten Kuh-Kaff in der Normandie. Sehen Sie zu, dass Sie endlich einen Ermittlungserfolg vorweisen können«.

»Irgendetwas müssen wir übersehen haben«, sagte Victor Levéfre jetzt grübelnd und schlug genervt die Akte zu.

»Der Hausmeister und sein Sohn haben direkt mit dem Tod von Fabienne Mercier nichts zu tun, da bin ich mir sicher. Lucas Bellier hat ein Alibi, Beatrice Mercier kann uns leider keine Fragen mehr beantworten und von Christian Clément gibt es weit und breit immer noch keine Spur«.

»Ich habe heute auch noch einmal an den Grenzübergängen angerufen«, ergänzte Isabelle Robin. »Er ist nirgends gesehen worden«.

Plötzlich klopfte es an der Tür. »Herein«, rief Victor Levéfre ungehalten.

Isabelle Robin fragte verwundert: »Yves, wo kommst Du denn her und seit wann bist Du zurück«?

»Na das ist ja eine Begrüßung«, antwortete der lächelnd. »Wenn ich störe, gehe ich wieder«. Schnell holte sie ihre Handtasche aus dem Schrank und verstaute einige Privatsachen darin. »Nein«, ich mache auch gleich Schluss«.

Victor Levéfre ging auf ihn zu. »Na alles in Ordnung bei Ihnen? Wo waren Sie denn diesmal«?

»Eigentlich sollte ich nach Dänemark fahren, aber in Oldenburg war Schluss«, antwortete er. »Deshalb bin ich heute schon nach Hause gekommen«. Yves sah auf die Pinnwand, wo akribisch alle Beteiligten des Mordfalls Fabienne Mercier in einem Schema dargestellt waren.

»Was haben Sie denn plötzlich«? fragte Victor Levéfre erstaunt.

Der deutete auf ein Porträt. »Den Typen da auf dem Foto, den kenne ich«.

»Woher«? fragte Isabelle jetzt, als sie neben ihm stand.

»Der heißt Christian«, antwortete er. »Hab ihn auf dem Hinweg an einem Rastplatz aufgegabelt und mitgenommen. Er sagte, dass er nach Saarlouis will«.

»Und dort auch abgesetzt«? fragte Victor Levéfre ungeduldig. Yves schüttelte den Kopf.

»Nein in Karlsruhe, denn ich musste dann in eine andere Richtung fahren«.

Er sah noch immer ungläubig auf das Bild. »Ich kann mir gar nicht vorstellen, dass er etwas Ungesetzliches getan hat. Er war total freundlich und mein Frühstück habe ich auch noch mit ihm geteilt«.

Jetzt schaute er zu Isabelle. »Ist das der Fall, den Du erwähnt hattest«?

Sie nickte. »Ja, er ist zurzeit unser einziger Hauptverdächtiger. Und jetzt muss Capitaine Levéfre mit Dir ein Verhör führen, denn Du bist unser einziger Lichtblick, was den derzeitigen Aufenthaltsort von Christian Clément angeht«.

»Mir wäre es lieber, wenn Du das machst«, antwortete er lächelnd. »Sonst komme ich mir selbst so verdächtig vor«.

»Das geht leider nicht«, sagte Victor Levéfre stattdessen. »Sie sind mit ihr verheiratet«.

»Rufen Sie bei einer Polizeidienststelle in Saarlouis an, während ich das Protokoll führe«, wandte er sich an Isabelle Robin. »Und faxen Sie denen auch ein Foto«.

Sie nickte. »Ja natürlich.

Der Kommissar und Yves Robin verließen das Büro.

Erschrocken sah sie jetzt auf die Uhr an ihrem PC. Der Kindergarten würde in einer halben Stunde schließen.

Zuerst rief sie deshalb bei ihrer Mutter an. »Mama«, sagte sie hastig. »Hol bitte Jacques aus der Tagesstätte ab, ich schaffe es heute einfach nicht rechtzeitig«.

Als sie wieder aufgelegt hatte, suchte sie schnell die Daten der Hauptdienststelle in Saarlouis heraus und mailte den Fahndungssteckbrief von Christian Clément. Dann wählte sie die Nummer der Zentrale.

Obwohl sie relativ gut deutsch sprechen konnte, wurde sie jetzt nervös. Der Stimme nach hatte sie schließlich einen relativ jungen Polizisten am Apparat, dem sie den Sachverhalt erläuterte.

Gerade hatte sie wieder aufgelegt, da kamen Yves und Victor Levéfre wieder herein.

»Sie können Feierabend machen«, sagte der. »Ich schreibe noch dem Polizeipräsidenten eine Mitteilung«.

Als sie im Auto saßen und auf dem Weg nach Hause waren, fragte Isabelle: »Sag mal Yves, Ihr dürft doch eigentlich keine Anhalter mitnehmen, oder«?

»Nein«, murmelte er zähneknirschend. »Und wenn mein Chef das erfährt, werde ich auch noch Ärger in der Spedition bekommen«.

Auf sich selbst wütend, presste er sich jetzt in die Rückenlehne des Fahrersitzes. »Aber steh Du doch mal früh morgens bei Nieselregen auf einem Rastplatz und ein freundlicher Typ fragt höflich, ob er mitfahren darf. Würdest Du ihn nicht mitnehmen«?

»Wahrscheinlich schon«, antwortete sie leise. »Ich mach Dir ja auch keinen Vorwurf, aber ich bin auch froh, dass Dir nichts passiert ist«.

Yves sah sie von der Seite an. »Ich kann mir wirklich nicht vorstellen, dass dieser Christian eine Frau umgebracht haben soll. Tut mir leid«.

»Niemand hat schlechte Gedanken auf der Stirn stehen«, antwortete Isabelle. »Und schon oft wurden Mörder verurteilt, die ein Doppelleben geführt und ganz normale Familien hatten«.

»Also ich verspreche Dir, keine Anhalter mehr mitzunehmen, denn das war mir eine Lehre. Und was mich Dein Kollege alles gefragt hat«.

»Wieso was denn«?

»Warum ich nicht die Route über Belgien genommen habe, zum Beispiel. Und die genauen Zeiten, wann und wo ich unterwegs war. Morgen früh bringe ich eine Kopie der Karte des Fahrtenschreibers vorbei. Vielleicht verzichtet er dann darauf, bei der Spedition anzurufen und ich komme um eine Abmahnung herum«.

»Mach Dir keine Sorgen«, antwortete sie lächelnd. »Es wird schon gut gehen«.

»Eins habe ich ihm allerdings nicht gesagt«, murmelte er betreten.

Sie sah ihn fragend an. »Und was«?

Yves schluckte. »Ich habe ihn auch wieder mit zurück nach Paris genommen«.

»Wie bitte«? fragte sie entrüstet. »Warum hast Du das verschwiegen und wie kam es überhaupt dazu«?

»Kurz vor Karlsruhe kam ein Anruf aus der Spedition. Der Chef sagte, dass ein zweiter LKW unterwegs ist und ich stattdessen in Oldenburg Fracht aufnehmen werde und wieder zurückkommen muss, worüber ich natürlich nicht böse war. Deshalb war ich ja auch schon früher zurück als geplant«.

»Und weiter«? fragte sie ungeduldig.

»Dieser Christian hat das Gespräch verfolgt und dann gefragt, ob es eventuell möglich wäre, dass er mit zurückfahren kann, wenn er seine Bekannten besucht hat«.

»Und warum hast Du das nicht ausgesagt«?
»Weil Christian mir fünfhundert Euro auf die Hand geboten hat«, murmelte er. »Da konnte ich einfach nicht widerstehen«.

Isabelle lief rot an. »Sag mal Yves, spinnst Du«? fragte sie außer sich. »Du machst Dich strafbar und das in mehreren Hinsichten. Das ist Irreführung der Behörden. Mal abgesehen von der Bestechung. Und ich stecke auch noch mitten drin«.

Yves wurde blass. »Und was soll ich jetzt tun«?
»Dreh sofort um«, herrschte sie ihn an. »Wir fahren zurück auf die Préfecture und dann sagst Du die Wahrheit«.

»Aber vielleicht ist dieser Christian wirklich unschuldig und die ganze Aufregung ist umsonst«, sagte er verzweifelt.

»Du drehst um«, fauchte sie ihn an, während sie ihr Mobiltelefon aus der Handtasche holte und eine Nummer wählte.

»Salute Mama«, sagte sie hastig. »Yves und ich müssen schnell noch etwas Dringendes erledigen. Wir kommen etwas später«.

Schweigend fuhren sie zurück und kamen gerade auf dem Dienst-Parkplatz an, als Victor Levéfre in sein Auto steigen wollte. »Nanu, haben Sie etwas vergessen«?

»Ja«, antwortete Isabelle trocken. »Mein Mann hat vergessen, Ihnen etwas Wichtiges zu sagen«.

»Hat das nicht Zeit bis Morgen«? fragte der und sah auf seine Armbanduhr. »Ausgerechnet heute habe ich eine Verabredung und möchte gerne pünktlich sein«.

Isabelle sah ihn ernst an. »Nein, das hat leider keine Zeit«.

Victor stutzte. »Was ist denn los? So kenne ich Sie ja gar nicht«.

»Bitte«, flehte sie. »Es muss ja nicht lange dauern, aber es ist wirklich enorm wichtig«.

Sie betraten wieder das Dienstgebäude und saßen sich kurz darauf im Büro gegenüber.

»Na dann raus damit«, sagte Victor Levéfre gut gelaunt.

Als er schließlich hörte, was Yves Robin ihm stockend berichtete, verfinsterte sich seine Miene.

Zwischendurch sah er immer wieder zu Isabelle herüber, die starr geradeaus blickte.

»Ich habe Ihre vorhergehende Aussage schon weitergeleitet«, begann er. »Aber natürlich nehmen wir Ihre zweite Aussage jetzt auch noch zu Protokoll«.

Dann setzte er sich an seinen PC und begann ein neues Formular auszufüllen, druckte alles aus und sagte: »Seien Sie froh, dass wir mit den Ermittlungen noch nicht begonnen haben«.

Yves nickte. »Tut mir wirklich leid. Entschuldigen Sie bitte«.

»Bedanken Sie sich lieber bei Ihrer Frau, denn irgendwann wäre die Wahrheit so oder so ans Licht gekommen«. Er holte einen schwarz glänzenden Kugelschreiber aus seiner Innentasche, unterschrieb selbst, dann schob er das Papier zu Yves herüber.

Als die beiden das Büro verlassen hatte, lehnte sich Victor erschöpft in seinem Schreibtischstuhl zurück. ›Christian Clément ist also wieder in der Stadt‹, grübelte er. ›Nur warum ist er nicht in Deutschland, oder wo auch immer geblieben, denn er weiß ja, dass wir ihn suchen. Außerdem bin ich sicher, dass ihm irgendjemand hilft, sich zu verstecken. Nur wer könnte das sein? Catherine Moreau ist es bestimmt nicht, denn das Haus und ihr Telefon werden überwacht. Sonst fällt mir dazu im Moment niemand ein‹.

Jetzt sah er wieder auf seine Armbanduhr. »Ich muss los«, murmelte er, nahm seine Jacke und verließ die Préfecture.

Am nächsten Morgen war Isabelle früher als sonst im Büro.

Noch immer wütend über Yves, rührte sie jetzt gedankenversunken in ihrem Kaffee. Sie hatten am Abend heftig gestritten. Und sie wollte ihn dazu bringen, seinem Chef selbst zu erzählen, was passiert war, doch das sah der überhaupt nicht ein.

›Soll er mich doch hinauswerfen, wenn er es erfährt‹, hatte er zum Schluss gesagt. ›Dann weiß er nachher wenigstens, was er an mir hatte‹.

Als Isabelle ihn schließlich ermahnte, nicht so überheblich zu sein, da der Fehler bei ihm selbst läge, war das Maß für Yves voll. Gekränkt hatte er sich für mindestens eine Stunde im Bad eingeschlossen und ihrer Bitte die Tür zu öffnen, nicht nachgegeben.

Und so verbrachte er die Nacht auf der Couch, während sie Jacques mit zu sich ins Bett genommen hatte, weil der mal wieder nicht einschlafen wollte.

Doch jetzt wollte sie sich auf den Fall Fabienne Mercier konzentrieren.

Zuerst kontrollierte sie die Bankdaten von Christian Clément. Noch immer hatte er auf keines der Konten zugegriffen, die er früher immer benutzt hatte und auch sein Mobiltelefon war seitdem nicht mehr eingeschaltet worden.

Jetzt nahm sie noch einmal die Unterlagen von Lucas Bellier in die Hand. Der wurde aufgrund seines Alibis nicht weiter überprüft. Estelle hingegen, hatte inzwischen tatsächlich die Hilfe der Fürsorge in Anspruch genommen und ihr Mann würde bald eine Therapie beginnen.

›Ob Christian Clément wusste, was Lucas Bellier jeden Dienstagabend machte‹? dachte sie jetzt.

Plötzlich fiel ihr der Barkeeper Jean Legrand wieder ein. Und das Gespräch mit Victor Levéfre, der ihr beim Kaffeetrinken von der Fehde zwischen ihm und seinem Bruder, dem pensionierten Polizisten, berichtet hatte.

Mürrisch hatte der noch hinzugefügt, dass Fréderic Legrand ihm am Tag der Urteilsverkündung im Gericht zugerufen hatte, es ihm irgendwann mit barer Münze zurückzuzahlen.

›So wie Victor seinen Widersacher Frederic Legrand beschrieben hatte, ist es durchaus möglich, dass der inzwischen von Jean erfahren hat, dass er hier die Ermittlungen leitet. Nur könnte er uns dabei behindern‹?

Sie schüttelte den Kopf und schloss die Mappe. ›Was für eine absurde Idee‹.

Das Telefon klingelte und Isabelle Robin hob ab. Eine aufgeregte Stimme war dran und drohte mit einer Beschwerde wegen Geschäftsschädigung.

Als sie wieder aufgelegt hatte, dachte sie: »Warum war Victor Levéfre noch einmal in dieser Bar in der ›Rue Saint Denis? Aber gesagt hat er davon nichts, zumindest kann ich mich nicht erinnern‹.

Der kam in diesem Moment herein.
»Guten Morgen«, sagte er freundlich und warf seine Jacke über den Stuhl. »Alles in Ordnung bei Ihnen zu Hause«?

Isabelle winkte ab. »Lassen wir lieber das Thema, aber ich bin froh, dass wir das gestern noch aus der Welt schaffen konnten«.

»Respekt Madame«, sagte Victor. »Ihre Courage hat mit Sicherheit Yves und letztendlich auch Ihnen eine Menge Ärger erspart«.

»Daran darf ich gar nicht denken, dass wir in Deutschland die Behörden informieren, während Christian Clément munter in Paris herumspaziert«.

Jetzt fiel ihr ein, dass sie ja dort ebenfalls noch anrufen musste, um unnötige Observierungen zu vermeiden.

Sie nahm den Telefonhörer, während Victor Levéfre sich eine Tasse Kaffee einschenkte.

Als sie wieder aufgelegt hatte, sagte sie: »So, das hätten wir. Übrigens hat vorhin der Besitzer der Strip-Bar in der ›Rue Saint Denis‹ angerufen und sich beschwert«.

»Worüber«? fragte Victor mit hochgezogenen Augenbrauen.

Sie lehnte sich zurück und sah ihn skeptisch an. »Gegenfrage. Warum haben Sie mir eigentlich nicht gesagt, dass Sie allein dort waren und ermittelt haben? Es sei denn, Sie waren privat unterwegs, dann geht es mich natürlich nichts an«.

»Wie kommen Sie denn darauf, dass ich dort war«?

»Weil der Besitzer wegen Geschäftsschädigung Anzeige erstatten will«, antwortete sie. »Er sagte, dass er über seine Videoüberwachung gesehen hat, dass ein Polizist diesen Barkeeper Jean auf der

Toilette gesprochen hat. Der streitet zwar alles ab, aber das Gespräch wurde aufgezeichnet«.

»Woher weiß er denn, dass es ein Polizist war, oder besser gefragt, dass ich es war«?

»Als er die Aufzeichnungen durchgesehen hatte, wurden die Security-Leute befragt und die haben vermutet, dass er Polizist sein könnte. Auf jeden Fall hat er sich wohl angeblich wie einer verhalten und ein dem Besitzer wichtiger Stammgast, der ihn beobachtet hat, ist daraufhin sofort gegangen«.

»Angeblich, vermutlich«, rief Victor Levéfre verärgert. »Ich war es auf jeden Fall nicht«.

Plötzlich sahen sich die Kommissare beide an und sagten gleichzeitig: »Fréderic Legrand«.

Victor Levéfre zog sich hastig sein Sakko über. »Kommen Sie mit, denn erstens müssen wir das klären und zweitens lasse ich das ganz bestimmt nicht auf mir sitzen«.

**

Robert Mercier stand in der ausgebrannten und noch immer vollkommen verwüsteten Wohnung in der ›Rue Pierre Fontaine‹ und sah sich um.

Alain Simon, der Hausmeister stand hinter ihm und sagte vorsichtig: »Es tut mir alles wirklich sehr leid Monsieur Mercier«.

Der drehte sich abrupt zu ihm um und sah ihn mit zusammengekniffenen Lippen an.

177

Schließlich antwortete er. »Ich finde es schon etwas seltsam, dass Sie und Ihr Sohn unbeschadet das Haus verlassen konnten«.

»Wir hatten einfach nur Glück«, flüsterte Alain. »Weil wir durch eine danebenliegende schwere Brandschutztür, die Gott sei Dank hinter uns zugefallen ist, flüchten konnten. Nur leider war der Steigschacht des Aufzuges nach oben nicht ordnungsgemäß geschottet. Der Gutachter sagte ...«.

Robert Mercier unterbrach ihn. »Hören Sie auf. Tatsache ist, dass Sie mit diesen brennbaren Sachen im Keller nicht hantieren durften«, zischte er mit schneidender Stimme und begann schwer zu atmen. »Und selbst wenn Sie und Ihr Sohn unbeschadet davonkommen sollten, werde ich Sie beide auf jeden Fall verklagen«.

Alain Simon wurde blass. »Oh bitte Monsieur, von mir aus verklagen Sie mich, aber lassen Sie Ruven in Frieden. Wenn er aus seinem gewohnten Umfeld in eine Psychiatrie, oder gar ins Gefängnis muss, überlebt er das nicht«.

»Was glauben Sie denn, was mit meinem gewohnten Umfeld jetzt ist«, antwortete er verächtlich. »Fragen sie mich danach auch«?

Alain Simon sah ihn betreten an. »Wenn meine Frau und ich etwas tun können ...«. Wieder unterbrach er ihn. »Was wollen Sie denn bitte schön tun, wenn ich fragen darf? Was«? schrie er verzweifelt.

Ohne seine Antwort abzuwarten, verließ er das Haus und setzte sich auf die Rückbank seines Rolls Royce.

»Bringen Sie mich bitte zu meinem Termin in die Gerichtsmedizin«, murmelte er dem Fahrer zu. Der nickte und fuhr die Glasscheibe hinter sich nach oben.

Er holte sein Smartphone aus der Sakkotasche und sagte schließlich: »Hallo Madame Moreau, kommen Sie bitte in zwei Stunden in meine Wohnung. Ich möchte mit Ihnen reden«.

Als er kurz darauf im Büro Dr. Lambert gegenüber saß, sagte er: »Sie wissen sicherlich, warum ich hier bin und möchte Ihre kostbare Zeit nicht ungebührlich in Anspruch nehmen«.

Der Arzt sah ihn durchdringend an. »Ich habe jeden Tag viele Termine, aber wenn Angehörige Fragen an mich haben, nehme ich mir trotzdem Zeit. In Ihrem Fall finde ich besonders tragisch, dass ich innerhalb einer Woche Ihre Tochter und Ihre Frau untersuchen musste«.

Robert Mercier schluckte, denn sofort stiegen ihm wieder die Tränen in die Augen. Mit zittriger Stimme begann er: »Als Erstes wollte ich wissen, ob meine Tochter Fabienne einen qualvollen Tod hatte oder nicht. Es wäre für mich etwas tröstlicher, wenn das nicht der Fall gewesen wäre«.

»In der Wohnung muss es eine erhebliche Rauchentwicklung gegeben haben«, antwortete der. »Ihre Tochter ist erstickt und deshalb denke ich, dass es leider eine Weile gedauert haben muss, bis sie bewusstlos geworden ist«.

Robert Mercier stützte seine Hände ins Gesicht. »Bitte quälen Sie sich nicht damit«, sagte der Arzt mitfühlend. »Und eins kann ich Ihnen versichern«. Robert Mercier sah ihn jetzt mit geröteten Augen an.

»Hätte Ihre Tochter das überlebt«, sagte der Arzt. »Wäre sie mit Sicherheit jetzt ein schwerer Pflegefall«.

»Aber sie würde leben«, flüsterte der. »Und wäre wenigstens da. Fabienne war schließlich mein einziges Kind«.

Dr. Lambert nahm seine Lesebrille ab. »Hat die Polizei diesbezüglich eigentlich mit Ihnen gesprochen«?

Robert Mercier flüsterte: »Man sagte mir, dass meine Frau noch ein Kind zur Welt gebracht haben soll. Nur das ist für mich unvorstellbar«.

»Ich denke aber, dass es so ist«, antwortete der Arzt. »Nur wann, kann ich Ihnen leider nicht sagen. Außerdem war Ihre Frau sterilisiert«.

Robert Mercier schüttelte den Kopf. »Auch davon wusste ich nichts, jedenfalls hat sie mir nie davon erzählt«.

Er stand auf. »Jetzt ist es genug Dr. Lambert. Trotzdem vielen Dank für Ihre Zeit«.

Niedergeschlagen fuhr er nach Hause, wo bereits Catherine Moreau ungeduldig im Arbeitszimmer auf ihn wartete.

»Bleiben Sie sitzen Madame«, sagte er, als er ihr die Hand gab.

»Wie geht es Ihnen«? fragte sie sorgenvoll.

Er ging nicht darauf ein. »Meine Haushälterin hat heute übrigens frei«, begann er stattdessen. »Deshalb kann ich Ihnen jetzt keinen Kaffee oder Tee anbieten. Und ich komme jetzt gleich zur Sache. Wie Sie ja wissen, werde ich den Verlag verkaufen, denn ich sehe persönlich keinen Sinn mehr, ihn weiterzuführen«.

Er überlegte einen Moment. »Ich habe vor Paris zu verlassen und werde in mein Anwesen nach Nizza ziehen. Beatrice und ich hatten das eigentlich schon lange vor und wollten dort gemeinsam unseren Lebensabend verbringen. Das ist uns nun leider nicht mehr vergönnt«.

Er sah sie ernst an. »Und da Sie eine unserer langjährigen und verlässlichen Mitarbeiterinnen sind, wollte ich Sie fragen, ob Sie sich vorstellen können, mitzukommen«.

»Ich«? fragte sie erstaunt.

»Verstehen Sie mich bitte nicht falsch«, antwortete er schnell. »Ich bin alt und brauche eine Sekretärin, denn ich komme mit den Kommunikationsarten nicht mehr wirklich zurecht. Mobilfunk, Internet, was auch immer, denn wie Sie wissen, bin ich ja auch Aktionär«.

Weiter sagte er: »Ich habe auf dem Anwesen ein schönes Nebengebäude, wo es Ihnen an nichts fehlen würde und natürlich könnten auch Ihre beiden Kinder mit dort wohnen. Und nicht zuletzt bekommen Sie dann Ihr jetziges Gehalt weiter«.

Catherine war sprachlos und wusste nicht, was sie darauf antworten sollte. »Vielen Dank für Ihr Angebot. Es ehrt mich sehr, aber meine Mutter, die in einem Monat zweiundneunzig wird, lebt in La Défense und …«.

Er unterbrach sie. »Dafür finden wir sicher auch eine Lösung«.

Catherine schüttelte den Kopf. »Meine Mutter lebt seit ihrer Geburt 1922 hier in Paris und einen alten Baum verpflanzt man nicht«, antwortete sie.

»Abgesehen davon müsste ich auch erst mit meinen Kindern Philipe und Carole sprechen«.

»Das heißt, Sie denken doch darüber nach«? fragte er hoffnungsvoll.

»Im Moment kann ich gar nicht denken«, antwortete sie verunsichert und stand auf.

»Ich hatte mit allem Möglichen gerechnet, warum Sie mich sprechen wollten, aber nicht damit. Lassen Sie mir bitte etwas Zeit«.

»Selbstverständlich«, antwortete er freundlich. »Sie können mich jederzeit anrufen, wenn Sie eine Entscheidung getroffen haben«.

»Warum haben Sie diese Frage eigentlich nicht Lucas Bellier gestellt«? fragte sie. »Schließlich gehörte er ja einige Zeit zu Ihrer Familie, ist meines Wissens alleinstehend und kennt sich im Detail in vielen Ihrer Finanzen besser aus als ich«.

Robert Mercier räusperte sich. »Lucas soll den Verlag hier in Paris in meinem Sinne weiterführen«, antwortete er kurz angebunden.

Catherine nahm ihre Handtasche und verabschiedete sich.

Er sah ihr einen Moment nach und schloss die Tür. Dann ging er zu seinem Aktenschrank, in dem er die Unterlagen von Beatrice Kuraufenthalten aus vergangenen Zeiten aufbewahrte.

Er zog die Ordner heraus, setzte sich an den Schreibtisch und sah sich noch einmal die Behandlungszeiträume genau an.

Lange verglich er die Unterlagen, doch Beatrice war nie länger als drei Monate in stationärer Behandlung. Er lehnte sich zurück und begann zu grübeln.

›Wie sollte sie ihm eine Schwangerschaft, die spätestens ab dem fünften Monat sichtbar wurde, verheimlicht haben‹? dachte er.

Plötzlich stutzte er, denn ihm fiel ein, dass er 1974 für mehrere Monate als Journalist auf einem

Expeditionsschiff von Umweltschützern in der Karibik tätig war. Wie lange genau, das wusste er gar nicht mehr.

Er ging mit hastigen Schritten in seine Bibliothek, schob eine fahrbare Stehleiter an ein Regal und stieg nach oben. Er suchte jetzt nach einem Bildband, der damals angefertigt worden war. Akribisch sah er die Reihen durch.

Plötzlich konnte er die Wohnungstür hören, die leise zugezogen wurde und erstarrte. ›War seine Haushälterin doch noch gekommen‹? dachte er erschrocken.

»Madame Costas«? rief er. »Sind Sie da«?
Er lauschte, doch es war nichts zu hören.

Schlagartig ging jetzt das Licht in der gesamten Wohnung aus und gleichmäßig klackende Schritte auf dem alten Holzparkett näherten sich unaufhaltsam der Bibliothek.

Mittlerweile bildeten sich kalte Schweißperlen auf seiner Stirn. »Hallo«, rief er jetzt lauter. »Wer ist denn da«?

Die Tür wurde aufgestoßen.
Robert Mercier stand unbeweglich auf seinem Treppenpodest und umklammerte mit den Händen das Geländer.

»Wer sind Sie«? krächzte er zitternd, als er schemenhaft einen Mann in schwarzer Kleidung und vermummten Gesicht vor sich stehen sah.

Plötzlich klappte die Wohnungstür wieder. »Salute Monsieur Mercier«, rief eine gutgelaunte Frauenstimme. »Ich bin wieder zurück«.

»Laufen sie weg«, schrie Robert Mercier. »Und rufen Sie die Polizei«.

Der vermummte Mann sah sich erschrocken um, lief zu einem Fenster und riss es auf. Mit einem Satz sprang er auf eine Feuerleiter und verschwand in der Dunkelheit.

In diesem Moment kam die Haushälterin Maria Costas zur Tür herein. »Ich verstehe nicht, warum Sie so schreien und warum brennt hier nirgends Licht«?

Sie drückte auf den Schalter, nichts passierte. »Nanu«? wunderte sie sich und ging zurück in den Flur um an der Elektroverteilung nachzusehen.

Robert Mercier stand noch immer, wie zur Salzsäule erstarrt, auf dem Podest, als sie wieder hereinkam. »Was haben Sie denn«? fragte sie besorgt. »Geht es Ihnen nicht gut«?

Als sie das offene Fenster sah, ging sie hin und schloss es schnell. Dann drehte sie sich um. »Nun kommen Sie endlich wieder runter«.

Langsam stieg Robert Mercier hinab und ließ sich keuchend auf einen Stuhl fallen. »Rufen Sie bitte die Polizei«, flüsterte er. »Und verlangen Sie Capitaine Levéfre. Ein Einbrecher war hier«.

Maria erschrak. »Was? Davon habe ich gar nichts mitbekommen«.

»Das habe ich gemerkt«, zischte er ungehalten. »Und jetzt tun Sie endlich, was ich gesagt habe«.

Sie starrte ihn ungläubig an.

Robert Mercier nahm sie am Arm. »Maria, entschuldigen Sie bitte. Es war nicht so gemeint, aber hier war wirklich gerade jemand im Raum. Also rufen Sie bitte die Polizei«.

Sie wollte sich schon umdrehen, da hielt er sie fest. »Gott sei Dank, dass Sie gerade gekommen sind«, murmelte er erleichtert. »Wer weiß, was sonst passiert wäre«.

»Ich rufe jetzt bei der Polizei an und dann mache Ihnen gerne einen Tee, wenn Sie wollen«, antwortete sie.

Kurz darauf saßen Victor Levéfre und Isabelle Robin bei ihm und hörten sich seine Schilderungen an. Zum Schluss sagte er niedergeschlagen: »Wer weiß, ob ich jetzt noch leben würde, wenn Maria nicht zufällig heimgekommen wäre«.

»Sind Sie sicher, dass es ein Mann war«? fragte Victor Levéfre.

»Ja, ich denke schon. Er war nicht sehr groß, untersetzt und hatte einen nicht zu übersehenden Bauchansatz«.

»Wie sah er aus«? fragte Isabelle Robin. »Und kam er Ihnen vielleicht trotz der Sturmhaube irgendwie bekannt vor«?

»Wie gesagt, anfangs habe ich ja nur seine Silhouette gesehen und dann war er auch gleich wieder weg«.

Grübelnd sah er sie an. »Etwas fällt mir aber doch noch ein. Da es dunkel war, fluoreszierten an beiden Hosenbeinen schmale Streifen«.

»Ähnlich wie bei Arbeitskleidung«? fragte Isabelle weiter.

Robert Mercier nickte. »Ja genau«.
In diesem Moment stiegen Nicolas Dubois und ein Mitarbeiter der Spurensicherung durch das offene Fenster wieder ein. »Der Täter muss in ein Auto gestiegen sein, denn unser Hund hat leider noch auf der Straße die Fährte verloren«.

»Haben Sie Feinde Monsieur Mercier«? fragte Victor Levéfre grübelnd. »Oder Konkurrenten in der Branche, mit denen Sie irgendwann einmal einen heftigen Streit ausgetragen haben«?

»Konkurrenten hat man als Inhaber eines Verlages immer«, antwortete der. »Ich würde die jedoch nicht als Feinde bezeichnen und natürlich hatten wir auch die eine oder andere Klage vor Gericht zu bestehen. Aber dass mich deshalb jemand umbringen wollte, kann ich mir nicht vorstellen«.

»Es muss aber jemanden geben, der anscheinend Ihre gesamte Familie beseitigen will«, sagte Isabelle Robin. »Würden Sie das Christian Clément zutrauen«?

Robert Mercier überlegte und sagte schließlich: »Christian kann der Mann heute nicht gewesen sein. Und dass er jemand anderem so einen perfiden Auftrag erteilen würde, entzieht sich auch meiner Vorstellungskraft«.

Betreten sah er die Kommissare an, die nichts dazu sagten.

»Ja ich weiß, dass meine Frau und ich ihm für Fabiennes Tot die Schuld gegeben hatten«.

»Wir werden ab sofort das Haus rund um die Uhr observieren«, sagte Victor Levéfre. »Mehr können wir im Moment nicht tun«.

Als sie sich verabschiedet hatten und zusammen mit Nicolas Dubois auf dem Gehsteig standen, fragte der: »Wer bringt denn erst die Tochter um und versucht dann, ihren über achtzig Jahre alten Herrn zu töten? Also meiner Meinung nach muss es dafür einen sehr persönlichen Grund geben«.

»Christian Clément selbst war anscheinend heute nicht hier«, antwortete Isabelle Robin. »Es sei denn, dass er wirklich jemanden beauftragt hätte«.

»Wir wissen doch gar nicht, ob Robert Mercier wirklich umgebracht werden sollte«, sagte Victor Levéfre nachdenklich. »Aber es scheint in der Tat um diese Familie zu gehen«.

»Wo seid Ihr eigentlich heute Vormittag so eilig hingefahren«? fragte Nicolas Dubois jetzt. »Eric

Fabre und ich waren gerade auf dem Rückweg zur Préfecture und haben Euch gesehen«.

Victor lächelte gequält. »Mich hat ein Stück weit die Vergangenheit eingeholt und musste deshalb etwas klären«.

Nicolas sah ihn fragend an. »Wie meinst Du das«?

Victor deutete mit dem Kopf auf seine Kollegin. »Sie hat heute Morgen einen Anruf aus einer Strip-Bar bekommen, in der wir neulich das Alibi von Lucas Bellier überprüft hatten. Der Besitzer behauptet, dass jemand von der Polizei am Abend dort war und ihm damit die Geschäfte ruiniert. Und Du wirst es nicht glauben, aber der Barkeeper ist der Bruder von Fréderic Legrand«.

»Fréderic«? fragte Nicolas. »Hat der dort seinen Bruder besucht«?

»Das behauptet er zumindest. Nachdem der Besitzer aber gesehen hatte, dass ich es nicht war, hat er sich entschuldigt und versichert, dass die Sache erledigt sei, nur dieses Video wollte er uns nicht zeigen«.

»Man besucht seine Verwandtschaft doch nicht in so einer Bar«, sagte Nicolas Dubois verwundert. »Warum treffen sich die Brüder nicht zu Hause bei einem Kaffee, oder gehen im Park spazieren«?

»Keine Ahnung«, antwortete Victor Levéfre. »Aber Du könntest doch Eric mal fragen. Er und

Fréderic waren zumindest während ihrer Dienstzeit eng befreundet«.

Nicolas Dubois stutzte. »Eric hat mich neulich beim Bowlingabend über den Stand der Ermittlungen ausgefragt«.

Victor sah ihn überrascht an. »Und was hast Du ihm erzählt«?

»Alles was bis dahin bekannt war, schließlich sind wir Kollegen«.

Victor Levéfre begann fieberhaft zu überlegen. »Ich hoffe nicht, dass Eric interne Informationen an ihn weitergegeben hat. Aber wenn doch, was könnte es Fréderic Legrand nützen«?

»Da gibt es doch nur zwei Möglichkeiten«, antwortete Isabelle Robin. »Entweder steckt er irgendwie mit drin, oder er will Ihnen die Sache von damals heimzahlen«.

Victor schluckte und sah Nicolas ernst an. »Was macht Eric Fabre an diesem Wochenende? Hat er Dienst«?

»Eric hat frei«, antwortete Nicolas. »Ich weiß es deshalb so genau, weil er unbedingt wegen eines privaten Termins mit jemandem tauschen wollte«.

»Rede bitte gleich morgen mit ihm und versuch doch mal herauszubekommen, was er vorhat«.

»Du hörst das Gras wachsen Victor«, antwortete Nicolas, der sich bei dem Gedanken, einen Kollegen nachzuspionieren, überhaupt nicht wohlfühlte.

»Er ist geschieden und vielleicht besuchen ihn nur seine Kinder«.

»Mag sein«, antwortete Victor. »Aber, wenn es um Fréderic Legrand geht, bin ich auf der Hut. Also gib mir bitte Bescheid, falls Du etwas erfährst«.

Nicolas nickte.

Inzwischen hatte ein Streifenwagen ganz in der Nähe Position bezogen.

»Gut«, sagte Victor. »Wir können erst einmal nach Hause gehen, denn Robert Mercier ist, so gut es eben geht, beschützt. Morgen sehen wir dann weiter«.

**

Christian Clément lag auf seinem Bett und starrte grübelnd an die Decke.

Noch immer konnte er nicht fassen, dass Fabienne bereits ein Kind hatte.

In den letzten Tagen hatte er oft überlegt, warum sie kein Vertrauen zu ihm gehabt hatte, es ihm zu sagen. ›Ob Lucas Bellier davon etwas geahnt hat‹? dachte er. ›Und wenn es so wäre‹?

Ruckartig setzte er sich auf. ›Vielleicht wollte der sich an ihr rächen, weil sie nun schon zum zweiten Mal mit einem anderen Mann ein Kind bekam? Nur wer könnte darüber etwas wissen‹?

Als Einzige fiel ihm Catherine Moreau ein, doch deren Haus wurde seit seinem Verschwinden überwacht.

Christian starrte auf sein Mobiltelefon. ›Wenn ich es jetzt einschalte, stehen in zwanzig Minuten die ›Flicks‹ vor der Tür‹.

Er ging, die Hände in den Hosentaschen vergraben, zum Fenster und schaute hinaus.
Françoise saß wie jeden Nachmittag in dem kleinen Innenhof mit einer Weinflasche unter einem Apfelbaum. Er war eingeschlafen, denn sein Kopf war auf die Brust gesunken.

Er sah auf die Uhr. Jetzt war es erst kurz nach fünf und wenn er sich beeilte, würde er bestimmt vor dem Abendessen wieder hier sein.

Er griff sich ein paar Münzen, die er am Tag davor in eine Schublade geworfen hatte und zog sein Sakko über, während er die Treppe nach unten lief. Drei Straßen weiter gab es nämlich eine Telefonzelle, die er aus dem Taxi heraus, im Vorbeifahren gesehen hatte.

Vorsichtig schielte er um die Ecke. Françoise schnarchte noch immer mit gleichmäßigen Atemzügen leise vor sich hin. Auf Zehenspitzen tappte er durch den knirschenden Kies.

Langsam lief er dann die Straße entlang, auf nur wenige Autos hin und her fuhren. Schon von weitem sah er die Telefonzelle, doch als er näherkam, blieb er enttäuscht stehen.

Randalierer hatten ganze Arbeit geleistet. Der Hörer baumelte nach unten und die Tastatur war nach innen gedrückt worden.

»Mist«, murmelte er und sah sich um.

Plötzlich radelte ein kleiner Junge auf ihn zu und lächelte ihn dabei an. Als er bei ihm war, zog er quietschend die Bremse und blieb stehen. »Salute Monsieur«, sagte er freundlich. »Was machst Du hier«?

Christian lächelte nun ebenfalls und sagte gespielt gleichgültig: »Ich gehe ein bisschen spazieren und jetzt wollte ich telefonieren«. Dabei deutete er mit dem Kopf auf die Telefonzelle. »Nur wie unschwer zu erkennen ist, wurde alles zerstört«.

Der Junge sah herüber. »Das waren bestimmt wieder die Jungs aus unserer Nachbarstraße«.

»Wohnst Du weit von hier weg«? fragte Christian.

»Nein, gleich da drüben«. Dabei zeigte er mit dem Finger auf ein etwas heruntergekommenes mehrstöckiges Gebäude, an dem der Putz von der Fassade bröckelte.

»Aber ein kleiner Junge wie Du, so ganz allein mit dem Fahrrad auf der Straße. Das kann doch gefährlich sein«.

»Ich bin schon sechs«, antwortete er entrüstet. »Und mein Papa fährt mit einem LKW Backwaren durch die Stadt. Letzte Woche durfte ich sogar mit«.

»Und warum heute nicht«? fragte Christian.

»Der Chef von meinem Papa sieht es nicht gern. Deshalb bin ich eben oft allein«.

Christian schluckte, denn der kleine Blondschopf tat ihm leid. Laut sagte er: »Pass gut auf Dich auf«.

Schnell drehte der sein kleines Klapprad um und radelte davon.

Christian ging nachdenklich zum Motel zurück.

Als er dort ankam, sah er Fréderic aufgeregt bei Françoise stehen, der immer noch auf seinem Stuhl saß. »Woher soll ich denn wissen, wo er schon wieder steckt«? hörte er ihn genervt sagen.

Plötzlich sah der zu ihm hin. »Da ist ja unser verlorener Sohn«.

Fréderic drehte sich um und zischte: »Wo warst Du denn schon wieder«?

»Ich wollte Catherine Moreau von einer Telefonzelle aus im Verlag anrufen und fragen, ob sie, oder Lucas Bellier vielleicht von Fabiennes erstem Kind etwas gewusst haben. Aber der Münzapparat war kaputt«.

»Lass das bleiben«, beschwor ihn Fréderic. »Wenn ihre Telefone abgehört werden und davon gehe ich fest aus, bist Du geliefert. Victor Levéfre wartet nur darauf, dass Du Dich bei ihr meldest«.

Er überlegte kurz. »Ich treffe mich morgen noch einmal mit einem ehemaligen Kollegen und komme dann abends wieder her«.

»Hast Du jetzt auch irgendwelche Neuigkeiten«? fragte Christian.

Fréderic nickte. »Ja, die habe ich. Beatrice Mercier hat sich umgebracht. Näheres weiß ich allerdings noch nicht«.

Christian sah ihn entsetzt an. »Beatrice«? flüsterte er. »Oh Gott«.

»Ja leider«, antwortete Fréderic und stand auf. »Ich muss jetzt wieder zurück in die Stadt«.

Françoise war auch hereingekommen. »Bleibst Du zum Essen Fréderic«?

Der schüttelte den Kopf. »Nein ich habe keine Zeit. Mein Bruder kommt heute zu uns und Marie kocht«.

Sie verabschiedeten sich.

Als Christian und Françoise einige Zeit später zusammensaßen, fragte Françoise: »Was hast Du denn Christian? Du bist so nachdenklich«.

»Ich habe heute einen sechsjährigen Jungen auf einem Fahrrad gesehen und kurz mit ihm gesprochen. Er tat mir ein bisschen Leid, weil er so ganz allein in einer Seitenstraße herumgefahren ist«.

»Den kenn ich«, antwortete Françoise. »Er ist der Sohn von unserem Brotlieferanten, der vor kurzem hierhergezogen ist und einmal pro Woche hier vorbeikommt«.

Jetzt schob er sich genüsslich ein Stück geräucherten Schinken in den Mund. »Er lebt mit seinem Vater allein und ist sehr höflich«, sagte er kauend. »Hab für den Jungen deshalb immer ein paar Süßigkeiten im Haus. Mehr kann ich leider auch nicht für ihn tun«.

Christian sah ihn grübelnd an. »Ich wäre bald Vater geworden. Vielleicht hätte ich dann auch einen kleinen Jungen gehabt«.

Françoise stand auf und klopfte ihm auf die Schulter. »Denk lieber nicht so oft darüber nach«.

Als Fréderic nach Hause kam, hörte er Jean und Marie im Wohnzimmer plaudern. Zufrieden zog er seine Jacke aus und ging zu ihnen. Dann nahm er seinen Bruder in den Arm. »Wird aber auch Zeit, dass Du uns mal wieder besuchst«.

Er setzte sich ihm gegenüber. »Was macht denn eigentlich Deine letzte ›Flamme‹, diese Odette«? fragte er verschmitzt. »Du hättest sie ruhig mitbringen können«.

Jean räusperte sich. »Hat sich erledigt. Meine Nachtschichten waren ihr zu viel und mir ihre ewigen Vorhaltungen«.

Fréderic nickte lächelnd, denn Jean hatte bisher immer nur kurze Affären. Dann wurde er ernst.

»Meinst Du wirklich, dass dieser Job für Dich auf Dauer das Richtige ist«?

»Jetzt spiel nicht schon wieder den großen Bruder«, maulte Jean. »Und bisher hat das Geld auch gestimmt«.

»Fangt bloß nicht an zu streiten«, mischte sich Marie ein. »Und in einer halben Stunde ist das Essen fertig«.

Fréderic lehnte sich zurück und trank genüsslich ein Glas Weißwein.

»Übrigens waren die ›Flicks‹ noch einmal da«, sagte Jean.

Fréderic stutzte und setzte das Glas ab. »Warum denn«?

»Als Du neulich bei uns warst, bist Du jemanden aufgefallen. So ‚n älterer Stammkunde, der sich von jungen Mädchen befummeln lässt. Gibt immer gutes Trinkgeld«.

»Und weiter«? fragte Fréderic ungeduldig.

Jean sah ihn betreten an. »Der hat sich bei meinem Chef beschwert, dass Du ihn wie ein Polizist beobachtest hast«.

»Meinst Du den Dicken mit der Glatze«?

Jean nickte. »Und wir sind beide im Toiletten-Vorraum gefilmt worden, aber das wusste ich wirklich nicht. Daraufhin hat mein Chef auf der Préfecture angerufen und gedroht, die Polizei wegen Geschäftsschädigung zu verklagen. Dieser Levéfre und seine Kollegin kamen und als sie wieder weg waren, hat er mich zur Rede gestellt«.

»Weiß Levéfre jetzt, das ich bei Euch war«?

»Nein ich glaube nicht, denn mein Chef hat denen das Video nicht gezeigt«, antwortete Jean und sah auf den Boden. »Aber ich bin gefeuert worden und brauche jetzt dringend Geld«.

Fréderic stand auf, denn er merkte, dass es seinem Bruder sehr schwer fiel, ihn wieder einmal um diesen Gefallen zu bitten. »Jetzt lass uns erst einmal essen und dann beraten wir, wie es weitergeht«.

Als er später mit seinem Bruder auf der gemütlichen Terrasse saß und Cognac trank, fragte er leise: »Wieviel Geld brauchst Du denn«?

»Eintausend Euro«.

Fréderic stellte sein Glas ab und sah ihn von der Seite an. »Ich gebe Dir das Geld unter einer Bedingung«.

»Und die wäre«?

»Du suchst Dir keinen neuen Job im Milieu«.

Jean schluckte. »Dort wird man aber besser bezahlt«.

Fréderic lehnte sich nach vorn. »Ich mach mir aber ständig Sorgen um Dich, verstehst Du«?

Jean nippte an seinem Glas und sah grübelnd in den sternenklaren Abendhimmel. »Weißt Du noch, als unser Vater uns früher fast jeden Sonntag im zum Boule-Spielen in den Park mitgenommen hat«?

Fréderic nickte lächelnd. »Ja und vor allen Dingen erinnere ich mich daran, dass ich schon damals auf Dich aufpassen musste. Irgendetwas verrücktes ist Dir jedes Mal eingefallen«.

»Und warum bist Du jetzt so verrückt, Dich in diesen Mordfall einzumischen«? fragte Jean. »Hast Du das denn wirklich nötig«?

Fréderic drehte sich zu ihm hin. »Ein Freund von mir, der als Hauptverdächtiger gilt, steckt in ernsthaften Schwierigkeiten. Ich bin fest davon überzeugt, dass er unschuldig ist und ausgerechnet Victor Levéfre soll den Fall aufklären«.

»Du willst Dich wegen der alten Geschichte an ihm rächen, oder«?

»Rächen ist mit Sicherheit das falsche Wort, aber ich lasse ganz bestimmt nicht zu, dass Christian womöglich unschuldig verurteilt wird. Gut, ich gebe ja zu, dass es mich sehr motiviert, ihm zu zeigen, dass er wieder einmal auf der falschen Fährte ist«.

»Weißt Du denn, wer es war«?

»Leider noch nicht«, antwortete Fréderic. »Aber ich hoffe, dass ich bald eine richtige Spur haben werde«.

Er trank einen Schluck Wein. »Sag mal Jean, dieser Lucas Bellier war doch regelmäßig in Eurem Club. Würdest Du ihm so etwas zutrauen«?

Jean hob die Schultern. »Keine Ahnung, ob der zu einem Mord fähig wäre. Ich kenne ihn ja nur vom Sehen und habe eigentlich nie wirklich auf ihn geachtet, aber irgendwie suspekt kam er mir schon vor«.

»Wie meinst Du denn das«?

»Na ja«, antwortete Jean nachdenklich. »Er wirkte so introvertiert und saß meistens mit seiner Begleitung im hinteren Bereich, in einer möglichst dunklen Ecke. Am liebsten wäre er unsichtbar geblieben und wenn er dann bezahlt hat, sah er immer weg«.

Fréderic lächelte. »In seiner beruflichen Position wird er kaum Interesse daran gehabt haben, dass ihn jemand erkennt, aber da ist er bestimmt nicht der Einzige«.

Jean winkte ab. »Ja, da hast Du Recht. Ich könnte über genügend solche Typen, die regelmäßig bei uns sind, ein Buch schreiben. Dennoch geht es mich nichts an und ist völlig legitim«.

Fréderic sah ihn an. »Hast Du schon mal darüber nachgedacht, einen eigenen Laden aufzumachen«?

»Wie kommst Du denn auf die Idee«? fragte Jean verblüfft. »Dazu fehlt mir das Geld. Und eine Konzession hier in Paris zu bekommen, die Kaution und die monatliche Pacht sind für mich unerschwinglich. Bevor ich wirklich beginnen könnte, wäre ich auch schon pleite«.

»Du hast also darüber nachgedacht«, entgegnete Fréderic. »Und ich auch«.

»Wie bitte«? fragte Jean. »Wie stellst Du Dir denn das vor«?

»Wie Du ja weißt, haben Marie und ich ein kleines Stadthaus in der ›Rue de Loraine‹. Im ersten und zweiten Stock befindet sich jeweils eine Wohnung, aber im Erdgeschoss ist ein kleiner Lebensmittel-Laden drin, der nicht gut läuft.

Zumindest kommt die Miete nicht regelmäßig und der Pächter hat letzte Woche mit Marie telefoniert, dass er wahrscheinlich das Geschäft aufgeben muss«.

Jean schluckte. »Und Du meinst, dass ich dort vielleicht eine kleine Cocktail-Bar eröffnen könnte? Das wäre ja wunderbar«.

»Warum nicht«?

»Könntest Du mir auch bei den Formalitäten helfen«? fragte Jean vorsichtig. »Und ich müsste ja anfangs auch investieren, denn …«.

Fréderic fiel ihm ins Wort. »Ich habe mir folgendes überlegt. Die ersten drei Jahre bin ich auf dem Papier der Chef, ich übernehme alle Kosten und Du bist angestellt. Aber Du leitest den Laden, denn davon habe ich keine Ahnung. Wenn es gut läuft, geht danach alles auf Dich über und Du zahlst mir eine bestimmte Summe als zinsloses Darlehen ab«.

»Warum machst Du das für mich«? stotterte Jean. »Du könntest doch mit Deinem Geld in Saus und Braus leben«.

»Das ist ganz einfach«, antwortete Fréderic. »Weil es mir zusammen mit Marie, auch so gutgeht und Du mein einziger Bruder bist«.

**

Robert Mercier saß am nächsten Morgen völlig übermüdet im Esszimmer.

Maria Costas, seine Haushälterin hatte in einem Gästeappartement im oberen Stock übernachtet, denn sie wollte nach dem Überfall am Vorabend, nicht allein nach Hause gehen.

Schon früh am Morgen hatte sie den Tisch besonders sorgfältig gedeckt und roch es nach frischem Gebäck.

»Wie geht es Ihnen heute«? fragte sie vorsichtig, während sie ihm einen Kaffee einschenkte.

»Danke der Nachfrage«, murmelte er. »Wie ich sehe, haben Sie sich ja besonders viel Mühe gegeben, aber im Moment bekomme ich keinen Bissen runter«.

Maria sah ihn niedergeschlagen an. »Ich habe die ganze Nacht kein Auge zubekommen und immer wieder zum Fenster gesehen. Monsieur Mercier, ich habe hier Angst«.

»Das kann ich verstehen«, antwortete er. »Bitte setzen Sie sich«.

Maria, die bisher nur hin und wieder mit seiner Frau Beatrice über persönliche Dinge gesprochen hatte, stellte die Kaffeekanne ab.

Er sah sie ernst an. »Ich werde das Haus verkaufen und an die Côte d'Azur ziehen, denn hier hält mich nichts mehr«.

Maria traten die Tränen in die Augen. »Ich habe es kommen sehen«, antwortete sie mit weinerlicher Stimme. »Ihre Frau hatte früher oft davon geschwärmt, irgendwann am Meer zu leben und fernab von allen Verpflichtungen und Terminen in der Firma, mit Ihnen zusammen zu sein und lange Spaziergänge am Strand machen zu können«.

»Früher? Und dann nicht mehr«? fragte er verblüfft.

Maria nickte. »Ja, bis vor einem halben Jahr etwa«. Sie machte eine kurze Pause. »Plötzlich erklärte sie mir immer wieder, jeden zweiten Freitag Fabienne mit dem Baby am Flughafen abholen zu wollen. Und Ihre früheren Pläne, ans Mittelmeer zu ziehen, auf unbekannte Zeit zu verschieben, denn noch einmal würde sie so einen Fehler nicht machen«.

Robert schüttelte ungläubig den Kopf. »Das hat sie Ihnen gesagt«? fragte er. »Und was hat sie dabei mit dem Wort ›Fehler‹ gemeint«?

»Darüber habe ich auch nachgedacht, aber mich nicht getraut, sie direkt zu fragen«.

Maria zupfte jetzt etwas unsicher an ihrer Schürze herum. »Es geht mich ja nichts an, aber wissen Sie denn schon, wann Sie gehen werden? Ich muss mir ja schließlich eine neue Stelle suchen, denn mein Mann ist sehr krank und wir brauchen jeden Cent«.

Robert Mercier nahm sie am Arm. »Und da übernachten Sie hier und sind nicht bei ihm«?

»Meine Tochter betreut ihn, wenn ich in Ihrem Haus bin«.

»Ich habe Madame Moreau auch schon gefragt, ob sie sich vorstellen könnte, als meine Sekretärin mitzukommen und nun frage ich auch Sie, ob es nicht eine Überlegung wert wäre«.

Maria schluckte. »Wirklich«?

Er nickte lächelnd. »In diesem Haus wäre auch genügend Platz für Ihren Mann und für seine Betreuung werde ich sorgen, so wie Sie es viele Jahre für meine Familie getan haben«.

Zögernd stand sie auf. »Dann rede ich nachher gleich mit meiner Tochter und gebe Ihnen bald Bescheid«.

Jetzt sah sie sich um. »Brauchen Sie mich noch, wenn Sie das Frühstück beendet haben«?

Robert Mercier schüttelte den Kopf. »Nein. Gehen Sie ruhig erst einmal nach Hause, aber bitte denken Sie noch einmal darüber nach, was Beatrice mit ›Fehler‹ gemeint haben könnte«.

Als Maria gegangen war, beträufelte er sich nachdenklich ein Croissant mit Marmelade und biss hinein. ›So einen Fehler würde Beatrice nicht noch einmal machen‹, hallte ihre Stimme.

Seit er nun allein war, hatte er sich oft selbst Vorwürfe über seine ungeduldige und teilweise harsche Art ihr gegenüber gemacht. Aber schließlich hatte er ein Unternehmen zu führen, dessen Überleben und Erfolg von seiner Konsequenz abhing. Zumindest war er selbst davon fest überzeugt.

Und wieder begann er darüber zu grübeln, ob sie tatsächlich während ihrer Ehe noch ein Kind zur Welt gebracht haben könnte, ohne das er etwas davon mitbekommen hatte.

Das Telefon riss ihn aus seinen Gedanken. Schnell nahm er sich eine Serviette, putzte sich den Mund ab und stand auf. »Mercier«, sagte er leise, als er den Hörer abgenommen hatte.

Am anderen Ende war Victor Levéfre. »Guten Morgen Monsieur Mercier«, sagte er freundlich. »Ist alles bei Ihnen in Ordnung«?

»Da ich ja selbst am Apparat bin, habe ich die Nacht offensichtlich überlebt«, antwortete er sarkastisch.

Er ging zum Fenster und sah zu dem Polizeiwagen herunter. »Das Sie mich beschützen wollen, ist sehr lobenswert Capitaine Levéfre. Ich halte dies dennoch für übertrieben und möchte nicht, dass Ihre Kollegen hier ständig stehen«.

»Ist Ihnen zu dem Mann noch etwas eingefallen, was uns bei den Ermittlungen weiterhelfen könnte«?

»Nicht das ich wüsste«, sagte er kurz angebunden, denn er wollte sich gleich noch einmal in der Bibliothek den Bildband anschauen. »Gibt es sonst noch etwas, dass Sie mich fragen wollen«?

Victor Levéfre räusperte sich. »In der Tat habe ich noch eine Frage an Sie. Bleibt es dabei, dass Sie den Verlag verkaufen wollen«?

»Woher haben Sie diese Information«? fragte er zurück.

»Wir haben davon auf dem Parkplatz Ihrer Firma gehört, als wir bei Ihnen waren«.

»Na dann brauche ich Sie ja nicht mehr informieren. Sobald meine Tochter und meine Frau beigesetzt sind, werden die Formalitäten erledigt und dann ziehe ich mich zurück«.

»Steht denn der Käufer schon fest«?

»Lucas Bellier wird als Geschäftsführer eingesetzt und ich behalte weiterhin den Hauptanteil der Aktien. Das bedeutet, dass sich für die Mitarbeiter nichts ändert und vor allen Dingen niemand entlassen werden muss«.

Er nahm den Hörer in die andere Hand. »Was ist eigentlich mit Christian? Haben sie ihn inzwischen gefunden«?

»Nein, leider noch nicht, aber er soll sich nach wie vor in Paris aufhalten«.

»Oder gibt es außer ihm einen anderen Verdächtigen, der meiner Tochter das angetan haben könnte«?

»Wir tun, was wir können«, antwortete Victor Levéfre gereizt. Er ärgerte sich jetzt darüber, dass er in ein regelrechtes Kreuzverhör geriet.

»Dann können wir ja das Telefonat beenden«, sagte Robert Mercier ruhig. »Und bitte ziehen Sie Ihr Personal vor meinem Haus ab«.

Als er aufgelegt hatte, ging er mit schnellen Schritten zurück in die Bibliothek.

Der Bildband lag noch immer auf dem Podest der Leiter. Als er an seinem Schreibtisch saß, blätterte er die illustrierten Seiten durch und verglich die Zeiträume.

Schließlich sah er auf und schluckte. »Ich war insgesamt fast ein Jahr unterwegs«, murmelte er.

»Und zwischendurch kaum zu Hause. Beatrice könnte zu dieser Zeit schwanger gewesen sein. Und ich habe natürlich nichts bemerkt«.

Er stand wieder auf und holte sich schnell die Unterlagen von ihren Kuraufenthalten.

Jetzt fiel ihm eine Klinik in der Nähe von Genf auf, wo sie kurz nach seiner Rückkehr aus der Karibik, wegen Depressionen behandelt wurde.

›Es passt wirklich alles zusammen‹, dachte er und schloss die Unterlagen. ›Nur sollte tatsächlich irgendwo ein Kind leben, von dem er nichts wusste? Und war er womöglich auch selbst der Vater, oder hatte sie etwa einen anderen Mann gehabt‹?

Grübelnd lehnte er sich in seinem Ledersessel zurück.

Sie hatten sich als junge Leute zufällig in einem Museum kennengelernt, wo Beatrice an den Wochenenden Eintrittskarten verkaufte.

Das grazile hübsche Mädchen war ihm sofort aufgefallen und so lud er sie ins Kino ein, schenkte ihr oft Blumen und stellte sie bald seinen Eltern vor.

Kurz darauf zogen sie zusammen, heirateten und kauften sich ein Jahr später eine Wohnung.

Als sie diese schließlich Fabienne zur Hochzeit mit Lucas Bellier schenkten, hielt er das für ein gutes Omen. ›Bestimmt würde sie dort genauso glücklich sein wie ihre Eltern‹.

Er sah zum Telefon und nahm den Hörer ab, um in dieser Schweizer Klinik anzurufen.

Doch dann zögerte er. ›Warum soll ich jetzt beginnen herauszufinden, ob Beatrice vor fast vierzig Jahren möglicherweise fremdgegangen ist‹? dachte er.

›Aber was ist, wenn ich tatsächlich noch ein weiteres Kind neben Fabienne habe‹?

»Ich brauche einen Privatdetektiv«, sagte er entschlossen. »Aber wen könnte ich denn mit dieser Angelegenheit beauftragen«?

Plötzlich fiel ihm ein, dass Fabienne und Christian ihm bei einem Abendessen begeistert von einem ehemaligen Polizisten erzählt hatten, der nach einer Schießerei zu Unrecht beschuldigt und schließlich pensioniert worden war.

›Vielleicht konnte der ihm weiterhelfen‹, überlegte er. ›Nur wie war sein Name und wäre er überhaupt bereit, einen Auftrag zu übernehmen‹?

Fabienne hatte für den Verlag seinen Prozess verfolgt und er hatte alle Zeitschriften, in der ihre Kolumnen veröffentlicht wurden, aufgehoben.

Lange suchte er zwischen mehreren Stapeln umher und endlich hatte das Titelblatt in der Hand. ›Fréderic Legrand vor Gericht‹ stand da in großen Lettern auf der ersten Seite.

Jetzt holte er sich ein Telefonbuch und hoffte, dass seine Nummer dort verzeichnet war.

Als er die gewählt hatte und das Freizeichen hörte, schluckte er. ›Was würde der wohl von so einem Auftrag halten‹?

Schnell legte er wieder auf. ›Ich werde heute Nachmittag zu seiner Wohnung fahren und persönlich mit ihm reden‹, beschloss er.

Jetzt sah er auf seine Armbanduhr, denn er hatte in einer Stunde einen Termin mit Lucas Bellier und zwei weiteren Aktionären des Verlages.

Gerade wollte er das Büro verlassen, um sich umzuziehen, da ertönte erneut das schrille Klingeln des Telefons. Er ging hin und hob ab.

Bevor er etwas sagen konnte, traten ihm Schweißperlen auf die Stirn, als eine schneidende Stimme flüsterte: »Hallo Robert, da bin ich wieder. Na, hast Du gut geschlafen«? Jetzt hallte ihm ein fieses Kichern ins Ohr.

»Wer sind Sie«? rief er entsetzt in den Apparat. »Und was wollen Sie überhaupt von mir«?

»Ich bin Dein Alptraum«, hauchte der. »Ich bin der Schatten vor, hinter, neben und über Dir«.

»Was habe ich Ihnen denn getan«?
Das Telefon klickte und ein durchgehender Summton machte ihm klar, dass aufgelegt worden war.

Er sah noch immer starr vor Schreck den Hörer an. »Was geht denn hier vor«? rief er jetzt.

Hastig wählte er die Telefonnummer der Préfecture und verlangte Victor Levéfre.

Als der dran war, sagte er etwas betreten: »Bitte entschuldigen Sie, dass ich vorhin etwas schroff zu Ihnen war, aber ich glaube, dass der Mann, der gestern Abend hier in der Wohnung war, gerade eben angerufen hat«.

»Schon gut, was hat er denn genau zu Ihnen gesagt«? fragte Victor Levéfre.
»Er hat mich bedroht und lauter wirres Zeug geredet. Er wäre Tag und Nacht mein Schatten und dann hat er aufgelegt«.

»Ist eigentlich Ihre Privatnummer offen im Telefonverzeichnis«? fragte der Kommissar.

»Natürlich nicht und die Stimme war seltsam. So schleifend«. Er überlegte kurz. »Ich meine, die irgendwo schon einmal gehört zu haben«.

»Sie bleiben bitte zu Hause«, antwortete Victor Levéfre. »Isabelle Robin kommt mit zwei Technikern zu Ihnen und die bauen eine Fangschaltung auf«.

»Steht der Streifenwagen noch am Eingang«? fragte Robert Mercier ängstlich.

»Na sieh mal einer an«, sagte der Kommissar unterschwellig. »Sie hielten doch unsere Maßnahmen bei unserem letzten Gespräch noch für völlig überflüssig«.

»Ich habe mich doch schon entschuldigt«, antwortete er mürrisch.

»Schon gut«, sagte Victor Levéfre versöhnlich. »Sie gehen jetzt nicht mehr ans Telefon, bis meine Kollegen bei Ihnen sind«.

»Bitte beeilen Sie sich«, flehte er.

Als er wieder aufgelegt hatte, ging er ungeduldig im Wohnzimmer auf und ab und sah immer wieder auf die Straße herunter.

Er atmete auf, als endlich ein dunkler PKW am Eingang hielt und Isabelle Robin ausstieg, die gefolgt von zwei Männern mit Koffern, zur Haustür gingen.

Schnell lief er durch den Flur und spähte durch den Spion ins Treppenhaus. »Ich bin hier meines

Lebens nicht mehr sicher«, flüsterte er, während er jetzt die Polizisten auf sich zukommen sah.

Dann entriegelte er die Tür. »Danke, dass Sie sich beeilt haben«.

Isabelle Robin sah ihn mitfühlend an. »Keine Ursache Monsieur Mercier. Übrigens hat Capitaine Levéfre angeordnet, dass auch ein Polizist im Erdgeschoss bei Ihrem Concierge postiert wird. Niemand kann also ungesehen das Haus betreten oder verlassen«.

Die Techniker hatten inzwischen damit begonnen, die Fangschaltung aufzubauen. Alle Anschlüsse wurden verkabelt und die Telefone neu eingerichtet.

»So das hätten wir«, sagte einer schließlich. »Alle ein – und ausgehenden Gespräche werden jetzt ohne Ausnahme aufgezeichnet«.

Robert Mercier nickte dankbar. »Und was mache ich, wenn der sich tatsächlich noch einmal meldet«?

»Unser Mitarbeiter im Erdgeschoss sieht jeden Anruf bei Ihnen und alarmiert uns sofort. Parallel wird so das Gespräch automatisch zurückverfolgt«.

»Ich soll also jeden Anruf annehmen, als ob nichts wäre«?

Isabelle Robin nickte. »Ja, lassen Sie sich möglichst nichts anmerken und verwickeln Sie ihn in ein Gespräch. Wir brauchen etwa fünfzig

Sekunden, um den Standort des Anrufers zu ermitteln«.

»So etwas habe ich bisher nur im Fernsehen oder im Kino gesehen«.

Sie begann zu lächeln. »Das glaube ich Ihnen, aber ich denke, dass Sie das hinbekommen«.

**

Eric Fabre hatte am Nachmittag das Wohnhaus seiner Eltern verlassen und war jetzt mit dem Auto auf dem Weg in die Wohnung in der ›Rue de Loraine‹.

Fréderic`s Frau Marie hatte ihm am Vorabend angerufen, dass die bisherige Mieterin nun endlich ausgezogen sei und ins Pflegeheim gebracht worden war. Seinem Einzug stand also nichts mehr im Wege.

Seine Eltern zogen allerdings lange Gesichter, als er ihnen von seinem vermeintlichen Glück, wieder eine eigene bezahlbare Wohnung zu haben und seine Kinder regelmäßig sehen zu dürfen, erzählte.

Sie hatten sich schnell daran gewöhnt, dass er abends im Haus war, so manche beschwerliche Hausarbeit erledigte und gelegentlich mit ihnen ein Glas Rotwein trank.

Und wenn sie die Enkel an den Wochenenden hin und wieder besuchten, waren sie überglücklich.

Besonders seiner Mutter ging es zu Herzen, dass es nun bald wieder still im Haus wurde.

»Mama, nimm es bitte nicht so schwer«, hatte er sie getröstet. »Ich bringe die Kinder auch weiterhin zu Euch, aber ich muss einfach mein eigenes Leben führen«.

Sie hatte nur wortlos genickt und Eric traurig nachgesehen, als der sich jetzt auf den Weg gemacht hatte.

Eric ahnte jedoch nicht, dass ihm ein dunkelblauer Seat folgte, in dem ein Capitaine und ein Lieutenant de Police saßen.

Nicolas Dubois hatte sich vehement geweigert, seinen Kollegen allein zu beschatten, denn er wollte sich die Vorwürfe nicht allein machen lassen, falls sich die Vermutungen gegen Eric als haltlos erwiesen. Deshalb saß Victor Levéfre jetzt neben ihm.

Aber sie mussten vorsichtig sein, dass er sie nicht erkannte, denn auch er war ein erfahrener Polizist, der viele Tricks kannte. Daher trugen sie beide Base Cups und Sonnenbrillen und hofften zudem, dass der nicht im Traum daran dachte, von ihnen beschattet zu werden.

Mehrere Male stand Nicolas der Schweiß auf der Stirn, da er befürchtete, Eric zu verlieren, weil der gerade noch bei grün über die Kreuzung fuhr und sie stehen bleiben mussten.

»Wo hast Du denn diese Klapperkiste her«? fragte Victor Levéfre, als der an einer Ampel krachend den Gang einlegte.

»Den habe ich mir von meiner Schwägerin geliehen«, antwortete er schwitzend und gab Gas.

»Ist aber das perfekte Stadtauto und aufgrund der vielen vorhandenen Kratzer und Beulen muss ich nicht besonders aufpassen, denn auf eine mehr oder weniger kommt es nicht mehr an«.

Schließlich bogen sie in eine Seitenstraße ein und sahen, dass Eric gebremst hatte und offensichtlich einen Parkplatz in der voll besetzten Straße suchte.

»Wir sind in der ›Rue de Loraine‹«, stellte Victor fest, als er das Straßenschild las.

»Ich muss jetzt erst einmal an ihm vorbeifahren, dann drehe ich wieder um«, sagte Nicolas. »Ducken Sie sich, damit er Sie nicht sieht«.

Eric schwenkte mit seinem Simca gekonnt in eine Parklücke, während die Polizisten an ihm vorbeifuhren und auf einer Einbahnstraße wenden konnten.

Plötzlich stockte ihnen der Atem, denn Fréderic Legrand kam ihnen direkt entgegen, achtete aber anscheinend nicht auf ihre Gesichter. Er begann ungeduldig zu hupen, da die Straße nur einseitig befahrbar war.

Victor Levéfre flüsterte hastig: »Setz zurück, ich glaube, dass er uns nicht erkannt hat«.

Nicolas warf den Gang ein und kam auf dem Gehweg zum Stehen.

Fréderic fuhr nun mit aufheulendem Motor kopfschüttelnd an ihnen vorbei und zeigte ihnen obendrein noch einen Vogel.

Victor`s Augen wurden schmal. »Na warte, Du Straßen-Rambo«, zischte er. »Wenn ich Dich noch einmal zu fassen bekomme, dann …«.

Nicolas Dubois unterbrach ihn scharf. »Selbst wenn es stimmt, dass Eric ihm Informationen über den Fall Mercier liefert, sind wir hoffentlich nicht hier, um alte Kamellen aufzuarbeiten, oder«?

Victor schluckte und sah aus dem Fenster. Er musste sich jetzt innerlich beherrschen, denn Kritik ertrug er nur sehr schlecht, auch wenn er wusste, dass sein ›Gegenüber‹ im Grunde Recht hatte.

Nicolas zog wütend die Handbremse an und blieb in zweiter Reihe auf der Straße stehen. Er hatte es längst bereut, sich darauf eingelassen zu haben, einen Kollegen in seiner Freizeit zu verfolgen.

Nur das auch Fréderic Legrand in diesem Moment ebenfalls hier war, konnte andererseits auch kein Zufall sein.

›Wie auch immer‹, dachte er grimmig. ›Ich werde keinen Spagat zwischen Victor, Fréderic und Eric machen. Wir haben einen Mordfall zu klären‹.

Leise schlossen sie jetzt die Autotüren, liefen zur Straßenecke und sahen sich um. Gerade konnten sie noch sehen, wie Frederic und Eric gemeinsam in einem Hauseingang verschwanden.

Schnell rannten sie zum Eingang und betrachteten das Klingeltableau.

»Lauter unbekannte Namen«, murmelte Victor und holte sein Mobiltelefon aus der Jackentasche.

Dann wählte er eine Nummer und sagte: »Salute Albert, ich brauche dringend den Namen eines Besitzers in der ›Rue de Loraine‹, Nummer sieben. Kannst Du das bitte kurzfristig recherchieren«?

Schnell legte er auf, betrat den Hausflur und sah im Treppenhaus nach oben. »Nichts von den beiden zu sehen«, flüsterte er Nicolas zu, der ihm leise gefolgt war.

Der flüsterte nun ebenfalls. »Was wollen wir denn jetzt tun«?

»Abwarten«, antwortete der. »Irgendwann kommen die beiden bestimmt wieder heraus und sollten sie sich noch immer unbeobachtet fühlen und dann über den Mordfall reden, sind sie überführt«.

Tatsächlich hörten sie jetzt eine Tür klappen. Schritte auf der Treppe kamen ihnen entgegen.

»Ich weiß nicht, wie ich mich je bei Dir revanchieren kann, Fréderic«, hörten sie Eric erleichtert sagen. »Ohne Dich hätte ich auf dem freien Markt keine erschwingliche Wohnung bekommen. Und Du glaubst nicht, wie ich mich freue, dass meine Kinder mich bald wieder regelmäßig besuchen können«.

Victor Levéfre und Nicolas Dubois sahen sich erschrocken an und tappten leise unter die Treppe neben den Eingang, während sie unaufhaltsam näherkamen. Sie konnten nur hoffen, jetzt nicht entdeckt zu werden.

Am Eingang reichte Fréderic ihm lächelnd die Hand. »Hol Dir morgen Nachmittag bei uns die Schlüssel ab. Den Vertrag setzen wir nächste Woche auf, denn Dir vertraue ich auch ohne Unterschrift«.

Plötzlich hörten sie ein Mobiltelefon klingeln. Erschrocken drehten sie sich in die Richtung. »Wer ist da«? fragte Fréderic schroff. »Kommen sie sofort heraus«.

Als kurz darauf Victor Levéfre und Nicolas Dubois vor ihm standen, überlegte er fieberhaft: ›Die haben bestimmt Eric hierher verfolgt, aber woher wissen sie überhaupt von unserem Kontakt‹?

Jetzt sah er sie mit abschätzenden Blicken an. »Haben wir heute in meinem Haus ein Klassentreffen vereinbart? Ich kann mich gar nicht erinnern«.

Gespielt überlegend kratzte er sich am Kopf. »Ganz im Gegenteil meine Herren. Ich betrachte Ihren Aufenthalt als Hausfriedensbruch. Machen

Sie sich auf eine entsprechende Anzeige gefasst und verlassen Sie auf der Stelle mein Haus«.

Eric Fabre hingegen, war inzwischen die Farbe aus dem Gesicht gewichen und wusste nicht, was er sagen sollte.

Victor Levéfre lief auf ihn zu und blieb direkt vor ihm stehen. »Und Sie machen sich auf eine genaue Untersuchung gefasst, Lieutenant de Police Fabre«, fauchte er.

Dann drehte er sich erneut zu Fréderic um. »Ich sehe im Übrigen Ihrer Anzeige gelassen entgegen. Au revoir«. Wütend stieß er die Eingangstür auf.

Nicolas Dubois lief, ohne jemanden anzusehen, nun ebenfalls an ihnen vorbei.

Draußen vor der Tür klingelte erneut das Mobiltelefon. »Albert«, sagte Victor schroff. »Danke, dass Du zurückgerufen hast. Nur das kam genau zur falschen Zeit, aber dafür konntest Du nichts. Gehört das Haus Fréderic Legrand«?

Als er wieder aufgelegt hatte, sagte er: »Wie erwartet, gehört es ihm«.

»Und wenn Eric wirklich nur wegen der Wohnung hier war«? fragte Nicolas vorwurfsvoll. »Dann haben wir in Kürze in der Préfecture Spießrutenlaufen«.

»Jetzt mach mal einen Punkt«, zischte Victor. »Wir ermitteln in einem Mordfall und Fakt ist, dass ausgerechnet der Bruder von Fréderic Legrand Lucas Bellier ein Alibi gegeben hatte«.

»Na und«? fragte Nicolas. »Wenn der eben genau in dieser Bar arbeitet und ihn gesehen hat, muss er das ja auch aussagen. Nur darum geht es jetzt gar nicht und auch nicht um Eric Fabre. Es geht es Dir darum, Fréderic eins auszuwischen. So wie damals, als Du Dich in Deinen Standpunkt verbissen hattest«.

Er atmete tief durch. »Obwohl Du längst wusstest, dass Du Dich geirrt hattest, aber das konntest Du Dir ja nicht eingestehen und hättest ihn ohne Rücksicht auf Verluste über die Klinge springen lassen. Gott sei Dank ist Dir das aber nicht gelungen«.

Victor Levéfre sah ihn steif an. »Danke für das klärende Gespräch Nicolas«.

Wortlos drehte er sich auf dem Absatz um und lief davon.

Fréderic und Eric standen noch immer im Hausflur und hatten der unüberhörbaren Standpauke, die Victor Levéfre über sich ergehen lassen musste, gelauscht.

Während Fréderic jetzt schadenfroh grinste, stand Eric mit einem mulmigen Gefühl im Magen neben ihm. »Wenn mich die Dienstaufsicht in die Mangel nimmt, bin ich erledigt«, murmelte er resigniert.

»Ach was«, antwortete Fréderic. »Wir bleiben einfach bei der Version, dass wir uns seit zehn Jahren kennen und befreundet sind. Du hast eine

Wohnung gesucht und mich deshalb auch angerufen. Wichtig ist nur, dass wir beide aussagen, nicht über dienstliche Ermittlungen gesprochen zu haben«.

Fréderic klopfte ihm auf die Schulter und sah zu einem Bistro auf der anderen Straßenseite herüber.

»Lass uns einen Kaffee trinken und dann siehst Du die Sache vielleicht etwas lockerer«.

Vor der Tür waren einige Tische aufgestellt. Eric ließ sich wortlos in einen Korbstuhl fallen und starrte vor sich hin.

»Kopf hoch mein Freund«, sagte Fréderic aufmunternd. »Wir stehen das gemeinsam durch«.

Dann zündete er sich einen Zigarillo an und bestellte Kaffee und Cognac.

»Du hast gut reden«, flüsterte Eric. »Ich stehe sowieso bei meiner Exfrau ständig unter Druck und jetzt auch noch auf der Préfecture«.

»Was glaubst Du, was ich durchgemacht habe, als Levéfre mich fertigmachen wollte«.

Er wiegte den Kopf. »Gut, ich weiß nicht, ob ich das ohne Marie so durchgestanden hätte«.

»Siehst Du«, warf Eric ein. »Julie hingegen tut alles, um mir weh zu tun«.

»Jetzt komm schon Eric und behalte die Nerven«. Er hielt ihm das Cognacglas entgegen. »à votre santé«. Auch Eric nahm nun sein Glas und stieß zögernd dagegen. »Hoffentlich behältst Du Recht«.

Genüsslich sog Fréderic an seinem Zigarillo. »Jetzt muss ich Dich trotzdem noch einmal nach Robert Mercier fragen. Du sagtest vorhin, dass er gestern Abend überfallen wurde, ihm aber nichts passiert ist«?

Eric nickte. »Ja, ich habe das Protokoll überflogen, das Nicolas einen Moment am Kopierer hat liegen lassen. Irgendjemand ist über die Wohnungstür bei ihm eingedrungen, ohne das Schloss zu beschädigen. Zufällig kam aber die Haushälterin zurück und dann ist der Typ über die Feuerleiter geflohen«.

»Dann muss derjenige doch einen Schlüssel gehabt haben und möglicherweise auch aus seinem Umfeld kommen«.

»So sehe ich das auch, aber das ist noch nicht alles«.

»Was denn noch«? fragte Fréderic gespannt.
»Heute wurde in der Wohnung der Merciers eine Fangschaltung aufgebaut, weil sich wahrscheinlich der Täter bei ihm gemeldet hatte. Ich war zwar nicht im Dienst, aber einer der Techniker hat es mir am Telefon erzählt. Der wollte eigentlich zum Fliegenrutenfischen und sich bei mir die Gastkarte leihen, die ich immer für Freunde bereithalte. Daraus wurde natürlich nichts, weil er danach mit

seinem Kollegen die Anschlüsse überwachen musste«.

Fréderic sah ihn grübelnd an. »Vielleicht weiß Christian, wer Zutritt zur Wohnung der Merciers hatte«.

Plötzlich klingelte sein Mobiltelefon. Auf dem Display war Marie`s Foto zu sehen. »Salute Schatz, was gibt es denn«?

Erschrocken sah er zu Eric herüber, als er ihre Nachricht gehört hatte.

Dann sagte er hastig: »Richte ihm aus, dass ich ihn anrufe, sobald ich wieder zu Hause bin«.

»Was ist denn los«? fragte Eric. »Gibt es etwa noch eine Hiobsbotschaft«?

»Du wirst es nicht glauben, wer gerade vor meiner Wohnungstür gestanden ist und mich sprechen wollte«.

»Wer denn«?

»Robert Mercier«.

**

Christian saß zusammen mit Françoise unter dem schattigen Apfelbaum und blätterte erneut in dem kleinen Stoffalbum.

Immer wieder betrachtete er die Fotos. Plötzlich stutzte er, als er die Seite aufgeschlagen hatte und den kleinen Jungen betrachtete, der zu dieser Zeit höchstens anderthalb Jahre sein konnte.

Der saß auf einem Rutschauto und lächelte fröhlich in die Kamera. Sein Vater kniete dabei hinter ihm und hatte seine Arme um ihn gelegt.

»Seltsam«, murmelte er. »Dieses Lächeln habe ich doch irgendwo schon einmal gesehen«.

Françoise sah zu ihm hin. »Was hast Du denn da für Fotos«?

»Möchtest Du sie sehen«?

»Warum nicht«, antwortete der und stellte sein Rotweinglas auf einen alten hölzernen Hocker.

Plötzlich bekam er große Augen. »Das ist doch Roman«, sagte er verblüfft. Dann tippte er auf das Gesicht des Jungen. »Und das ist sein Sohn Luce«.

»Du kennst sie«? fragte Christian fassungslos.

»Ja«, antwortete Françoise. »Das ist Roman, mein Brotlieferant und den Jungen hast Du doch selbst gestern gesprochen«.

Christian fasste sich an den Kopf. »Ja natürlich. Deshalb kam er mir auch irgendwie bekannt vor«.

Wieder betrachtete er das Foto. »Nur damals war er noch so klein und Gesichtszüge von Kindern verändern sich eben in diesem Alter noch«.

Françoise lächelte. »Also ich habe ihn gleich erkannt, naja wahrscheinlich auch deswegen, weil ich mit seinem Vater hin und wieder zu tun habe«.

Dann schüttelte er den Kopf. »Hätte mir auch früher einfallen können, denn Du hattest ja in meinem Beisein Fréderic davon erzählt, als Du aus Deutschland zurückgekommen warst«.

»Weißt Du, wann dieser Roman hier wieder mit seinem Brotwagen auftaucht«?

Françoise kratzte sich am Kopf. »Heute ist Sonntag, oder«?

»Ja, den ganzen Tag«, antwortete Christian lächelnd.

»Dann kommt Roman morgen wieder vorbei«. »Ist das sicher«? fragte Christian etwas skeptisch.

Er hatte nämlich bemerkt, dass Françoise schon öfter Termine und Daten verwechselt hatte.

»Müsste stimmen, aber ob morgen oder übermorgen ist ja auch egal, denn ich habe immer genügend Vorräte im Haus«.

»Mir kommt es aber auf jeden Tag an«, entgegnete Christian. »Schließlich kann ich mich ja hier nicht ewig verstecken«.

»Und was willst Du tun, wenn Roman vor Dir steht«? fragte Françoise.

»Das weiß ich ehrlich gesagt auch noch nicht«. antwortete er nachdenklich. »Ich werde mich vorläufig überhaupt nicht zeigen und ihn vom Fenster aus beobachten, denn ich möchte ihn nicht verunsichern. Womöglich verschwindet er sonst mit dem Jungen von hier und dann werde ich ihn bestimmt nie mehr finden«.

»Soll ich Fréderic anrufen«? fragte Françoise. »Er hat zwar gesagt, dass er bald wieder vorbeikommt, aber vielleicht hat er noch eine andere Idee«.

Christian klappte das Album zu. »Ja mach das«.

Dann lehnte er sich zurück und sagte weiter: »Ich habe tatsächlich Fabiennes Sohn gefunden. Was würde bloß sein Großvater dazu sagen, wenn er das wüsste«.

»Ich habe ja keine Kinder«, antwortete Françoise. »Trotzdem ist es für mich unvorstellbar, dass jemand so wenig Vertrauen zu seinen Eltern hat«.

»Das würde ich an Deiner Stelle auch so sehen«, antwortete Christian. »Aber Du kennst eben Robert Mercier nicht. Er hat lange Zeit Fabiennes Leben und auch das seiner Frau diktiert und ich kann mir gut vorstellen, dass Fabienne sich nicht getraut hatte, es ihm zu sagen. Seinen Wutausbruch über eine derartige ›Katastrophe‹ kann ich mir richtig ausmalen«.

»War er wirklich so ein Despot«? fragte Françoise entrüstet.

Christian lächelte bitter. »Für ihn war es doch perfekt, denn ihm hat so gut wie niemand je widersprochen. Und er hat dabei überhaupt nicht gemerkt, dass seine Frau und seine Tochter unter ihm gelitten haben. Erst später hat Fabienne sich dagegen gewehrt und sicher auch so manche trotzige Entscheidung getroffen«.

Françoise stand auf. »Ich gehe mal telefonieren«.

Christian lehnte sich zurück und schloss die Augen, denn die Gefühle übermannten ihn regelrecht.

Doch dann schüttelte er sich, denn schließlich war sie ihm gegenüber nicht ehrlich gewesen. ›Sie kann mich doch nicht wirklich geliebt haben, sonst hätte sie doch mit diesem Roman nichts mehr angefangen. Auch wenn sie mit dem bereits ein Kind hatte, schließlich bekam sie ja jetzt eins von ihm‹.

Erschrocken setzte er sich aufrecht hin. ›Und wenn das zweite Kind gar nicht von mir war, sondern auch von diesem anderen Kerl‹? Jetzt erinnerte er sich, dass er nie zu den Terminen beim Frauenarzt mitkommen durfte, obwohl er sie immer wieder darum gebeten hatte.

»Das gibt es doch gar nicht«, murmelte er leise, während sich eine steile Falte auf seiner Stirn bildete. In ihm stieg langsam die Wut nach oben. »Fabienne Du Miststück«, zischte er leise.

In diesem Moment kam Françoise zurück und ließ sich schwitzend in seinen Korbstuhl fallen.

Während er sich die Schweißperlen von der Stirn tupfte, fragte er schnaufend: »Was ist denn mit Dir los? Führst Du Selbstgespräche«?

»Mir ist gerade etwas klargeworden Françoise«, antwortete er und stand auf.

»Wo willst Du denn hin«? fragte der ungläubig.

Christian sah ihn ungerührt an. »Ich nehme mir jetzt ein Taxi und werde mich auf der Préfecture bei Capitaine de Police Levéfre stellen«.

»Sag mal, hast Du Drogen genommen«?

»Hör auf zu scherzen, Françoise«, antwortete der und holte mit ernster Miene seinen Geldbeutel hervor.

»Mein Entschluss steht fest und hier sind zweihundert Euro für Dich. Selbstverständlich werde ich der Polizei nicht sagen, dass Du mich versteckt hast, damit Du keine Schwierigkeiten bekommst«.

»Ich konnte Fréderic übrigens nicht erreichen. Und seine Begeisterung wird sich in Grenzen halten, wenn er davon hört. Nur leider kann ich Dich nicht zwingen, hier zu bleiben«.

Er lehnte sich zurück. »Warum machst Du das jetzt? Bisher hast Du doch immer gesagt, dass Du unschuldig bist«.

»Das bin ich auch«, antwortete Christian. »Aber ich muss noch etwas Anderes klären, dass mir wichtig ist. Dabei können mir aber weder Fréderic noch Du helfen«.

Schnell lief er die knarrende Holtreppe nach oben und kam kurz darauf wieder zurück.

Jetzt stand auch Françoise auf. »Na gut, ich hoffe, dass Du Deine Entscheidung nicht bereuen wirst«.

Christian sah ihm in die Augen und gab ihm die Hand. »Das hoffe ich nicht und danke für alles. Du bist ein echter Freund. Sobald ich kann, werde ich Dich mal besuchen. Kannst Du mir bitte ein Taxi rufen«?

Françoise nickte und ging behäbig zum Telefon. »Kommt gleich«, sagte er, als er wieder aufgelegt hatte.

Als das schließlich am Eingang hupte, drehte Christian sich schnell um und verließ das Motel.

Françoise sah ihm mit einem mulmigen Gefühl im Magen nach.

Als das Taxi schließlich vor der Préfecture hielt, sagte der Fahrer: »Monsieur, da wären wir. Macht zweiundsechzig Euro«.

Christian gab ihm siebzig. »Stimmt so«. Dann stieg er aus und lief langsam über einen Vorplatz zum Besuchereingang.

Eine Polizistin, die hinter einem verglasten Tresen saß, lächelte ihm freundlich entgegen.

»Salute Monsieur, was kann ich denn für Sie tun«?

»Mein Name ist Christian Clément«, sagte er mit heiserer Stimme und legte ihr seinen Personalausweis hin. »Ich möchte mich stellen«.

Die Polizistin erschrak und sah hastig auf einige Steckbrief-Fotos, die neben ihr an der Wand hingen.

Dann nahm sie schnell den Telefonhörer und wählte hastig eine Nummer.

»Hallo Serge, hier ist Juliette. Bei mir in der Anmeldung steht ein gewisser Christian Clément. Informier bitte schnell Capitaine de Police Victor Levéfre und Lieutenant de Police Isabelle Robin. Die müssen sofort hierherkommen. Es ist dringend«.

Als sie wieder aufgelegt hatte, stand sie auf. »Ich lasse Sie in einen Verhörraum bringen, aber da heute Sonntag ist, kann es eine Weile dauern, bis die Kollegen da sind«.

Christian lächelte matt. »Kein Problem, ich habe im Moment nichts Anderes vor«.

Er lief jetzt vor zwei Polizisten einen langen Flur entlang und betrat schließlich einen Raum, in dem lediglich ein grauer Tisch stand, unter den an der einen Seite zwei Stühle und auf der anderen Seite einer geschoben waren. Und aus einer Kamera in der Ecke wurde er von nebenan beobachtet.

»Setzen Sie sich bitte«, sagte ein Polizist leise. Die Tür fiel ins Schloss und Christian starrte teilnahmslos auf die Tischplatte.

Irgendwann sah er doch auf die Uhr und stellte fest, dass mittlerweile fast eine Stunde vergangen war.

Währenddessen standen Victor Levéfre und Isabelle Robin in einem Nebenraum und sahen auf das Display der Überwachungskamera.

»Was hat ihn gerade jetzt dazu bewegt sich zu stellen«? fragte er grübelnd. »Und einen Rechtsanwalt hat er auch nicht bestellt, soweit wir wissen«.

»Keine Ahnung«, antwortete sie leise. »Vielleicht ist er einfach nur mürbe von dem Versteckspiel der letzten Tage«.

»Wir werden es gleich herausfinden«, sagte er entschlossen. »Gehen wir«.

Victor Levéfre hatte sich nach seinem Streit mit Nicolas Dubois verärgert mit einem Taxi direkt nach Hause bringen lassen und lag mit einer Tüte Kartoffelchips auf dem Sofa und schaute Fernsehen, als der überraschende Anruf aus der Préfecture kam.

Er hatte sich vorgenommen, den restlichen Tag zu Hause zu verbringen und wollte heute niemanden mehr sehen. So beleidigt wurde er seiner Meinung nach schon lange nicht mehr.

Isabelle Robin hingegen, war mit Ihrem Mann Yves, der wie von ihm selbst erwartet, die fristlose Kündigung der Spedition erhalten hatte, gerade von einer Reisemesse zurückgekommen. Sie wollten zusammen mit Sohn Jacques einen Kurzurlaub in einem Ferienpark buchen, um klare Gedanken zu fassen und ihre täglichen Streitereien zu beenden. Jetzt waren sie doch unverhofft noch im Dienst und betraten gespannt den Verhörraum.

Sie setzten sich ihm gegenüber.

»Guten Tag Monsieur Clément, am Anfang dieses Verhörs müssen wir Sie über Ihre Rechte belehren«, begann Victor Levéfre.

Dann sah er zu seiner Kollegin herüber, die ihn formell über seine Aussagen und die Möglichkeit einen Rechtsbeistand hinzuziehen, aufklärte.

»Haben sie alles verstanden«? fragte Sie zum Schluss.

Christian sah beide an. »Ja, das habe ich«.

»Wie kommt es, dass Sie sich heute stellen«? fragte Victor Levéfre ohne Umschweife.

Christian sah ihm offen in die Augen. »Weil ich unschuldig bin und keinen Grund habe, mich weiterhin vor der Polizei zu verstecken«.

»Und warum sind Sie nicht gleich zu uns gekommen«? fragte Victor Levéfre zurück.

»Vielleicht hätten wir das schon lange klären können, wenn es tatsächlich so ist, wie Sie jetzt sagen«.

Christian atmete durch. »Als ich einen Tag nach Fabiennes Tod allein in der Wohnung von Madame Moreau saß und die Fakten durchgegangen bin, habe ich mir eingeredet, dass jeder denkt, dass nur ich derjenige sein kann, der dafür gesorgt hat, dass sie die Wohnung nicht mehr lebend verlassen konnte«.

Jetzt lehnte er sich zurück. »Mir wurde klar, dass alles gegen mich sprach, denn wir hatten Streit und sie warf mich kurz danach aus der Wohnung. Ein anderes Alibi habe ich nun mal nicht und jetzt kann ich nur hoffen, dass die Pariser Polizei inzwischen dem wahren Täter auf die Spur gekommen ist. Ich jedenfalls war es nicht«.

»Woher wollen Sie denn wissen, dass es ein Mann war«? fragte Victor Levéfre. »Es könnten schließlich genauso eine Frau, oder aber auch mehrere Täter gewesen sein«.

»Verschonen Sie mich mit Ihren Wortspielchen«, sagte Christian gereizt. »Natürlich könnte das sein, aber ich kann nur wiederholen, dass ich es nicht war«.

»Es gibt aber nach wie vor keinen anderen Verdächtigen außer Ihnen Monsieur Clément«, warf Isabelle Robin ein. »Denn alle weiteren Personen, gegen die wir ermittelt hatten, haben hieb- und stichfeste Alibis«.

»Dann haben sie irgendjemanden übersehen«, konterte Christian. »Ich schwöre Ihnen, dass der Mörder von Fabienne noch immer frei herumläuft, während ich jetzt hier sitze und mich haltlosen Anschuldigen erwehren muss«.

»Haltlose Anschuldigen«? fragte Victor Levéfre verächtlich. »Sie haben doch durch Ihre Flucht und Ihr Versteckspiel nur den Verdacht genährt«.

»Das mag sein, trotzdem erkläre ich, dass Fabienne an dem Abend, als ich die Wohnung mit einem Koffer und einem Kleidersack verlassen habe, noch gelebt hat und …«.

Er brach abrupt den Satz ab, denn jetzt hätte er ihnen fast verraten, dass er längst wusste, dass die Wohnungstür zusätzlich verriegelt worden war.

Victor Levéfre horchte auf. »Was und«?

»Und dann bin ich direkt zu dem Taxistand am Pigalle gelaufen, wo ich Madame Moreau getroffen hatte. Aber das ist Ihnen ja bekannt«, antwortete Christian und versuchte, gelassen zu wirken.

Victor Levéfre sah ihn durchdringend an. »Ist es nicht in Wirklichkeit so gewesen, dass Sie durch den Rauswurf verletzt waren und dann in einem Anflug von Eifersucht und Wut die Tür zusätzlich von außen verschraubt hatten? Der Brand im Keller kurz darauf geht zugegebenermaßen nicht auf Ihr Konto, denn der wurde laut Gutachten aus Unachtsamkeit vom Hausmeister und seinem Sohn verursacht«.

Christians Augen wurden schmal. »Dann erklären Sie mir doch mal, was ich damit bezweckt hätte, die Wohnungstür zusätzlich zu verschrauben? Wenn Fabienne dies am nächsten Morgen, oder wann auch immer festgestellt hätte, wäre der Concierge gekommen und hätte sie zusammen mit dem Hausmeister, oder einem Schlüsseldienst befreit«.

»Auch uns bewegen diese Fragen, Monsieur Clément, aber vielleicht wollen Sie sich Ihre heutige Aussage noch einmal überlegen, oder darüber schlafen«, antwortete Victor Levéfre.

»Ich bleibe bei meiner Aussage«, erwiderte Christian.

»Sie waren einige Tage in Deutschland, genauer gesagt in Saarlouis«, hakte Isabelle Robin nach. »Was haben Sie dort gewollt«?

Christian überlegte fieberhaft: ›Woher wissen die denn davon‹?

Laut sagte er: »Ja das stimmt. Aber wie Ihnen ja bekannt ist, bin ich Deutscher und war ausschließlich aus privaten Gründen dort. Deshalb sage ich auch nichts dazu«.

Victor Levéfre drückte auf die Taste des Aufnahmegerätes. »Wir beenden für heute das Verhör«.

Er drehte sich zu einem wartenden Polizisten um. »Bringen Sie ihn in eine Zelle«.

Auch Christian stand jetzt vor ihm und sah ihn ungerührt an. »Ich habe im Grunde nichts Anderes von Ihnen erwartet, aber Sie werden sehen, dass Sie den Falschen festhalten«.

Als er den Raum verlassen hatte, sagte Isabelle: »Wir sollten unbedingt noch einmal alle in Frage kommenden Personen überprüfen. So wie er hier aufgetreten ist, bin ich jetzt nicht mehr davon überzeugt, dass er es war«.

Victor Levéfre ging nicht darauf ein und schob zähneknirschend den Stuhl unter den Tisch.

»Informieren Sie bitte Robert Mercier, dass Christian Clément hier ist«.

Ohne sich zu verabschieden, verließ er wütend den Raum.

**

Robert Mercier saß am nächsten Tag in seinem Büro und wartete auf Lucas Bellier, der noch immer mit den Aktionären im Konferenzraum saß und die Details der neuen Geschäftsleitung besprach.

Auch hatte er beschlossen, seine Frau und seine Tochter nach einer gemeinsamen Trauerfeier beisetzen zu lassen und dann Paris so bald wie möglich zu verlassen, denn nach dem Überfall fühlte er sich hier nicht mehr sicher.

Seit es die Fangschaltung in seiner Wohnung gab, hatte der Täter sich jedoch nicht mehr gemeldet, aber jedes Mal, wenn das Telefon läutete, zuckte er erschrocken zusammen und nahm nur zögernd das Gespräch an.

Als es jetzt an der Tür klopfte, rief er: »Herein«. Catherine Moreau betrat das Büro. »Entschuldigen Sie bitte Monsieur«, sagte sie. »Der Concierge hat gerade bei mir angerufen und gesagt, dass ein gewisser Fréderic Legrand im Foyer auf Sie wartet. Haben sie einen Termin mit ihm«?

Robert Mercier horchte auf. »Fréderic Legrand steht wirklich unten an der Rezeption«?

Sie nickte. »Wollen sie ihn hier in Ihrem Büro sprechen«?

Er stand auf und zog sich das Sakko über. »Bitte sagen Sie Bescheid, dass ich sofort nach unten komme«.

»Und was ist mit Ihrem Anschlusstermin bei Lucas Bellier und den Aktionären«? fragte sie erstaunt, denn sie war es nicht gewohnt, dass er bereits vereinbarte Termine absagte.

»Sie wollten doch zusammen mit dem Advokaten den Entwurf besprechen«.

»Vereinbaren Sie bitte für Morgen einen neuen Termin«, antwortete er mürrisch. »Jetzt muss ich mich erst um eine Privatangelegenheit kümmern«.

An der Tür drehte er sich noch einmal um und rang sich dabei ein Lächeln ab. »Haben Sie schon über mein Angebot nachgedacht«?

Catherine sah ihn etwas unsicher an. »Nachgedacht schon, aber ich habe ehrlich gesagt noch keine Entscheidung getroffen«.

»Das macht mir zumindest etwas Hoffnung. Haben Sie heute Abend Zeit, mit mir zu essen«? fragte er weiter. »Meine Haushälterin Maria kann wunderbar kochen. So gegen neun«?

»Ja meinetwegen«, antwortete sie.
Verdutzt schaute sie ihm nach, denn noch nie hatte sie der Seniorchef privat zu sich eingeladen.

Als Robert Mercier ins Foyer kam, stand Fréderic Legrand am Tresen und plauderte angeregt mit dem Concierge. Sie hatten eine Sportzeitung vor sich und diskutierten über das letzte Clubspiel von ›Paris Saint-Germain‹.

Jetzt stand er neben ihnen. Der Concierge zog erschrocken die Zeitung weg. »Oh entschuldigen Sie bitte Monsieur, wir hatten Sie leider nicht kommen sehen«.

»Schon gut«, murmelte der, dann sah er Fréderic an. »Mein Name ist Robert Mercier«. Er hielt ihm die Hand entgegen. »Ich nehme an, dass Sie Fréderic Legrand sind«.

Der nickte freundlich und erwiderte den Händedruck. »Ich freue mich sie kennenzulernen«.

Er deutete auf die gegenüberliegende Straßenseite. »Gleich hier nebenan ist ein kleines Bistro, in dem wir ungestört reden könnten. Selbstverständlich sind Sie eingeladen«.

Fréderic hob die Schultern. »Ja gerne, warum auch nicht«.

Dann nickte er dem Concierge noch einmal zu und verließ zusammen mit ihm den Verlag.

Als sie sich in dem gemütlichen Gastraum gegenübersaßen, begann Robert Mercier: »Meine Tochter Fabienne hatte mir mal von Ihnen erzählt, weil sie Ihren Prozess seinerzeit als Journalistin verfolgt hat«.

Fréderic nickte: »Das war eine unerfreuliche Zeit für mich, die ja letztendlich gut ausgegangen ist. Wollten Sie etwa darüber mit mir reden«?

Er räusperte sich. »Eigentlich nicht. Mir geht es um etwas ganz Anderes«.

Fréderic lehnte sich erstaunt zurück. »Na dann schießen Sie mal los«.

»Ich denke, dass Sie darüber informiert sind, dass sowohl meine Tochter Fabienne und auch meine Frau Beatrice kürzlich verstorben sind«.

Bei diesen Worten bekam er ein seltsames Kratzen in der Stimme.

»Ja, ich weiß. Mein Beileid«, antwortete Fréderic. Gespannt sah er jetzt zu ihm herüber. »Ich muss etwas über meine Frau herausfinden«, flüsterte der. »Ihr Einverständnis vorausgesetzt, wollte ich Sie damit beauftragen«.

»Wieso denn mich«? fragte Fréderic überrascht. »Es gibt mehrere Dutzend Privat-Detektive in Paris, die alle nur darauf warten, von jemandem wie Ihnen einen lukrativen Auftrag zu bekommen«.

»Meine Tochter hat damals so begeistert von Ihnen gesprochen, dass ich mich jetzt an Sie erinnert habe. Abgesehen erfordert der Auftrag absolute Diskretion«.

Fréderic sah ihn durchdringend an. »Sie sagten, dass Fabienne begeistert von mir gesprochen hatte«. Leise fügte er hinzu: »Christian etwa nicht«?

Robert Mercier schluckte. »Ich mache keinen Hehl daraus, dass ich über diese Beziehung nie glücklich war«.

»Und ich möchte von vornherein klarstellen, dass ich mit Christian befreundet bin und auch bleibe«.

»Das interessiert mich ehrlich gesagt nicht, Monsieur Legrand. Außerdem hat das mit meinem Anliegen an Sie nichts zu tun«.

»Dann kommen Sie doch bitte auf den Punkt«, antwortete Fréderic und trank seinen Kaffee aus. »Sie können sich selbstverständlich sicher sein, dass niemand etwas erfährt und wenn ich Ihnen helfen kann, tue ich das gerne«.

»Der Arzt, der meine Frau nach ihrem Selbstmord untersucht hatte, teilte mir in einem persönlichen Gespräch mit, dass Beatrice wahrscheinlich noch ein Kind zur Welt gebracht hat«.

Jetzt holte er aus einer Ledermappe hervor. »Das ist ein Bildband, an dem ich 1976 mitgewirkt habe und war der einzige Zeitraum, indem so etwas passiert sein konnte, ohne dass ich etwas mitbekommen hätte, denn ich war so gut wie nie zu Hause. Kurz darauf war Beatrice in einer Kurklinik in der Schweiz, wo sie wegen einer Depression behandelt wurde«.

Er zeigte ihm auch diese Unterlagen und fügte hinzu. »Ich vermute, dass sie entweder eine Abtreibung hat durchführen lassen, oder …«.

Er sah ihn ernst an. »Das Kind hat, aus welchem Grund auch immer die Geburt nicht überstanden«.

»Es könnte doch aber auch sein, dass dieses Kind lebt«, warf Fréderic ein.

»Das kann ich mir nicht vorstellen«, antwortete er ungläubig. »Warum sollte sie mir das denn verschwiegen haben«?

»Dafür fällt mir leider nur eine Erklärung ein«, flüsterte Fréderic.

»Sprechen sie es lieber nicht aus«, krächzte Robert Mercier. »Und ich kann diese Recherchen allein nicht durchführen, denn dazu habe ich im Moment nicht die Kraft«.

»Am besten, Sie überlassen mir die Unterlagen«, sagte Fréderic beschwichtigend. »Und versuche, etwas darüber herauszubekommen«.

Er nickte. »Danke und hier habe ich auch noch ein Bild von Beatrice aus dieser Zeit«.
Fréderic staunte, als er die kleine hübsche Frau auf dem Porträtfoto betrachtete.

»Sie hatten wirklich Geschmack«.
Plötzlich klingelte Roberts Mobiltelefon. Er sah auf das Display. »Oh«, murmelte er. »Die Polizei«.

Fréderic horchte auf und hörte gespannt zu, als er abhob. An seiner Reaktion merkte er, dass etwas passiert sein musste.

Als der wieder aufgelegt hatte, sah er ungerührt zu Fréderic herüber. »Christian Clément hat sich auf der Préfecture gestellt«.

Fréderic wurde aschfahl. »Ist das sicher«?

Robert Mercier nickte. »Die Kommissarin sagte allerdings, dass er abstreitet, mit dem Tod meiner Tochter etwas zu tun zu haben«.

Fréderic schwieg jetzt, merkte aber, dass sich kleine Schweißperlen auf seiner Stirn bildeten. Er durfte sich jetzt auf keinen Fall verraten.

Schnell stand er auf. »Ich habe jetzt gleich noch einen anderen Termin und muss mich deshalb verabschieden«.

»Vielen Dank für Ihre Zeit«, antwortete Robert Mercier und hielt ihm die Unterlagen entgegen. »Und bitte melden Sie sich, sobald Sie etwas herausgefunden haben«.

»Sie können sich auf mich verlassen«, versprach Fréderic und ging schnell zu seinem Wagen, in der in einer Seitenstraße geparkt hatte.

Unterwegs wählte er die Nummer von Françoise. »Salute«, sagte er wütend. »Warum hast Du mir nicht Bescheid gesagt, dass Christian wieder weg ist«?

»Ich wusste, dass Du das an mir auslassen würdest«, antwortete der genervt. »Aber er war nicht davon abzubringen, nachdem er wieder in diesem Album herumgeblättert hatte«.

»Er gibt nicht auf, Fabiennes Kind zu finden, oder«? fragte Fréderic, während er sein Auto aufschloss.

»Du wirst es nicht glauben, aber ich kenne den Jungen und auch seinen Vater«.

»Was«? rief Fréderic. »Woher denn«?

»Ich habe sie auf den Fotos erkannt. Die sind vor kurzem hierhergezogen und wohnen nicht weit entfernt von meinem Motel. Seitdem beliefert er mich einmal in der Woche mit Brot«.

»Und kein Zweifel besteht«?

»Nein, das ist sicher«, antwortete Françoise.

Fréderic sah auf die Uhr. »Ich könnte in einer Stunde bei Dir sein und dann zeigst Du mir das Wohnhaus, ok«?

»Ich bekomme zwar gleich noch ein paar Gäste, aber bis dahin müsste eigentlich alles erledigt sein. Also gut, ich erwarte Dich«.

Fréderic warf das Mobiltelefon achtlos auf den Beifahrersitz und gab Gas.

Als er schließlich nach einigen Staus bei Françoise in den Innenhof fuhr, saß der wieder schlafend unter seinem Apfelbaum. Fréderic hupte kurz.

Erschrocken sah Françoise auf. »Sag mal, willst Du mich umbringen«?

»Entschuldige«, antwortete Fréderic lächelnd. »Und jetzt komm und spring rein«.

Als sie kurz darauf vor dem Mehrfamilienhaus standen, sah Fréderic zum Eingang.

»Kennst Du den Nachnamen von diesem Roman«? fragte er Françoise.

»Nein, leider nicht«.

»Und warum willst Du jetzt mit denen reden? Das ist doch eine Sache zwischen Christian und Roman«.

»Nicht ganz«, antwortete Fréderic. »Ich hatte vorhin einen Termin mit Robert Mercier und wie es aussieht, hat er einen Enkel, nur weiß er nichts davon«.

»Alles, was ich bisher über ihn gehört habe, war nicht besonders erquickend«, murmelte Françoise.

»Was er in den letzten Tagen erlebt hat, verdient kein Mensch«, entgegnete Fréderic. »Ich werde jetzt versuchen, mit denen zu reden und informiere danach Robert Mercier. Was der dann tut, ist ausschließlich seine Sache«.

Sie stiegen aus.

Plötzlich sahen sie, dass ein alter Mann, der sich auf einen Rollator stützte, gerade die Tür öffnete.

Fréderic rannte hin. »Guten Tag, kann ich behilflich sein«?

Der alte Mann sah ihn dankbar an. »Das ist sehr freundlich von Ihnen«.

Fréderic half ihm über die holperige Schwelle. Als sie beide draußen standen, fragte er: »Darf ich Sie etwas fragen«?

»Ja fragen Sie nur«, antwortete er. »Seit meine Frau gestorben ist, bin ich fast immer allein und deshalb freue mich, wenn ich mal etwas Gesellschaft habe«. Auch Françoise stand jetzt neben ihm. »Gleich da drüben ist eine Bank und wenn Sie wollen, können wir uns setzen«.

Der alte Mann entgegnete: »Ich muss aber noch was einkaufen und da ich nicht gut zu Fuß bin, habe ich leider wenig Zeit«.

»Wir bringen Sie nachher auch gerne zum Supermarkt, wenn Sie möchten«, antwortete Fréderic freundlich.

»Ich habe da eine andere Idee«, warf Françoise lächelnd ein, denn der alte Mann tat ihm leid.

»Wir nehmen Sie nachher zu mir mit ins Motel, essen gemütlich und dann rufe ich ein Taxi, das Sie wieder nach Hause bringt«.

Der alte Mann sah erstaunt von einem zum anderen. »Darf ich das wirklich annehmen«?

»Ja Sie dürfen«, antwortete Françoise und hakte ihn unter. »Ich bin abends auch oft allein und würde mich gerne mal wieder mit jemandem unterhalten, der so wie ich, hier aus dieser Gegend kommt«.

»Jetzt habe ich aber erst einmal eine Frage an Sie«, warf Fréderic ein.

»Bei Ihnen im Haus sind vor nicht allzu langer Zeit ein Mann mit seinem Sohn eingezogen. Wir kennen leider nur ihre Vornamen. Roman und Luce. Haben Sie mal mit dem Jungen, oder seinem Vater gesprochen«?

Der alte Mann nickte. »Mit dem Jungen schon. Der Kleine ist sehr höflich, spielt aber oft allein und die Nachbarskinder ärgern ihn manchmal. Hab's am Küchenfenster gesehen«.

»Dann wissen Sie bestimmt, in welchem Stockwerk die wohnen und kennen auch den Nachnamen, oder«?

»Die beiden wohnen im Dachgeschoss und heißen Wagner«.

Fréderic sah ihn dankbar an, denn diese Information ersparte ihm eine mühevolle Suche unter mindestens zwanzig Mietparteien.

»Bleib bei ihm Françoise«, sagte er und stand auf. »Ich bin sicher bald zurück«.

Als er wieder am Eingang war, las er auf dem völlig zerkratzten Klingeltableau den Namen und drückte zweifelnd auf den Knopf. ›Wer weiß, ob das Ding überhaupt funktioniert‹.

In dem kleinen Lautsprecher knackte es und eine verschlafene Männerstimme sagte: »Ja bitte«?

»Mein Name ist Fréderic Legrand. Darf ich kurz mit Ihnen sprechen«?

Der Summer ertönte.

Er drückte die Eingangstür auf und ging nach oben.

**

Catherine Moreau saß am Nachmittag in einem Bistro und starrte grübelnd in ihre Teetasse.

Sie hatte beim Frühstück ihren Kindern Carole und Philipe von Robert Merciers spontanem Angebot, ihm an die Côte d'Azur zu folgen, erzählt.

Entsetzt hatten sie ihr zugehört.

Vor allem Philipe, der gerade erst sein Studium begonnen hatte, konnte es nicht fassen, dass seine Mutter scheinbar ernsthaft darüber nachdachte.

»Du kannst uns doch hier nicht allein lassen«, warf er ihr vor. »Und was ist mit Grand-mère? Willst Du etwa, dass sie in ein Heim kommt«?

Catherine hatte schon damit gerechnet, dass er diese Frage stellen würde, denn natürlich wussten ihre Kinder von dem Versprechen, dass sie ihrer Mutter gegeben hatte, sie niemals in eine Seniorenresidenz zu bringen.

›Aber war es gerecht, dass sie, seid ihr Mann auf so tragische Weise ums Leben gekommen war, die ganze Last und alle Sorgen und Nöte allein trug? Durfte sie denn nicht auch mal an sich selbst denken‹?

Carole hingegen, hatte wortlos den Vorwürfen ihres Bruders zugehört, gleichgültig ihr Müsli weiter gegessen und die Schale in den Geschirrspüler gestellt.

»Reg Dich ab Philipe«, hatte sie schließlich gesagt. »Dir geht's doch in Wirklichkeit nicht um Grand- mère, sondern nur um Deine eigene Bequemlichkeit. Mama zahlt die Miete, putzt, kocht und seit Du studierst, stehst Du sowieso nie vor neun Uhr auf. Und von Deinen allabendlichen Partys auf dem Campus will ich gar nicht reden«.

»Das geht Dich überhaupt nichts an«, fauchte er zurück. »Du bist doch bloß neidisch, dass …«.

»Hört endlich auf«, rief Catherine und stand auf. »Ihr seid im Übrigen beide erwachsen und solltet bald über Eure eigene Zukunft nachdenken«.

Sie sah zu Carole herüber, die inzwischen ihre Handtasche genommen hatte und gehen wollte.

»Überlege Dir bitte, ob dieser Teilzeitjob im Blumenladen sinnvoll ist, oder ob Du Dir besser eine Festanstellung suchst«.

Wortlos hatte sie die Wohnungstür hinter sich zugeworfen.

»Und Du Philipe, hast zwei Jahre in diesem Fahrradkurier-Unternehmen verschwendet, bevor Du Dich zu einem Studium entschlossen hast. Ich bin zugegebenermaßen im Moment nicht davon überzeugt, dass Du wirklich den Bachelor schaffst, geschweige denn ein Masterstudium überstehst, wenn Du so weitermachst«.

Beleidigt hatte der seine Arme vor sich verschränkt und nichts dazu gesagt.

»Ich werde jetzt in den Verlag fahren und hoffe, dass ihr beide darüber nachdenkt. Ich jedenfalls werde dies tun«.

»Heißt das, dass Du Dich schon entschieden hast«? fragte er vorsichtig.

»Nein Philip«, antwortete sie versöhnlich. »Aber Ihr beide müsst lernen, selbst Verantwortung zu übernehmen. Und Grand- mère lasse ich gewiss nicht im Stich«.

Dann war sie ins Büro gefahren.

Die Stimmung unter den Mitarbeitern war ziemlich gespannt, denn noch immer war offiziell nicht bekannt, wie es weitergehen würde.

Doch kurz nach der Mittagspause bat Lucas Bellier alle in den Konferenzraum. Als er schließlich verkündete, dass es keine Entlassungen geben würde und auch an den bestehenden Arbeitsverträgen nichts geändert würde, atmeten alle auf.

Zufrieden machten sie sich wieder an die Arbeit, außer Catherine. Grübelnd saß sie in ihrem Büro.

Da betrat Adrien Dupont den Raum. »Kann ich Sie kurz sprechen«?

»Ja natürlich. Was gibt es denn«? fragte sie zurück.

Er setzte sich. »Sind Sie auch so froh wie ich, dass wir endlich wieder klare Verhältnisse im Verlag haben«?

»Selbstverständlich«, antwortete sie. »So ein Schwebezustand ist für alle Beteiligten nicht leicht, aber das lag auch daran, dass Monsieur Mercier seine Entscheidung relativ spontan getroffen hatte«.

»Wissen Sie eigentlich, wann Madame Mercier und ihre Tochter beigesetzt werden«? fragte er.

»Lucas Bellier sagte mir, dass zwar eine kleine Trauerfeier stattfindet, aber Monsieur Mercier allein Abschied nehmen möchte. Und das müssen wir respektieren«.

Adrien Dupont räusperte sich. »Wie Sie wissen, habe ich vor über vierzig Jahren als Referendar hier im Verlag angefangen. Allerdings tat mir seine Frau manchmal leid, wenn sie mit ihrer damals kleinen Tochter, immer wieder weinend sein Büro verlassen hat«.

Er schüttelte den Kopf. »Und später hat Fabienne das Unternehmen genauso wie ihr Vater, weitergeführt. Lucas Bellier war ihr doch im Grunde nie gewachsen«.

»Trotzdem tut mir Robert Mercier sehr leid«, entgegnete Catherine.

»Mir tut der ehrlich gesagt überhaupt nicht leid«, antwortete er schroff.

»Warum haben Sie eigentlich keine eigene Familie gegründet«? fragte Catherine.

»Das hat sich nie ergeben«, murmelte er, stand auf und sah auf die Uhr. »Ich mach dann mal Feierabend. Hab nachher noch einen Handwerker im Haus«.

Catherine hatte das Gefühl, dass er nicht darüber reden wollte, aber sie wunderte sich nicht sonderlich darüber, denn er führte mit Kollegen auch sonst kaum private Gespräche.

Zwei Männer, die gerade lachend das Bistro betraten, rissen sie aus ihren Gedanken. Sie trank ihren Tee aus, gab dem Kellner ein gutes Trinkgeld und machte sich auf den Heimweg.

Als sie zu Hause ankam, saßen Carole und Philipe in der Küche.

»Was macht Ihr denn um diese Zeit schon hier«?
»Wir wollen mit Dir reden«, antwortete Philipe.
»Und worüber«? fragte Catherine, während sie ihre Jacke auszog.

»Bitte zieh nicht weg Mama«, begann Carole leise.

Sie sah ihre Kinder lächelnd an. »Macht Euch deswegen keine Gedanken, denn auch ich möchte nicht ohne Euch leben. Und Grand-mère sagen wir gar nicht erst etwas davon«.

Philipe und Carole umarmten sie wortlos.
»Jetzt muss ich mich aber beeilen, denn ich bin nachher bei Robert Mercier zum Essen eingeladen. Er wird zwar enttäuscht sein, wenn ich ihm meine Entscheidung mitteile, aber das kann ich leider auch nicht ändern«.

»Wir haben einen Haushaltsplan aufgestellt«, sagte jetzt Philipe. »Carole und ich werden uns ab sofort um das Geschirr und die Wäsche kümmern und …«.

»Das ist zwar sehr lobenswert«, unterbrach sie ihn. »Aber die Wäsche mache ich lieber selber, denn ich befürchte, dass ich mir sonst in Kürze neue Kleidung kaufen muss«.

»Aber …«, versuchte er erneut.

»Nichts aber«, entgegnete sie. »Räumt den Geschirrspüler ein und aus, wo der Staubsauger steht, wisst Ihr auch und tragt den Mülleimer runter, wenn er voll ist. Und jetzt ziehe ich mich zurück«.

Carole sah Philipe an. »Auch gut«.

Als Catherine kurz vor neun auf den Concierge in der Eingangshalle seines Hauses zulief, wurde ihr bei dem Gedanken, ihm heute eine Absage zu erteilen, doch etwas unwohl.

Andererseits, warum sollte sie deswegen ein schlechtes Gewissen haben? Schließlich war es ja ihr Leben.

Maria Costas die Haushälterin, begrüßte sie freundlich. »Salute Madame Moreau, ich freue mich, dass Sie da sind«.

Dann nahm sie ihr den Mantel ab und führte sie ins Esszimmer, wo Robert Mercier bereits wartete.

Er nickte ihr zu. »Schön, dass Sie meiner Einladung gefolgt sind Catherine«.

Er stand auf und zog einen Armlehnstuhl nach hinten. »Bitte setzen Sie sich doch«.

Catherine schluckte, denn so zuvorkommend hatte sie ihn noch nie erlebt.

»Danke«, sagte sie. »Das ist sehr nett von Ihnen«.

»Auch Maria wird heute mit uns essen«, sagte er sichtlich zufrieden.

Die kam gerade mit einer Pfanne herein. »Ich hoffe, dass Sie Paella mögen«, sagte sie lächelnd.

»Ja warum nicht«, antwortete Catherine. »Ich mag spanische Gerichte sehr gern«.

»Das Rezept ist von meiner Großmutter«, sagte sie stolz, während sie nun Rotwein eingoss.

»Dann lassen Sie uns den Abend genießen«, fügte Robert Mercier hinzu.

Sie plauderten während des Essens über belanglose Dinge, was Catherine sichtlich entspannte und sie hoffte sogar, dass er sie heute nicht mehr danach fragen würde, ob sie ihm nach Nizza folgen würde.

Doch darin hatte sie sich getäuscht, denn als Maria ihr einen Espresso gebracht hatte und sich zurückgezogen hatte, sagte er: »Sie wird auch mitkommen, worüber ich sehr glücklich bin, denn ohne ihre Kochkünste bin ich verloren«.

Er lehnte sich zurück, stopfte sich eine Tabakspfeife und beobachtete sie dabei aus den Augenwinkeln. »Haben Sie sich entschieden Catherine«?

»Ja das habe ich«, antwortete sie. »Und ich möchte auch nicht um den heißen Brei herumreden«.

Sie sah ihn offen an. »Ich danke Ihnen für Ihr Angebot und das Vertrauen, aber ich bleibe in Paris bei meinen Kindern und meiner Mutter«.

Robert Mercier entzündete ein Streichholz und blies ein paar Wölkchen in den Raum.

»Schade«, murmelte er. »Aber ich bin Ihnen deswegen nicht böse. Und sollten Sie es sich doch noch anders überlegen, oder zu einem späteren Zeitpunkt nachkommen wollen, steht Ihnen meine Tür immer offen«.

»Das ist sehr nett von Ihnen, aber im Moment kann ich mir das wirklich nicht vorstellen«.
Sie wollte jetzt das Thema wechseln und begann: »Übrigens steht seit gestern kein Polizeiwagen mehr vor meiner Tür. Wahrscheinlich rechnen die nicht mehr damit, dass Christian Clément sich bei mir meldet«.

»Das hat auch seinen Grund«, entgegnete er. »Ich hatte nämlich einen Anruf, dass er sich selbst gestellt hat«.

»Wirklich«? fragte sie erstaunt. »Ich kann mir aber nicht vorstellen, dass er mit dem Tod Ihrer Tochter etwas zu tun haben soll«.

Er sog nachdenklich an seiner Pfeife. »Ich habe nie einen Zweifel daran gelassen, dass ich über Fabiennes Scheidung von Lucas Bellier nicht glücklich war und über die Beziehung mit einem Studenten aus Deutschland schon gar nicht«, antwortete er und stand auf.

»Letztendlich mussten Beatrice und ich dies jedoch akzeptieren und haben versucht, das Beste daraus zu machen. Ob er etwas mit ihrem Tod zu tun hatte, wird die Polizei schon herausfinden und wenn das so ist, wird er die Konsequenzen tragen müssen. Nur bringt es mir meine Tochter und auch meine Frau leider nicht zurück«.

»Ich hielte es für ungerecht, wenn Sie für Beatrice Tod auch noch Christian die Schuld geben. Damit hat er doch nun wirklich nichts zu tun«.

»So meine ich das ja auch nicht«, entgegnete er. »Seit sie nicht mehr da ist, überlege ich, warum ich nie erkannt hatte, dass es ihr so schlecht ging. Wahrscheinlich war ich mit mir selbst zu sehr beschäftigt und dachte, dass es genügt, wenn ich hin und wieder einen Arzt kommen lasse. Wirklich geredet haben wir nicht darüber«.

Catherine überlegte. »Heute stand übrigens Adrien Dupont plötzlich bei mir im Büro«.
Robert sah sie fragend an. »Ja und«?

»Ich bin nicht sicher, ob ich Ihnen das erzählen sollte«, sagte sie vorsichtig.

»Warum nicht«? fragte er. »Er war einer meiner ersten Angestellten und immer loyal gegenüber unserem Verlag«.

»Genau davon hat er auch gesprochen und …«.
Sie zögerte einen Moment. »Na ja, er erzählte mir, dass er oft Mitleid mit Beatrice hatte, wenn sie

nach einem Streit weinend Ihr Büro verlassen hatte«.

Robert schluckte. »Wann soll denn das gewesen sein«?

»Da war Fabienne noch ziemlich klein«.

»Beatrice war damals ziemlich anstrengend«, antwortete er. »Der Verlag hat mich sehr beschäftigt und sie kam mit jeder Kleinigkeit ins Büro und wollte einen Rat. Ich gebe ja zu, dass ich manchmal etwas sanfter und vielleicht auch gelassener darauf hätte reagieren sollen. Geweint hat sie aber bei jeder Kleinigkeit und irgendwann habe ich das gar nicht mehr für voll genommen«.

»Das war sicher ein Fehler«, sagte sie vorsichtig. »Denn Ihr Selbstbewusstsein war, zumindest solange ich sie kannte, nicht das Beste«.

»Und deshalb war Adrien Dupont heute bei Ihnen«? fragte er.

»Nein«, antwortete sie. »Er erzählte mir, dass er froh sei, dass es keine Entlassungen geben wird und wollte dann wissen, ob eine offizielle Trauerfeier für Fabienne und Beatrice stattfindet. Ein Wort gab schließlich das Andere«.

Sie schwiegen einen Moment.

»Möchten Sie vielleicht einen Cognac, oder kann ich Ihnen etwas Anderes anbieten«?

»Oh nein danke«, antwortete sie schnell. »Ich möchte jetzt gehen«.

Sie stand auf und streckte ihm die Hand entgegen. »Vielen Dank für das Essen und grüßen Sie Maria von mir«.

»Der Concierge soll Ihnen ein Taxi rufen«, antwortete er und öffnete die Wohnungstür.

Sie nickte. »Sehr freundlich. Gute Nacht«. Schnell ging sie zum Aufzug und als sie nach unten fuhr, atmete sie auf. ›Er hat sich unendlich viel Mühe gegeben, nett zu sein‹, dachte sie jetzt. ›Aber irgendwie wirkt das trotzdem seltsam. Vielleicht liegt es nur daran, dass ich ihn bisher kaum privat erlebt habe‹.

**

Isabelle Robin und Victor Levéfre waren am nächsten Morgen schon sehr früh im Büro.

Mit ihren Kaffeetassen standen beide vor der Pinnwand, wo Victor alle Personen, die mit dem Mordfall im Zusammenhang standen, noch einmal aufgelistet hatte.

»Ich habe die letzte Nacht kaum geschlafen«, murmelte er. »Und immer wieder über das gestrige Verhör mit Christian Clément nachgedacht. Abgesehen davon habe ich am Nachmittag zusammen mit Nicolas Eric Fabre verfolgt«.

Sie sah ihn fragend an. »Und«?
»Er ist in die ›Rue de Loraine‹ gefahren, wo er mit Fréderic Legrand verabredet war«.

»Dann stimmt also Ihre Vermutung, dass er interne Ermittlungen an ihn weitergegeben hat? Aber was nützt dem das«?

»Wahrscheinlich war ich komplett auf dem Holzweg«, antwortete er mürrisch. »Fréderic und Eric sind schon lange befreundet und der sucht seit seiner Scheidung eine Wohnung, die Fréderic ihm jetzt vermietet hat«.

Er stellte seine leere Tasse auf den Schreibtisch. »Ich werde nachher mit Eric sprechen und mich entschuldigen«.

Sie sah ihn verständnisvoll an. »Jeder kann sich mal irren«.

Er schüttelte den Kopf. »Das war einfach nur unprofessionell, diesen Fehler muss ich ihm gegenüber zugeben«.

»Ich habe gestern Abend mit Yves über Christian Clément gesprochen«, sagte Isabelle. »Und ihn noch einmal genau befragt, über was die beiden während der Fahrt nach Deutschland gesprochen haben«.

»Ist ihm noch etwas eingefallen«?

»Yves sagte, dass er anfangs nur aus dem Fenster gestarrt hat, aber ihm ist aufgefallen, dass er ein Buch unter seiner Jacke hatte, in dem Fotos gewesen sein sollen. Und immer wieder hat er die während der Fahrt angesehen«.

»Dann werden wir ihn nachher danach fragen«.

»Mich beschäftigt nach wie vor, dass zur selben Zeit des Brandes, der vom Keller ausging, die Wohnung von Fabienne Mercier verriegelt wurde«, sagte Isabelle Robin genervt. »Ich werde mir gleich noch einmal den Bericht der Spurensicherung und das Brandgutachten durchlesen. Irgendetwas müssen wir übersehen haben«.

Es klopfte an der Tür und Eric Fabre betrat das Büro.

»Guten Morgen«, sagte er steif. Dann sah zu Victor Levéfre herüber. »Haben Sie einen Moment Zeit für mich«?

Der nickte. »Selbstverständlich. Gehen wir nebenan«. Sie verließen das Büro und setzten sich in einen Besprechungsraum.

»Ich habe einen großen Fehler gemacht«, begann Victor Levéfre, bevor Eric überhaupt etwas sagen konnte. »Und Sie zu Unrecht verdächtigt, interne Ermittlungen weitergegeben zu haben. Nicolas Dubois hat mir von Ihren privaten Schwierigkeiten erzählt, aber ich habe einfach nur Rot gesehen, als ich den Namen von Fréderic Legrand gehört hatte«.

Eric schluckte. »Das heißt, dass damit die Angelegenheit erledigt ist und die Dienstaufsicht nicht eingeschaltet wird«?

»Genauso ist es«, antwortete der und stand auf. »Entschuldigen Sie bitte«.

Er streckte ihm die Hand entgegen, die Eric einen Moment ungläubig anstarrte.

Dann stand auch er auf und nahm sie. »In Ordnung Capitaine de Police und danke für Ihr Verständnis«.

Schnell verließ er den Raum und ging aufatmend durch den Flur. Er konnte es nach einer schlaflosen Nacht, in der er sich alle möglichen Szenarien ausgemalt hatte, nicht fassen, dass es kein Problem mehr gab und sich Victor Levéfre obendrein bei ihm entschuldigt hatte.

Schnell holte er sein Mobiltelefon aus der Hosentasche und betrat die Herrentoilette. Dann wählte er Fréderic`s Nummer. Er musste ihn unbedingt davon abhalten, Anzeige wegen Hausfriedensbruch zu erstatten, damit die Sache nicht doch noch offiziell aufgerollt wurde.

Währenddessen war Victor Levéfre wieder bei Isabelle Robin, hatte ihr von seinem Gespräch mit Eric erzählt und sagte zum Schluss: »Nachdem das vom Tisch ist, sollten wir uns auf den Fall konzentrieren und zusehen, dass wir endlich eine heiße Spur finden«.

Isabelle hatte sich bereits in die Gutachten vertieft und verglich diese miteinander. Auch las sie sich eingehend die Lebensläufe des Hausmeisters Alain Simon und seines Sohnes Ruven eingehend durch.

Plötzlich stutzte sie. »Dieser Ruven ist Autist, aber er hat Abitur, was ja nicht ungewöhnlich ist, denn diese Menschen sind zwar oft sehr introvertiert, aber dennoch hochintelligent«.

Sie las weiter und sagte schließlich. »Der Gutachter beschreibt ihn allerdings auch als sehr verspielt, was wiederum die Zündelei hinter dem Rücken seines Vaters an dem Benzintank erklärt«.

»Bewegt sich dieser Ruven eigentlich auch außerhalb des Wohnhauses seiner Eltern«? fragte Victor Levéfre nachdenklich. »Oder läuft er nur tagein tagaus hinter seinem Vater oder seiner Mutter her«?

Isabelle nickte. »Scheinbar ja. Der Gutachter empfiehlt dringend eine geförderte Ausbildung und dass er einer sinnvollen Beschäftigung nachgehen sollte. Er zitiert hier Einrichtungen, die derartige Projekte durchführen«.

»Wie alt ist Ruven jetzt«?
Isabelle beugte sich wieder über die Unterlagen. »Nächsten Monat wird er achtunddreißig, ziemlich spät für eine Ausbildung. Meinen Sie, dass er sich jetzt noch auf so etwas einlassen könnte«?

»Ich bin dafür kein Fachmann«, antwortete er und strich sich grübelnd über seinen Dreitagebart.

»Wir lassen jetzt noch einmal Christian Clément kommen und wenn sich nichts Konkretes ergibt, müssen wir ihn, mit der Auflage die Stadt nicht zu verlassen, vorerst sowieso gehen lassen. Und Eric

Fabre soll ihm mit einem Kollegen unauffällig folgen. Wir fahren noch einmal zu der ausgebrannten Wohnung, sehen uns in Ruhe um und sprechen auch noch einmal mit Alain Simon und diesem Ruven. Vielleicht bringt uns das doch noch weiter«.

Inzwischen war Nicolas Dubois an der Préfecture angekommen. Schweißperlen standen ihm auf der Stirn, denn er hatte am Vorabend eine große Menge Schnaps getrunken.

Ständig drehte sich ihm der Magen um und jetzt überlegte er, ob er sich nicht sofort krankmelden sollte.

Doch die Aktion gegen seinen Kollegen Eric Fabre, in die er sich mit hatte hineinziehen lassen, ließ ihn nicht ruhen.

Schnell holte er eine Schachtel mit Menthol-Dragees aus dem Handschuhfach.

»Egal«, murmelte er und öffnete die Wagentür. »Irgendwie werde ich den Tag schon überstehen«.

Er betrat das Gebäude, wo ihm ein Schwall abgestandene Luft entgegenkam. Wieder wurde ihm schwindelig.

Jetzt kam er an der Toilette vorbei und sah, dass die Tür nur angelehnt war.

Schwer atmend drückte er sie auf, da hörte er, dass scheinbar jemand in einer Kabine saß und flüsterte: »Fréderic, Du wirst es nicht glauben, aber Levéfre hat es wirklich geschluckt«, hörte er ihn hastig sagen. »Er glaubt jetzt auch, dass ich nur wegen der Wohnung mit Dir verabredet war und hat sich sogar bei mir entschuldigt. Und jetzt flehe ich Dich an, keine Anzeige wegen Hausfriedensbruch zu erstatten«.

Nicolas schluckte. ›Eric Du Verräter‹, dachte er grimmig. ›Und ich Trottel hab Dich vor Victor verteidigt und mir den ganzen Sonntag Gedanken gemacht, wie ich diese Observierung vor den anderen Kollegen erkläre. Na warte‹.

Der hatte gerade wieder aufgelegt.

Er betrat den Vorraum und trommelte mit den Fäusten gegen die Toilettentür. »Eric, komm sofort raus«, rief er wütend. »Sonst hole ich Dich«.

Langsam wurde das Schloss entriegelt. Zähneknirschend stand er ihm jetzt gegenüber.

»Sag mir, warum Du so etwas tust«, zischte er. »Und lüge mich ja nicht an«.

Eric, der sich kreidebleich gegen die Wand gelehnt hatte, flüsterte: »Fréderic hat mich angerufen, weil er für Christian Clément arbeitet. Der hat ihm versichert, dass er unschuldig ist und nicht wie Victor Levéfre behauptet, der Täter zu sein«.

Er sah ihn unsicher an. »Natürlich geht es Fréderic auch darum, den wahren Mörder vor ihm zu finden und Levéfre wie einen Idioten dastehen zu lassen, aber damit habe ich ganz bestimmt nichts zu tun«.

»Und diese Wohnung, wo wir gestern waren, ist also nur ein Vorwand gewesen, oder«?

Eric schüttelte den Kopf. »Nein, das war der Deal. Ich besorge ihm ein paar Informationen aus der Préfecture und er lässt mich in diese Wohnung einziehen. Ich habe meine Kinder schon vier Wochen nicht mehr gesehen, weil Julie sie nicht zu meinen Eltern fahren lässt. Jede Woche hat sie einen anderen Vorwand, aber wenn ich wieder mein ›eigenes Reich‹ habe, nehme ich mir einen Anwalt und setzte das Besuchsrecht, wenn es sein muss, auch gerichtlich durch«.

»Eric, Du verstößt gegen die Vorschriften«, flüsterte Nicolas. »Wenn das rauskommt, bekommst Du ein Verfahren an den Hals, wirst unehrenhaft entlassen, verlierst alle Pensionsansprüche und siehst Deine Kinder ewig nicht mehr«.

»Ich weiß«, krächzte der. »Ich kann Dich nicht daran hindern, dass zu melden, aber ich versichere Dir, dass Fréderic die Ermittlungen der Polizei nicht behindert hat«.

»Weiß er denn, wer die Tür von Madame Mercier verriegelt hat«?

»Soweit mir bekannt ist nicht«, antwortete er. »Aber er sagt, dass Christian Clément definitiv nicht der Täter ist«.

»Wo hat sich Christian Clément eigentlich versteckt gehalten«?

Eric schluckte und sah ihm direkt in die Augen.

»Wenn Du mir versprichst, mich nicht zu verraten, sage ich es Dir«.

»Nein, das werde ich nicht«, antwortete Nicolas kühl. »Aber ich könnte Dir vielleicht helfen, einigermaßen glimpflich aus der Nummer herauszukommen«.

»Und was willst Du jetzt tun«? fragte er unsicher.

»Ich gehe jetzt mit oder ohne Dich zu Victor Levéfre und sage ihm die Wahrheit, auf etwas Anderes lasse ich mich nicht ein«.

Erics Blick wurde starr vor Schreck.

»Los komm schon«, sagte Nicolas aufmunternd und klopfte ihm auf die Schulter. »Er ist kein Unmensch«.

Als sie das Büro betraten, waren er und Isabelle Robin gerade dabei, in den Verhörraum zu gehen.

»Nicolas, wie siehst Du denn aus«? fragte der. »Geht's Dir nicht gut? Du bist so blass um die Nase und wenn ich Deinen Mundgeruch richtig interpretiere, hast Du gestern zu tief ins Glas geschaut«.

Der winkte ab. »Es geht schon wieder. Können wir kurz miteinander reden«?

»Jetzt nicht«, antwortete Isabelle Robin. »Christian Clément wird gerade vorgeführt«.

»Dann muss er einen Moment warten«, entgegnete Nicolas. »Lieutenant de Police Eric Fabre möchte etwas aussagen«.

Victor wiegelte lächelnd ab. »Nein, das haben wir bereits geklärt und ich habe mich auch schon bei ihm entschuldigt«.

Eric unterbrach ihn. »Ich habe nicht die Wahrheit gesagt«.

Der sah ihn ungläubig an.

»Setzen wir uns und dann erzählt Eric Ihnen alles«, sagte Nicolas.

Mit finsterer Miene verfolgte er seine Schilderungen. Zum Schluss sagte er: »Christian Clément hat sich die ganze Zeit in einem Motel in der ›Rue Waldeck Rousseau‹ aufgehalten. Das liegt in der Nähe des Flughafens Orly. Der Besitzer heißt Françoise Bernard und ist ein Freund von Fréderic Legrand«.

»Was würden Sie jetzt an meiner Stelle tun«? fragte Victor Levéfre schließlich.

Eric starrte auf die Tischplatte. »Ich weiß es nicht«.

Victor Levéfre stand auf und sah zu Isabelle herüber. »Kommen Sie mit, denn Christian Clément wird sicher schon warten«.

Dann wandte er sich noch einmal an Eric: »Sollte Fréderic Legrand jetzt von Ihnen eine Nachricht erhalten, dass wir darüber Bescheid wissen, werde ich persönlich für Ihre Entlassung sorgen«.

Ohne seine Antwort abzuwarten, drehte er sich um und verließ das Büro. Isabelle Robin nahm schnell ihre Unterlagen und eilte ihm nach.

Auf dem Flur fragte sie: »Was wollen Sie denn jetzt wirklich tun«?

Victor Levéfre sah ungerührt geradeaus. »Eric Fabre kann sich bei Nicolas bedanken, dass wir vor dem Verhör mit Christian Clément erfahren haben, wo der die ganze Zeit war. Nur trotz seiner privaten, nachvollziehbaren Probleme ist sein Verhalten unentschuldbar«.
Wütend öffnete er die Tür des Verhörraums.

Christian saß mit verschränkten Armen am Tisch und sah ihn ungerührt an.

»Guten Morgen«, sagte Victor Levéfre und setzte sich ihm gegenüber. Isabelle Robin zog sich nun ebenfalls einen Stuhl hervor.

»Möchten Sie Ihrer gestrigen Aussage noch etwas hinzufügen, Monsieur Clément«? fragte er, nachdem er erneut den Aufnahmeknopf gedrückt hatte.

»Nein«, antwortete der. »Ich habe dem bereits Gesagten nichts hinzuzufügen«.

»Dann möchte ich Sie jetzt noch etwas Anderes fragen«, begann Victor Levéfre und lehnte sich zurück.

»Woher kennen Sie den Besitzer des Motels in der ›Rue Waldeck Rousseau‹, wo Sie sich die ganze Zeit aufgehalten hatten«?

Christian sah ihn erschrocken an und begann fieberhaft zu grübeln. ›Woher wissen die plötzlich davon‹?

Victor Levéfre sah ihn durchdringend an. »Es hat keinen Zweck uns etwas vorzuenthalten und wenn Sie uns nicht die Wahrheit sagen, bleiben Sie hier«.

Christian berichtete jetzt ausführlich von seiner Beziehung zu Fabienne und dem Album, dass er am Abend der Trennung gefunden und von ihrem Kind, dass sie ihm bis zum Schluss verheimlicht hatte.

Schließlich auch, wie er Fréderic kennengelernt und ihn gebeten hatte, parallel die Ermittlungen aufzunehmen, aus Angst, vorzeitig als potenzieller Täter zu gelten.

»Ich schwöre Ihnen, dass ich die Wohnungstür nicht verschlossen habe«, sagte er mit Nachdruck. »Mich interessiert genauso wie Sie, wer ihr das angetan hat und ich würde gerne wissen, ob ich der Vater des Kindes war, dass leider nie geboren wurde«.

Victor Levéfre sah ihn einen Moment nachdenklich an und lehnte sich nach vorn. »Na gut Monsieur Clément, wir glauben Ihnen und deshalb können Sie heute gehen. Das Verhör ist jetzt beendet«.

Er drückte den Knopf des Aufnahmegerätes und sah er zu seiner Kollegin herüber. »Sie rufen bitte in der Pathologie bei Dr. Lambert an. Bestimmt kann er die Vaterschaft noch klären«.

»Wo ist jetzt dieses Fotoalbum«? fragte Isabelle Robin.

»In diesem Motel bei Françoise«, sagte Christian.

»Dann fahren wir nachher dorthin«, sagte Victor Levéfre. »Zuerst sollte aber Robert Mercier erfahren, dass er ein Enkelkind hat«.

**

Fréderic saß währenddessen in seiner gemütlichen Küche, nachdem er mit Eric telefoniert hatte und sah grübelnd aus dem Fenster.

In dem kleinen Innenhof der Wohnanlage stand ein Klettergerüst, auf dem gerade zwei kleine Mädchen spielten.

Und wieder dachte er an sein Gespräch mit Roman Wagner, bei dem er am Vorabend vor der Wohnungstür gestanden war.
Völlig verschlafen hatte der ihm geöffnet und als er sich vorgestellt und ihm erklärt hatte, worum es ging, wollte der ihm sofort wieder die Tür vor der Nase zuschlagen.

Schließlich konnte er ihn aber doch noch dazu überreden, mit ihm zu sprechen und ließ ihn herein.

Niedergeschlagen hatte er ihm dann berichtet, wie sein bisheriges Leben und das des gemeinsamen Kindes mit Fabienne verlaufen waren.

Und von seiner Hoffnung, als die sich vor etwa vier Monaten unverhofft bei ihm telefonisch gemeldet und dazu gebracht hatte, seine Freundin in Deutschland zu verlassen, um bald mit ihr und Luce in Paris zusammen zu leben.

Er war in Tränen ausgebrochen, als er erzählte, dass er aus der Zeitung von ihrem Tod erfahren hatte.

Nachdem Fréderic wieder gegangen war, Françoise und Romans Nachbarn ins Motel gebracht hatte, war er nach Hause gefahren.

Marie hatte entsetzt zugehört und schließlich gesagt: »Das ist ja furchtbar. Fabienne hat anscheinend nach Belieben erst diesen Roman und dann auch Christian nur benutzt. Was willst Du denn jetzt tun«?

»Der Mörder von Fabienne muss gefunden werden und Robert Mercier erfahren, dass er einen Enkel hat«.

»Und was ist mit dem Kind von Beatrice, dass es vielleicht auch noch gibt«? hatte sie gefragt.

Fréderic schreckte durch das Klingeln des Telefons, das neben ihm lag, auf und sah die Nummer seines Bruders. »Hallo Jean«, sagte er. »Wie geht es Dir«?

»Hallo Frederic«, sagte der hörbar verlegen. »Ich brauche noch diese Woche das Geld, sonst kriege ich Ärger mit meinem Vermieter«.

»Schon gut«, antwortete der. »Ich mache nachher gleich eine Online-Überweisung«.

»Danke«, sagte Jean erleichtert. »Ich werde Dich auch ganz bestimmt nicht enttäuschen. Wie sieht`s denn eigentlich mit dem Bistro aus? Können wir in bald mit dem Einrichten beginnen«? fragte er vorsichtig.

»Ich war gestern dort, aber zwei Wochen musst Du Dich bestimmt noch gedulden, bis der Laden geräumt ist«.

»Mir fällt zu Hause die Decke auf den Kopf«, sagte Jean genervt.

Plötzlich fiel Fréderic etwas ein. »Hast Du Lust zu verreisen, um etwas für mich herauszufinden«?

»Wohin denn«? fragte der verblüfft.

»In die Schweiz«, antwortete Fréderic zufrieden.

Er hatte schon einige Male gegrübelt, wie er den Auftrag für Robert Mercier erledigen sollte, ohne Christian Clément zu vernachlässigen, der obendrein in U-Haft saß und ganz bestimmt haltlosen Anschuldigungen von Victor Levéfre ausgesetzt war.

»Komm doch heute Abend bei uns vorbei, dann erkläre ich Dir, worum es geht«.

»Gegen sechs«? fragte Jean zurück.

»Ja, meinetwegen«, antwortete der und legte wieder auf.

Dann ging er ins Gästezimmer, kramte sein Laptop hervor, dass er von Marie zu Weihnachten geschenkt bekommen hatte und loggte sich bei seiner Hausbank ein.

Zufrieden sah er sich die Kontoauszüge an und füllte schließlich die Überweisung für Jean aus.

Er hatte dreitausend Euro eingetragen, denn ihm war klar, dass der sonst nicht an den Lac Leman fahren konnte, um in dieser Kurklinik, wo Beatrice Mercier 1976 behandelt wurde, zu ermitteln.

Nachdem dies erledigt war, recherchierte er im Internet, welche Ärzte in dieser Zeit dort tätig waren, buchte für Jean in einem nahegelegenen Hotel ein Zimmer und ein Bahnticket, mit dem er am darauffolgenden Tag dorthin reisen konnte.

›Eigentlich ist er darum zu beneiden‹, dachte er lächelnd. ›Schließlich ist die Schweiz immer eine Reise wert und wie ich Jean kenne, wird er die Gelegenheit nutzen, um fast einen Urlaub daraus zu machen‹.

Dann druckte er alle Unterlagen aus, heftete sie in einer Mappe zusammen und sah auf die Uhr.

›Ich werde jetzt Robert Mercier anrufen und einen Termin vereinbaren‹.

Als er seine Nummer gewählt hatte, war seine Haushälterin dran, die ihm sagte, dass er gerade

Besuch von der Polizei bekommen hatte. »Kann ich etwas ausrichten«? fragte sie weiter.

»Nein danke«, antwortete er hastig. »Ist nicht so wichtig«. Schnell legte er wieder auf und grübelte einen Moment. Dann nahm er seine Jacke und ging zu seinem Auto.

Als er schließlich vor dem Haus von Robert Mercier ankam, sah er einen schwarzen Citroen stehen. Er vermutete, dass der Victor Levéfre gehören könnte. Er schaltete die Zündung aus, setzte sich die Sonnenbrille auf und sah gespannt zum Eingang.

Plötzlich wurde die Tür geöffnet und wie erwartet trat der auf den Gehsteig, lief zu einem dahinter parkenden Audi und beugte sich am Fenster der Beifahrerseite hinein.

Fréderic erstarrte, als er jetzt Isabelle Robin erkannte, die zusammen mit Christian Clément und Robert Mercier das Haus verließ. »Wieso ist er denn mit dabei«? flüsterte er.

Jetzt wurde er kreidebleich. »Christian, Du hast gesungen«.

Schnell nahm er sein Mobiltelefon. »Nimm ab Françoise«, zischte er ungeduldig. Endlich ging der ran.

»Françoise, hier ist Fréderic«, rief er. »Es könnte sein, dass Du in Kürze Besuch von den ›Flics‹ bekommst und …«.

Der unterbrach ihn. »Die waren schon vor einer Stunde zusammen mit Christian hier«.

»Und was haben sie gewollt«?

»Die haben das Fotoalbum gesucht. Christian hatte es oben im Zimmer gelassen«.

»Hast Du etwa auch Schwierigkeiten bekommen«? fragte Fréderic vorsichtig.

»Nein, Gott sei Dank nicht«, seufzte er. »Die wissen zwar, dass Christian bei mir gewohnt hat, aber der hat erklärt, dass ich von der Fahndung nach ihm nichts gewusst habe«.

»Da bin ich ja beruhigt«, antwortete Fréderic. »Hast Du eine Ahnung, was die jetzt vorhaben«?

»Ich schätze mal, dass die an den Jungen von Roman heranwollen«.

»Ja das glaube ich auch, denn ich stehe gerade vor der Wohnung von Robert Mercier, der soeben mit den Levéfre in einen Wagen gestiegen ist. Nur Christian steht immer noch daneben«.

Der Wagen rollte aus der Parklücke und fuhr davon. Christian sah ihnen nachdenklich hinterher, steckte die Hände in die Hosentaschen und ging langsam davon.

»Ich muss jetzt auflegen, bis später«, sagte Fréderic und warf das Telefon achtlos in eine Ablage.

Er wartete, bis der an der nächsten Kreuzung um die Ecke gebogen war und startete seinen Wagen. Er wollte auf jeden Fall mit ihm sprechen, ohne dass die beiden Beamten, die immer noch am Eingang postiert waren, dies mitbekamen.

Langsam fuhr er los und als er Christian erreicht hatte, ließ er die Scheibe herunter. Der sah ihn erschrocken an.

»Spring rein«, rief Fréderic mit ernster Miene.

Etwas unsicher öffnete der die Beifahrertür und setzte sich. Fréderic gab Gas.

Wortlos fuhren sie die Straße entlang und blieben an einer roten Ampel stehen. Fréderic sah ihn von der Seite an. »Was hast Du denen alles erzählt«?

Christian schluckte. »Alles, was ich weiß«, murmelte er. »Aber denen war schon bekannt, dass ich die meiste Zeit bei Françoise gewesen bin. Ich habe ihn aber nicht mit hineingezogen und ...«.

Er unterbrach ihn. »Warum hast Du denen mehr vertraut«? fragte er beleidigt.

»Ich habe das nicht mehr ausgehalten Fréderic. Erstens, weil ich unschuldig bin und zweitens wissen möchte, ob ich überhaupt der Vater des Kindes war. Das wird jetzt in der Pathologie geklärt«.

»Und was ist mit mir«? zischte er. »Ich habe mich deinetwegen in laufende Ermittlungen eingemischt und ...«.

Er stockte.

»Eric«, flüsterte er. »Wenn die von ihm erfahren haben, dass Du bei Françoise gewohnt hast, ist auch alles andere herausgekommen und dann ist er fällig«.

Fréderic bremste scharf und hielt in zweiter Reihe. Hinter ihm hupte ein Lieferwagen.
Der Fahrer sprang heraus und kam schimpfend auf sie zu. Fréderic ließ die Scheibe herunter.

»Entschuldige bitte«, sagte er erschrocken. »Ich habe nicht aufgepasst«.

»Das war ja wohl das Mindeste«, antwortete der aufgebracht und ging murmelnd zurück.

Fréderic nahm erneut sein Mobiltelefon und wählte Erics Nummer. »Mist, nur die Mailbox«, rief er wütend. »Bestimmt hat Levéfre ihm einen Maulkorb verpasst«.

»Reg Dich bitte nicht so auf«, sagte Christian beschwichtigend. »Vielleicht kriegt er irgendwie die Kurve«.

»Erstens kennst Du die Vorschriften nicht und zweitens nicht die Konsequenzen, die einem Beamten in so einem Falle drohen«, antwortete Fréderic. »Abgesehen davon wird Levéfre bestimmt auch auf mich auch losgehen, der wartet doch bloß darauf«.

Wütend und nachdenklich starrte er durch die Frontscheibe. »Was ist jetzt eigentlich mit Dir? Stehst Du jetzt nicht mehr unter Verdacht«?

»Ich glaube nicht«, antwortete Christian leise. »Natürlich darf ich Paris im Moment nicht verlassen, bis alles aufgeklärt ist und muss mich alle achtundvierzig Stunden auf der Préfecture melden. Aber zumindest kann ich jetzt auch wieder mein Mobiltelefon benutzen«.

»Und wo wohnst Du jetzt«?

»Vorerst weiterhin bei Françoise, er hält das Zimmer, solange es nötig ist, für mich frei«.

»Soll ich Dich hinbringen«?

»Nein«, antwortete Christian. »Falls es Dir nichts ausmacht, könntest Du mich in das Verlagshaus in der ›Rue St. Antoine‹ bringen. Ich möchte mit Catherine Moreau sprechen und mich bei den Mitarbeitern verabschieden«.

Fréderic startete den Wagen und murmelte: »Liegt auf meinem Heimweg, hier kann ich anscheinend sowieso nichts mehr tun«.

Schweigend fuhren sie durch die Stadt. Irgendwann fragte Christian: »Wir bleiben doch Freunde«?

Fréderic sah aus den Augenwinkeln zu ihm herüber. »Ja, ich denke schon«.

Schließlich bremste er den Wagen am Eingang des Verlagshauses. »Wie hat eigentlich Robert Mercier reagiert, als Du heute so unverhofft mit der Polizei bei ihm vor der Tür gestanden bist«?

»Der ist natürlich erschrocken und wollte mich anfangs nicht hereinlassen. Isabelle Robin hat zuerst allein mit ihm gesprochen und dann konnte auch ich ihm alles erklären. Das war nicht leicht für ihn. Und als er erfuhr, dass Fabienne schon einen

Jungen hat, ist er fast zusammengebrochen, doch als er hörte, unter welchen Umständen dieser Luce jetzt lebt, hat er verlangt, sofort dorthin gebracht zu werden«.

»Du hast mich in den letzten Tagen ganz schön strapaziert«, sagte Fréderic versöhnlich.

Christian begann zu lächeln. »Ich danke Dir für alles Fréderic, vielleicht kann ich mich mal revanchieren«.

Der sah ihn lächelnd an. »Lieber nicht und jetzt steig aus. Nachher kommt mein Bruder zu uns nach Hause, ich muss mich beeilen«.

Christian öffnete die Wagentür und sah noch einmal zu ihm hin. »Hak die Sache mit Victor Levéfre jetzt ab«.

Er stieg aus und sah Fréderic nach, als der mit aufheulendem Motor losfuhr.

›Verrückter Kerl‹, dachte er und drehte sich zum Eingang.

Inzwischen standen die Kommissare und Robert Mercier vor dem mehrstöckigen Wohnhaus.

»Hier soll mein Enkel wohnen«? fragte er ungläubig, als er die Fassade betrachtete.

»Es sieht ganz so aus«, antwortete Isabelle Robin, während sie den Namen ›Wagner‹ auf dem Klingeltableau suchte. »Da steht er ja«.

Schon drückte sie auf den Knopf.

Plötzlich fuhr ein Kleintransporter vor. Ein Mann Anfang vierzig stieg aus, warf die Tür zu und lief mit einem Korb in der Hand auf den Eingang zu.

»Wen suchen Sie denn«? fragte er.

»Wir sind von der Polizei«, antwortete Victor Levéfre und hielt ihm seine Dienstmarke entgegen. »Wir suchen Roman und Luce Wagner«.

»Ich bin Roman Wagner«, sagte der erschrocken. »Worum geht es denn? Ist meinem Sohn etwas passiert«?

»Nein«, antwortete Victor Levéfre und trat an die Seite. »Wir haben seinen Großvater hierhergebracht«.

Der stellte sich jetzt vor ihn hin. »Mein Name ist Robert Mercier. Sind Sie der Vater meines Enkelsohnes Luce«?

»Ja, ich bin Luce`s Vater«.

»Wo ist der Junge«? fragte Robert streng.

»Oben in der Wohnung«, antwortete er verdattert. »Luce hatte sich heute Morgen nicht wohlgefühlt und deshalb war er nicht in der Schule«.

»Und wer kümmert sich um Ihn, denn bestimmt ist er doch allein«? fragte er weiter.

»So schlimm ist es nicht«, antwortete Roman unbehaglich.

»Dann werden wir uns alle gemeinsam davon überzeugen«, sagte Isabelle Robin beschwichtigend.

Sie gingen die abgenutzten Treppenstufen nach oben und Roman nestelte seinen Schlüsselbund aus der Tasche.

Gerade hatte er die Tür geöffnet, da rannte Luce ihm auch schon entgegen. »Papa, schön das Du da bist. Mir geht's auch schon wieder viel besser. Hast Du mir etwas zu Essen mitgebracht? Ich habe einen Riesenhunger«.

Jetzt sah er, dass ihn mehrere fremde Personen anstarrten. »Wer sind die Leute«?

»Jetzt sag erst mal allen ›Guten Tag‹ und dann mache ich Dir gleich was zu essen«, sagte Roman. Robert Mercier begann das Kinn zu zittern, denn Luce hatte dieselben nussbraunen Augen und einen kleinen Haarwirbel an der Stirn wie Fabienne. In ihm breitete sich plötzlich ein Gefühl der Glückseligkeit aus, die er schon lange nicht mehr empfunden hatte.

Er kniete sich lächelnd vor ihn hin und streichelte in vorsichtig über die Wange. »Mein Name ist Robert Mercier, ich bin Dein Großvater«.

Luce sah seinen Vater ungläubig an. »Papa«? fragte er. »Stimmt das«?

Der nickte. »Ja Luce, das stimmt«.

Schnell nahm er seinen Jungen auf den Arm. »Ich muss kurz mit den Polizisten und Deinem Großvater reden und dann mache ich Dir etwas zu essen, ok«?

Luce nickte eingeschüchtert, während Roman mit ihm davonging.

Als er die Tür des Kinderzimmers geschlossen hatte, sagte er: »Bitte überfordern Sie ihn nicht«. Dann führte er sie ins Wohnzimmer und sie nahmen auf der Couch Platz.

»Wir arbeiten bei der Mordkommission und kümmern uns normalerweise nicht um Familienzusammenführungen«, begann Victor Levéfre. »Nichtsdestotrotz sind auch wir wirklich gerührt«.

An Robert Mercier gewandt, sagte er jetzt: »Wir möchten kurz mit Roman Wagner allein sprechen, denn wir müssen ihm einige Fragen stellen«.

Der nickte. »Verstehe und wie ich sehe, gibt es ja hier einen Balkon. Ich werde hinausgehen, um durchzuatmen«.

Roman stand auf und entriegelt die verzogene Terrassentür. »Bitte sehr«, sagte er höflich. »In der Ecke steht ein Stuhl, falls Sie sich setzen möchten«.

Als sie allein waren, sagte Victor Levéfre: »Wir wissen, dass Sie mit dem Jungen vor etwa vier Monaten von Saarlouis in Deutschland nach Paris gezogen sind«.

»Ja das stimmt«, antwortete Roman.

»Wir ermitteln im Mordfall Fabienne Mercier, mit der Sie ja einen Sohn haben und waren auf der Suche nach Christian Clément. Der galt bis heute Morgen als dringend tatverdächtig. Er hat uns bei einem Verhör über Sie und Luce berichtet und da wir gegen ihn nichts in der Hand haben, müssen wir das gesamte Umfeld des Opfers abklopfen. Somit auch Sie«.

Er sah ihn durchdringend an. »Wo waren Sie heute vor einer Woche in der Zeit zwischen zwanzig und null Uhr nachts«?

»Ich bin nachmittags ab vier immer zu Hause«, antwortete Roman. »Morgens um vier stehe ich auf und hole mit dem Kleinbus Brot und Gebäck in der Zentrale. Damit fahre ich durch die Stadt und beliefere die Filialen. Dann komme ich heim, mache Luce ein Mittagessen und schlafe. Später helfe ich ihm bei den Hausaufgaben, wir gehen auf den Spielplatz, oder schauen fern«.

»Wann hat Fabienne eigentlich Kontakt mit Ihnen aufgenommen«? fragte Isabelle Robin.

»Ganz plötzlich«, seufzte Roman. »Sie hat mich angefleht, dass ich so schnell wie möglich nach Paris kommen soll, weil sie es ohne mich und Luce nicht mehr aushalten könne und ihre Beziehung zu diesem Christian Clément sowieso am Ende wäre«.

»Und da haben Sie dort einfach alles stehen und liegen gelassen«? bohrte Isabelle weiter.

»Schließlich hatten Sie doch dort auch eine Freundin«.

»Ja«, antwortete er betreten. »Maja war wie vor den Kopf geschlagen, aber ich Idiot habe mich von Fabienne ein zweites Mal einwickeln lassen, denn ich habe sie immer noch geliebt, obwohl wir nur eine kurze Affäre hatten«.

»Wie hat sie es denn geschafft, dass sowohl Ihre Eltern und auch ihr damaliger Ehemann Lucas Bellier weder von der Schwangerschaft und der Geburt des Kindes nichts mitbekommen hatten«? fragte Isabelle Robin interessiert.

Roman schluckte. »Kennengelernt haben wir uns in einer Bar in Paris. Hin und wieder haben wir uns heimlich getroffen und als klar war, dass sie schwanger ist, hat sie sich ein Projekt in Nizza gesucht und ihre Eltern gebeten, dass Anwesen, dass sie dort seit ewigen Zeiten besitzen, bewohnen zu dürfen. Eigentlich wollte sie dorthin fahren, um abzutreiben, aber es war bereits zu spät, sie war schon über den dritten Monat«.

Roman stand auf und ging jetzt zu einer Anrichte und zog eine Urkunde hervor. »Hier«, sagte er. »Die Geburtsurkunde von Luce, er wurde in einer Privatklinik in Nizza geboren. Danach wollte sie ihn nicht sehen, nicht halten und hat sogar das Stillen abgelehnt«.

Er setzte sich wieder. »Zwei Tage danach erklärte sie mir, dass sie das Kind zur Adoption freigeben will und niemand etwas erfahren soll. Aber das kam für mich auf keinen Fall in Frage«.

Er atmete durch. »Schließlich waren wir dort bei einem Advokaten, mir wurde das alleinige Sorgerecht übertragen und haben Stillschweigen vereinbart. Am nächsten Morgen ist sie zurück nach Paris gefahren und ich mit Luce in meine Heimatstadt Saarlouis, wo ich kurze Zeit später Maja kennengelernt habe. Den Rest kennen Sie ja«.

Die Kommissare sahen sich betreten an. »Und wie sollte Ihr Zusammenleben in Paris aussehen, als Sie wieder hier waren«? fragte Victor Levéfre.

»Sie hat mir erst einmal diese Wohnung besorgt und darum gebeten, etwas Geduld zu haben und gesagt, dass wir bald zusammenleben würden. Von ihrem Tod habe ich dann aus der Zeitung erfahren«.

Jetzt kam Robert Mercier herein. »Ich hoffe, dass Sie Ihre Fragen klären konnten, denn es wird Zeit, dass der Junge etwas Vernünftiges zu essen bekommt«.

Die Kommissare standen auf. »Kommen Sie bitte morgen auf die Préfecture«, sagte Isabelle Robin und gab Roman eine Karte. »Bezüglich Ihres Alibis werden wir ein Protokoll anfertigen, das Sie unterschreiben müssen«.

Der nickte und sah sie offen an. »Natürlich«.
Sie wandte sich an Robert Mercier. »Wir bringen Sie jetzt wieder nach Hause«.

»Nein«, antwortete der und drehte sich zu Roman um. »Ich möchte noch hierbleiben und auch einige Antworten bekommen, falls dies möglich ist. Gibt es hier einen Pizza-Service«?

»Ja«, antwortete Roman. »Ganz in der Nähe«.

»Gut, dann lassen Sie uns keine Zeit verlieren. Ich habe inzwischen meinen Concierge angerufen. Er holt mich später ab«.

**

Fréderic und Jean standen am nächsten Morgen am Pariser Hauptbahnhof, wo am Gleis der Schnellzug nach Genf bereitstand.

»Du hast genau zwei Tage Zeit, dort etwas über Beatrice Mercier herauszufinden«, sagte Fréderic und sah auf die Uhr über ihm. »Also trödle nicht herum und überziehe auf keinen Fall das Spesenkonto, das gestern Nachmittag extra dafür eingerichtet wurde. Robert Mercier ist ein Sparfuchs und hat mir gesagt, dass er eine transparente Abrechnung aller angefallenen Kosten wünscht. Enttäusch mich bloß nicht«.

»Ja, ja«, antwortete Jean genervt. »Ich werde bei Wasser und Brot in den Büschen liegen und die Klinik beobachten«.

»Zu Scherzen bin ich gerade nicht aufgelegt«, antwortete Fréderic streng. »Heute Nachmittag um drei hast Du den Termin bei diesem Arzt, der zwar nicht mehr praktiziert, aber dessen Sohn jetzt die Klinik leitet. Nach dem Telefonat mit Robert Mercier war er nur mit großer Überredungskunst zu einem Gespräch, zusammen mit seinem Vater bereit. Vermassele das ja nicht und sei pünktlich. Hast Du die Vollmacht und ...«?

»Warum fährst Du nicht gleich selbst dorthin, wenn Du mir überhaupt nicht vertraust«? unterbrach ihn Jean. »Ich habe mir schon gestern Abend dreimal dasselbe anhören müssen«.

Beleidigt warf er jetzt seine Reisetasche in den Zug und stieg ein.

Fréderic hob beschwichtigend die Hände. »Schon gut, aber die Sache ist eben sehr delikat und vergiss nicht, mich heute Abend anzurufen«.

Er begann zu lächeln. »Und lass die Frauen am Leben«.

Jean verdrehte die Augen und warf sich, ohne darauf zu antworten, die Tasche über die Schulter.

Fréderic hatte Jean dazu überredet, bei ihm zu übernachten, denn er befürchtete, dass der verschlafen und womöglich den Zug verpassen könnte.

Den ganzen Abend erläuterte er ihm dann alle Zusammenhänge, die die Familie Mercier betrafen und zwischendurch beschwor er ihn immer wieder, Stillschweigen darüber zu bewahren.

Die Türen wurden geschlossen und Fréderic sah schließlich den Rücklichtern nach.

Nachdenklich ging Fréderic jetzt in die Abfertigungshalle zurück und sah sich um. Dann steuerte er auf einen Coffee-Shop zu, der im Moment nur wenige Gäste hatte.

In einer Ecke saßen, ihm den Rücken zugewandt, zwei Männer, die sich flüsternd unterhielten.

Er bestellte sich einen Milchkaffee, setzte sich an den Tresen und schaute dem Jüngeren interessiert zu, wie der geduldig ein Mikado aus Streichhölzern vor sich auftürmte. Dabei strahlte er über sein dickes rundes Gesicht.

»Lass das«, zischte der Andere. »Für Deine sinnlosen Spielereien habe ich jetzt keinen Nerv. Ich muss gleich zur Arbeit und übermorgen treffen wir uns wieder hier um die gleiche Zeit. Hast Du das verstanden«?

Der Dicke nickte brummend: »Hm«.

Sie schoben ihre Stühle zurück und liefen, ohne jemanden zu beachten, an Fréderic vorbei, der sie eingehend fixierte.

Der Ältere trug einen Anzug mit Krawatte, Einstecktuch und hatte eine glänzende Aktenmappe bei sich. Er war klein, untersetzt und sah mit strengem Blick durch seine randlose Brille.

Der Jüngere dagegen, hatte strohblonde kurze Haare und trug eine ziemlich derb wirkende, dunkelblaue Latzhose, in die er jetzt seine Hände vergraben hatte. Er stolperte regelrecht hinter dem Älteren her.

›Seltsames Pärchen‹, dachte Fréderic und schüttelte den Kopf.

Er holte sein Mobiltelefon hervor und wählte erneut Eric Fabres Nummer. Er machte sich noch immer Gedanken, wie es ihm jetzt ging. Aber er sorgte sich auch darum, dass Victor Levéfre gegen ihn selbst vorgehen könnte.

Wieder war nur die Mailbox zu hören.

Genervt legte er auf und grübelte. ›Vielleicht ist er zu Hause bei seinen Eltern und falls nicht, werde ich wenigstens mit denen sprechen, um etwas über den Sachstand zu erfahren. Wie hieß denn gleich noch die Straße‹?

Dann fiel es ihm wieder ein. ›Avenue Curie‹.

Er trank seinen Kaffee aus und verließ den Bahnhof.

Unterwegs im Auto dachte er: ›Christian hockt wahrscheinlich entspannt bei Françoise und trinkt mit ihm Rotwein, während Eric und ich jetzt schauen müssen, wie wir schadlos aus der Nummer herauskommen‹.

Auch Marie hatte ihm am Vorabend die üblichen Vorhaltungen gemacht, nachdem er ihr erzählt hatte, was inzwischen passiert war.

Als er in die Straße einbog sah er, dass Eric und seinen Vater gerade im Garten einen Apfelbaum gefällt hatten.

Schwitzend kam der ihm entgegen. »Fréderic, was machst Du denn hier«?

Der hob die Schultern. »Ich habe Dich nirgends erreicht und deshalb bin ich eben hierhergefahren. Können wir kurz reden«?

»Komm rein«, antwortete er und öffnete die Gartentür.

Sie gingen zu einem Pavillon und setzten sich unter das schattige Dach. »Schön ist es hier«, sagte Fréderic beiläufig, als er sich umgesehen hatte.

Eric ging nicht darauf ein. »Ich musste meinen Jahresurlaub nehmen«, begann er. »Nicolas Dubois und Victor Levéfre haben mich regelrecht dazu genötigt, weil sie verhindern wollen, dass ich etwas über den Fall Mercier mitbekomme, da sie mir nicht mehr trauen. Levéfre hat allerdings völlig offengelassen, ob er die Sache doch noch weitermeldet«.

Ratlos sah er ihn an. »Eigentlich wollte ich mir in den Ferien für die Kinder Zeit nehmen, aber damit ist es jetzt Essig, nachdem ich gestern Abend mit Julie gesprochen habe. Die hat getobt, denn sie wollte mit ihrem neuen Freund allein in den Urlaub fahren, was natürlich jetzt nicht mehr geht«.

Fréderic lehnte sich nach vorn und nahm ihn am Arm. »Ruf sie an und sag ihr, dass für Deine Kinder gesorgt wird. Marie und ich werden das tun und Deine Eltern sind doch auch noch da. Außerdem bekommst Du die Kontaktdaten von meinem Anwalt. Lass Dich nicht erpressen Eric. Du musst Dir nicht immer einfach alles gefallen lassen«.

»Wollen wir ein Bier trinken«? fragte Eric. »Ich bin mit dem Auto hier«, antwortete Fréderic und stand auf. »Und muss zurück nach Hause, Marie wartet mit dem Essen. Außerdem erwarte ich noch einen wichtigen Anruf«.

An der Gartentür drehte er sich noch einmal um. »Kopf hoch Eric. Es wurden zwar viele, aber nicht alle Schlachten an einem Tag geschlagen«.

Schnell ging er zu seinem Wagen.

Als er wieder zu Hause ankam, wartete seine Frau bereits auf ihn. »Da bist Du ja endlich. Warst Du so lange am Bahnhof«?

Nein«, rief er erschöpft. »Ich komme von Eric. Levéfre hat angeordnet, dass er bis zur Klärung des Mordfalls Urlaub nehmen muss. Jetzt sitzt der bei seinen Eltern zu Hause und bläst Trübsal, weil er nicht mit den Kindern die Sommerferien verbringen kann«.

»Und nun«? fragte sie.

Fréderic zog sich die Jacke aus und sah sie lächelnd an. »Na was wohl? Ich habe ihm gesagt, dass er die Telefonnummer von unserem Anwalt bekommt, damit er das regeln kann und habe ihm angeboten, dass wir einspringen, falls die Kinder in der Luft hängen«.

Marie stemmte wütend die Arme in die Hüften. »Fréderic, Du kannst es einfach nicht lassen, oder? Wir hatten doch besprochen, dass Du nie wieder über meinen Kopf hinweg, Entscheidungen triffst, dessen Konsequenzen auch ich zu tragen habe«.

Mit rollenden Augen ging er ins Esszimmer.

Sie eilte ihm nach. »Warum tust Du das«?

Er atmete durch. »Das war ein Notfall«, murmelte er. »Außerdem ist das halb so schlimm.

Erics Kinder sind keine Babys mehr, wir könnten so einiges unternehmen«.

»Wir«? fragte sie skeptisch. »Du meinst wohl eher mich, denn wie ich Dich kenne, bist Du bestimmt tagsüber irgendwo unterwegs, während ich zwei Halbwüchsige bespaßen darf«.

Er begann zu lächeln. »Es steht Dir gut, wenn Du so wütend wirst«.

Dann hob er theatralisch zwei Finger. »Ich schwöre Dir, dass ich, falls die beiden uns wirklich ein paar Tage besuchen, vierundzwanzig Stunden zur Verfügung stehen werde«.

»Das glaube ich erst, wenn ich es tatsächlich erlebe«.

Er hob die Schultern. »Na ja, aber wenn Du nicht möchtest, dass die Kinder kommen, wirst Du es auch nie erfahren«.

Kopfschüttelnd drehte sie sich um und ging zurück in die Küche.

Sie verbrachten den Nachmittag zu Hause und als es kurz nach sechs war, schaute Fréderic immer wieder gespannt auf das Display seines Mobiltelefons. Genervt warf er es schließlich auf den Tisch und lehnte sich zurück.

Marie, die neben ihm saß und in einer Zeitschrift blätterte, sagte lächelnd: »Etwas abwarten zu können, war noch nie Deine Stärke«.

Plötzlich klingelte doch das Telefon. Er sprang auf und hob ab. »Jean, na endlich«, rief er erleichtert. »Was hast Du herausgefunden«?

Marie beobachtete seinen enttäuschten Blick, nachdem er zugehört und das Gespräch beendet hatte. »Jetzt rede schon«, sagte sie ungeduldig.

»Ich soll Morgen Punkt zwölf in das Verlagshaus kommen. Der Anwalt der Klinik möchte über Skype mit Robert Mercier direkt sprechen, nachdem er die Unterlagen heute durchgesehen hat. Jean selbst hat trotz Vollmacht keine Auskunft bekommen«.

»Dann hättet Ihr ja die Unterlagen auch gleich per Fax oder E-Mail schicken können«, sagte Marie entrüstet.

Fréderic begann zu lächeln. »Eigentlich schon, aber Jean wird das egal sein. Der macht sich jetzt bestimmt einen netten Abend in Genf«.

**

Victor Levéfre und Nicolas Dubois waren am nächsten Morgen auf dem Weg in die ›Rue Pierre Fontaine‹, um noch einmal mit dem Hausmeister, Alain Simon zu sprechen.

Vielleicht konnte er ihnen doch noch irgendetwas, irgendeine Kleinigkeit berichten, die übersehen, oder für unwesentlich gehalten worden war.

Sie hatten am Vortag, zusammen mit Isabelle Robin, noch einmal alle möglichen Theorien aufgestellt, wer der Täter gewesen könnte.

Die hatte spät am Abend von zu Hause eine E-Mail geschickt und sich krankgemeldet. Schon seit mehreren Tagen plagten sie Halsschmerzen, die sie einfach nicht loswurde. Jetzt hatte sie obendrein Fieber bekommen und musste nun leider auf Anordnung ihres Arztes das Bett hüten.

Als die Kommissare dort ankamen, kniete Alain Simon gerade mit seinem Werkzeugkoffer vor einem Kellerfenster des Wohnhauses und schien etwas zu reparieren.

Er bemerkte nicht, wie die auf ihn zuliefen.
Sie hörten ihn murmeln. »Das gibt's doch nicht. Jeden Tag ist das Fenster entriegelt, obwohl ich es fest von innen verschlossen hatte«.

»Gibt's Probleme«? fragte Victor Levéfre laut.
Alain Simon fuhr herum. »Haben Sie mich erschreckt«.

Prustend stand er auf und klopfte sich die schmutzige Cordhose ab. »Was kann ich denn schon so früh am Morgen für Sie tun«?

»Wir wollten noch einmal mit Ihnen reden, Monsieur Simon. Haben Sie etwas Zeit«?

»Worüber denn«? fragte der unsicher. »Ich habe Ihnen doch wirklich über alles was war, ausführlich und ehrlich Auskunft gegeben«.

»Das hoffe ich natürlich, dass Sie vor allen Dingen ehrlich waren«, antwortete Victor Levéfre mit unterschwelliger Stimme. »Aber vielleicht ist Ihnen ja noch etwas eingefallen, oder Sie haben uns etwas nicht erzählt, was Sie möglicherweise für nicht so wichtig gehalten hatten. Wer weiß«.

Der Hausmeister stutzte. »Ich habe nichts zu ergänzen und verschwiegen habe ich Ihnen ganz bestimmt auch nichts«.

Die Kommissare beobachteten ihn jetzt genau. ›Alain Simon liegt wie ein offenes Buch vor uns‹, dachte Victor Levéfre jetzt. ›Falls er uns etwas vorenthalten, geschweige denn gelogen hat, müsste er mindestens vier Semester Schauspielschule absolviert haben‹.

Er sah zu Nicolas Dubois herüber, der offensichtlich sinngemäß das Gleiche dachte und jetzt sagte: »Können wir uns noch einmal im Keller umschauen«?

Alain Simon hob die Schultern. »Meinetwegen schon, aber es gibt seit dem Brand immer noch kein Licht da unten«.

»Was ist denn mit dem Kellerfenster«? fragte Victor Levéfre weiter. »Wir haben vorhin gehört, wie Sie sagten, dass es geöffnet war«?

Alain Simon schob sich seinen abgenutzten Hut nachdenklich ins Genick. »Ja, es ist eigentlich unerklärlich, denn das ist schon mindestens das dritte Mal seit dem Brand, dass es morgens sperrangelweit offenstand. Dabei war ich jeden Abend extra noch einmal mit der Taschenlampe unten und habe mich vergewissert, dass es wirklich geschlossen war«.

»Wer betritt im Moment überhaupt den Keller, wenn es im Moment keine Beleuchtung dort gibt«?

»Nur ich«, antwortete Alain und wiegte den Kopf. »Na ja, hin und wieder auch mein Sohn Ruven. Aber nur, wenn ich dabei bin, denn allein findet er sich nicht zurecht«.

»Und was ist, wenn Sie Ihren Sohn gewaltig unterschätzen«? fragte Victor Levéfre. »Ich habe in dem Gutachten gelesen, dass er ziemlich intelligent sein soll«.

Alain Simon begann zu lachen, was in ein seltsames Husten überging. »Ruven macht keinen Schritt ohne mich, oder meine Frau. Die ist aber im Moment für zwei Wochen zu ihrer Schwester in die Normandie gefahren und somit nicht da«.

»Na dann müsste er ja jetzt bei Ihnen sein«, antwortete Nicolas Dubois stattdessen.

Alain Simon sah zu einem Fenster auf der gegenüberliegenden Straßenseite. »Da drin ist er und schläft noch. Der kommt vormittags so gut wie nie aus dem Bett«.

Victor Levéfre sah ihn ernst an. »Wir haben dem Gutachten auch entnommen, dass Ruven Autist ist und eine Förderung dringend empfohlen wird. Machen sie sich keine Sorgen, was aus ihm wird, falls Sie oder Ihre Frau mal krank werden? Wie soll er denn später mal allein zurechtkommen«?

»Das geht niemanden etwas an«, antwortete Alain forsch. »Ruven ist sehr eigen, aber wir lieben ihn und kümmern uns nach besten Gewissen um ihn«.

»Schon gut«, antwortete Nicolas Dubois beschwichtigend. »Wir holen jetzt eine Taschenlampe aus unserem Dienstwagen und sehen uns im Keller um«.

Kurz darauf gingen sie über eine alte Steintreppe nach unten und stand in dem fast völlig dunklen Flur. Nicolas Dubois leuchtete in alle Richtungen.

»Ist dass das Kellerfenster zur Straße? Und warum ist die Scheibe mit Stoff verhangen? Man kann doch so oder so von draußen nichts einsehen«.

Auch Victor Levéfre betrachtete jetzt den roten Fetzen.

»Ruven hat ihn vor ein paar Tagen davor gespannt«, murmelte Alain verlegen.

Die beiden Kommissare hatten jetzt den Eindruck, dass ihm das peinlich war.

»Hier unten befindet sich doch im Moment nichts Wichtiges, oder«? fragte Victor Levéfre weiter.

»Hier unten war immer nur meine Werkstatt und ein kleines Materiallager. Ist aber seit dem Brand alles vernichtet«.

Victor Levéfre überlegte und sah ihn streng an. »Ich möchte mit Ihrem Sohn sprechen und zwar jetzt sofort«.

»Warum denn«? fragte Alain Simon verdattert. Er ging nicht auf die Frage ein. »Ich möchte sofort Ihren Sohn Ruven sprechen«, wiederholte er.

»Meinetwegen«.

Als sie wieder die Treppe hinaufgegangen waren und im gegenüberliegenden Haus im Erdgeschoss vor der Wohnungstür standen, zog Alain Simon umständlich seinen Schlüsselbund aus der Tasche und drehte sich noch einmal um.

»Wenn wir drin sind, warten Sie bitte im Flur, denn ich muss an seiner Zimmertür anklopfen. Da darf niemand, nicht einmal meine Frau, hinein. Und seien Sie nicht so streng mit ihm, denn wenn er sich in die Enge getrieben fühlt, kann ich für nichts garantieren«.

Er öffnete die Wohnungstür, merkte aber nicht, dass sowohl Victor Levéfre, als auch Nicolas Dubois inzwischen ihre Dienstwaffen unter den Jacken entsichert und einen Finger am Abzug hatten.

Vorsichtig klopfte er jetzt an die Zimmertür. »Ruven«? fragte er leise. »Bist Du wach«?

Alle lauschten, doch es kam keine Antwort. Alain klopfte etwas lauter. »Mach auf Ruven«.

Plötzlich hörten sie eine dumpfe Stimme. »Geh weg Papa, ich möchte noch schlafen«.

Der klopfte jetzt mit hochrotem Gesicht energisch dagegen. »Du musst aber öffnen, die Polizei ist da«.

Wieder Stille.

Plötzlich wurde die Tür aufgerissen und ein etwa zwei Meter großer dicker Mann stürmte, nur mit einer Turnhose bekleidet, schreiend auf sie zu. Er schlug seinen Vater bewusstlos und rammte Nicolas Dubois die Faust ins Gesicht, bevor der reagieren konnte.

Mit weit aufgerissenen Augen stand er jetzt vor Victor Levéfre, der mit Schrecken feststellte, dass Ruven ein langes Messer in der Hand hielt und auf ihn zustürzte.

Entschlossen richtete er den Lauf seiner Pistole auf ihn und drückte ab.

Ein lauter Knall ertönte.

Ruven starrte ihn mit noch immer weit aufgerissenen Augen scheinbar ungläubig an und sackte zu Boden.

Vorsichtig ging Victor Levéfre auf ihn zu und hockte sich neben ihn. Dann versuchte er am Handgelenk seinen Puls zu fühlen. Nichts war zu spüren. Er war tot.

Er rutschte zu Nicolas, der genauso wie Alain Simon, noch immer reglos am Boden lag und eine dicke Platzwunde an der Stirn hatte.

»Was ist mit mir los«? flüsterte der, während Victor ihm ein Taschentuch auf die Wunde presste.

»Bleib liegen«, antwortete der. »Ein Arzt kommt gleich«. Schnell holte Victor sein Telefon aus der Jackentasche und wählte den Notruf.

Inzwischen rekelte sich auch Alain Simon und begann zu husten.

»Was ist denn passiert«? krächzte er und sah um sich. Als er Ruven tot neben sich liegen sah, begann er zu schreien. »Nein, bitte nicht«.

Victor Levéfre robbte zu ihm hin und nahm den verzweifelten, schluchzenden Mann in die Arme und hielt ihn fest.

Kurz darauf war die Straße gesperrt. Polizei- und Notarztwagen standen kreuz und quer vor dem Haus und der Verkehr wurde umgeleitet.

Victor Levéfre erklärte zwei Kriminalbeamten, den Hergang und dann wurden die Verletzten abtransportiert.

Er hatte sich inzwischen wieder gefasst und sagte zu den Beamten: »Wir durchsuchen jetzt die Wohnung und als Erstes beginnen wir mit dem Zimmer von Ruven. Seit vorsichtig bei allem was Ihr anfasst und die Spurensicherung muss schnellstens her«.

Vorsichtig öffnete er die Tür und sah in den dunklen Raum hinein, denn die Vorhänge waren noch immer zugezogen. Er suchte den Lichtschalter und fand ihn.

Als sich der Raum erhellte, waren sie sprachlos.

Alle Wände waren mit Fotos in Lebensgröße von Fabienne Mercier beklebt. Und mittendrin standen mehrere vernetzte Computer, die an hochauflösende Bildschirme angeschlossen waren.

Victor Levéfre ging langsam auf den Schreibtisch zu und sah, dass Ruven mit seinem Equipment scheinbar auch den Polizeifunk abhören konnte.

Er drehte sich zu seinen Kollegen um. »Holt die IT-Spezialisten noch dazu«.

Jetzt sah er noch einmal auf die Fotos an den Wänden und das lächelnde Gesicht von Fabienne Mercier.

Er schüttelte den Kopf. »Wahnsinn. Der Täter lebte die ganze Zeit im Haus gegenüber und wir haben es nicht geahnt«.

**

Fréderic und Marie hatten am Vormittag ausgiebig gefrühstückt, dabei Zeitung gelesen und darüber gesprochen, wie das neue Bistro umgestaltet werden könnte.

Der Pächter des Lebensmittelgeschäfts hatte sie schon früh am Morgen angerufen, dass er endgültig schließen würde und um Aufhebung des Vertrages gebeten.

Fréderic hatte natürlich zugestimmt und Marie war sofort Feuer und Flamme.

Sie hatte die Idee, Collagen und Aquarelle einer Freundin dort auszustellen, die nebenbei verkauft werden könnten. Auch die restlichen Möbel von Madame Noir aus dem ersten Obergeschoss wurden heute abgeholt, sodass auch Eric einziehen konnte.

Es waren zwar nach der langen Mietzeit der betagten Dame einige Renovierungsarbeiten notwendig, aber sicher für ihn kein Problem.

Fréderic sah jetzt auf die Uhr über der Tür, denn er musste pünktlich im Verlagshaus sein.

Er war sehr gespannt, was der Rechtsanwalt und der Seniorchef der Kurklinik über Beatrice Mercier berichten würden.

Am Abend hatte er noch das Bahnticket für Jean umgebucht und ihm gleich eine Nachricht auf sein Mobiltelefon gesendet.

Dass er schon heute zurückkommen musste, war dem natürlich gar nicht recht, aber Fréderic war das egal. Schließlich musste er sich ja bei seinem Auftraggeber rechtfertigen.

Schnell zog er sich um, gab Marie einen Kuss und war auf dem Weg. Während der Fahrt läutete die Freisprecheinrichtung.

»Legrand«, sagte er, während er in die ›Rue de Antoine‹ einbog.

»Salute Fréderic«, sagte Christian. »Wo bist Du gerade«?

»In der ›Rue de Antoine‹, habe gleich einen wichtigen Termin mit Deinem Ex-Schwiegervater«.

»Der hat mich auch angerufen«, antwortete er. »Ich bin schon im Foyer«.

»Na dann bis gleich«, antwortete Fréderic. Während er ausstieg, dachte er: ›Was hat Christian mit dem Klinikaufenthalt von Beatrice Mercier zu tun‹?

Doch jetzt hatte er keine Zeit mehr, darüber nachzudenken und schob die Glastür auf.

Christian stand am Tresen und der Concierge redete auf ihn ein.

Fréderic stellte sich daneben und nickte beiden zu. »Was ist denn los«? fragte er erstaunt.

»Die Polizei ist im Haus«, flüsterte der Concierge. »Oben bei Monsieur Mercier. Ich melde Sie gleich an«.

»Etwa Capitaine de Police Levéfre«? fragte Fréderic entsetzt.

Der nickte und nahm den Telefonhörer. »Salute Madame Moreau. Monsieur Clément und Monsieur Legrand sind soeben gekommen«.

Dann legte er wieder auf und sagte mit ernster Miene. »Man wartet auf Sie«.

Fréderic und Christian sahen sich fragend an und gingen zum Aufzug. Wortlos fuhren sie nach oben, wo Catherine Moreau bereits wartete.

»Fabiennes Mörder wurde heute Morgen von der Polizei erschossen«, sagte sie aufgeregt.

Christian wurde kreidebleich. »Wer war er«?

»Das erklärt Ihnen die Polizei, beeilen Sie sich«.

Sie liefen zusammen durch einen Flur.

Plötzlich kam ihnen ein Mann mit hastigen Schritten entgegen, den Fréderic sofort erkannte. Der lief an ihnen vorbei und man hatte den Eindruck, als ob es dem gar nicht recht war, ihnen jetzt zu begegnen. Fréderic blieb stehen und sah ihm grübelnd nach.

»Was hast Du«? fragte Christian.

»Wer ist das«? fragte Fréderic und zeigte auf ihn.

»Das ist Adrian Dupont«, antwortete Catherine. »Er ist gewissermaßen ein Urgestein des Verlagshauses. Vorhin hat er allerdings über Magenschmerzen geklagt. Lucas Bellier hat ihm soeben freigegeben«.

Fréderic schüttelte nachdenklich den Kopf. »Ich bin sicher, dass ich ihn gestern zufällig am Hauptbahnhof mit einem jüngeren Mann gesehen habe. Und geredet hat er mit ihm, als ob es sein Sohn gewesen wäre«.

»Da musst Du Dich irren«, antwortete Christian lächelnd. »Adrien Dupont ist überzeugter Single und soweit ich weiß, hat er auch keine Kinder«.

Er sah Catherine an: »Ist das richtig«?

Die nickte hastig. »Und jetzt kommen Sie bitte«.

Fréderic lief, noch immer zweifelnd, hinter den beiden her.

Schließlich betraten sie das Büro von Robert Mercier, der zusammengekauert auf einem Ledersessel saß.

Victor Levéfre stand neben ihm und als jetzt Fréderic hereinkommen sah, warf er ihm abschätzende Blicke zu, die der sofort erwiderte.
»Monsieur Mercier«, sagte Catherine leise. »Die Herren sind da«.

Der stützte sich schwerfällig auf, lief auf Christian zu und sah ihm mit trüben Augen ins Gesicht. »Ich muss mich bei Dir entschuldigen«, begann er mit heiserer Stimme. »Ich war fest davon überzeugt, dass nur Du es gewesen sein konntest, der meiner Fabienne das angetan hat. Es war ein Fehler und tut mir aufrichtig leid«.

Christian schluckte und sah zu Victor Levéfre herüber. »Wer war es denn nun«?

»Ruven«, antwortete Robert Mercier trocken. »Der Sohn des Hausmeisters«.

»Ruven«? fragte Christian entsetzt.

»Ja«, antwortete Victor Levéfre stattdessen. »Ich musste ihn heute Morgen im Rahmen einer Hausdurchsuchung leider erschießen, weil er erst auf seinen Vater losgegangen ist, dann Nicolas Dubois verletzt hat und schließlich mich mit einem Messer attackieren wollte«.

»Ruven«, flüsterte Christian fassungslos. »Ich habe ihn eigentlich nie wirklich beachtet, wenn er

Fabienne und mir im Hausflur oder auf der Straße entgegenkam«.

Er sah Victor Levéfre ungläubig an. »Sind Sie wirklich sicher«?

»Ja«, antwortete der. »Sein ganzes Zimmer war mit Fotos und Plakaten von Fabienne tapeziert. Ich habe vorhin mit unserem Polizei-Psychologen telefoniert, der jetzt noch am Tatort ist. Er ist sich sicher, dass er in Fabienne verliebt war. Wir reden also schlicht und ergreifend über das älteste Motiv der Welt, nämlich Mord aus Eifersucht«.

Er holte sein Smart-Telefon hervor. »Hier sehen Sie«.

Er zeigte Christian Fotos, die er selbst am Tatort gemacht hatte. »Dieser Ruven hat Fabienne und Sie sogar in ihrer Wohnung gefilmt und abgehört«.

Er zeigte auf die Überreste einer verschmorten Minikamera. »Bei der Überprüfung der Wohnung nach dem Brand hatten wir dem Ding keine Bedeutung zugemessen«.

»Keine Bedeutung zugemessen«? fragte Fréderic erbost. »Das wäre das erste Indiz, dem ich nachgegangen wäre«.

»Halten Sie sich raus«, fauchte ihm Victor Levéfre entgegen. »Sie bekommen bald noch genügend Gelegenheit, Ihre Meinung zu äußern«.

Fréderic kniff die Lippen zusammen und seine Augen wurden schmal. ›Wie ich ihn hasse‹, dachte er außer sich vor Wut, sagte aber nichts.

Robert Mercier hatte wortlos den Schlagabtausch verfolgt. »Ich möchte Sie jetzt bitten zu gehen Capitaine Levéfre und auch Du Christian«, sagte er leise. »Fréderic Legrand ist in einer anderen Sache hier, die rein privater Natur ist und nur mich etwas angeht«.

Christian sah zu Fréderic herüber. »Ich warte nebenan bei Catherine Moreau auf Dich, falls es Dir recht ist«.

Der nickte. »Bis gleich«.

Als sie allein waren, setzte sich Robert Mercier hinter seinen Schreibtisch und wandte sich an Catherine: »Verbinden Sie mich jetzt mit der Klinik in Genf«.

Sie schaltete den Bildschirm ein und verließ das Büro. Fréderic stellte sich hinter ihn.

Die Skype-Verbindung wurde aufgebaut und dann saßen sie den Ärzten und einem Rechtsanwalt gegenüber.

»Grüezi Monsieur Mercier«, sagte der freundlich. Dann deutete er zu den Männern neben sich. »Das sind Professor Moser und sein Sohn, die seit mehreren Generationen hier die Klinik leiten«.

»Ich bin sehr froh, dass wir auf diesem Wege miteinander sprechen können«, antwortete Robert Mercier. »Und jetzt möchte ich Sie bitten mir zu sagen, weshalb meine Frau 1976 bei Ihnen behandelt wurde«.

»Ich war damals der Chef der Klinik«, antwortete Professor Moser. »Und kann mich noch sehr gut an Ihre Frau erinnern. Sie war wegen schweren Depressionen bei uns. Anfangs wusste ich nicht warum, aber ich habe viele Gespräche mit ihr geführt und schließlich kam ich der Sache auf den Grund«.

Er sah ihn ernst an. »Beatrice hatte während Ihrer Ehe eine Affäre und wurde schwanger. Da sie sich nicht getraut hat, Ihnen dies zu gestehen, hat sie das Kind zur Adoption freigegeben«.

»In der Schweiz«? fragte Robert Mercier vorsichtig.

»Nein«, antwortete er. »Wahrscheinlich nicht. Das Kind ist nach Ihrer eigenen Aussage in Frankreich zur Welt gekommen. Wo es jetzt lebt, wissen wir allerdings nicht, denn darüber hat sie nie gesprochen, oder aber sie hat es selber nie erfahren. Mehr können wir Ihnen leider auch nicht sagen«.

Fréderic flüsterte: »Fragen Sie ihn bitte, ob er weiß, ob es ein Junge oder ein Mädchen ist«.

»Wir haben die Frage auch so verstanden«, antwortete der Professor lächelnd und blätterte in die Unterlagen.

Dann sah er wieder Robert Mercier an und hielt ihm das Foto eines jungen Mannes entgegen.

»Er dürfte der Vater sein. Beatrice hatte das Bild damals in ihrem Zimmer liegenlassen und wir haben es zu den Akten gelegt«.

Wieder las er in den Protokollen und sagte schließlich: »Die beiden bekamen einen Sohn, sein Name ist Ruven«.

Robert Mercier blickte starr, erst den Professor und dann zu Fréderic herüber.

Der beugte sich hastig nach vorn. »Kann ich das Foto von dem Vater bitte noch einmal sehen«?

»Natürlich«, antwortete der Professor und hielt es erneut in die Kamera.

»Bemühen Sie sich nicht«, krächzte Robert Mercier. »Ich habe ihn sofort erkannt«.

Fréderic sah ihn entgeistert an. »Sie kennen ihn«?

Der nickte und wandte sich noch einmal dem Bildschirm zu. »Vielen Dank meine Herren. Bitte haben Sie Verständnis, dass ich jetzt das Gespräch beenden möchte. Auf Wiedersehen«.

Schnell drückte er auf den Knopf und vergrub die Hände im Gesicht. »Oh mein Gott«, flüsterte er.

Fréderic sah ihn mitfühlend an. »Dann waren also Fabienne und Ruven Halbgeschwister«.

Robert Mercier saß noch immer reglos hinter dem Schreibtisch und antwortete nicht.

Fréderic ging jetzt grübelnd im Büro auf und ab. »Und falls Ruven gewusst hat, dass Fabienne seine Schwester war, konnte er nicht, wie von Levéfre vermutet, in sie verliebt gewesen sein. Er hat sie beschattet, weil er irgendwie an ihrem Leben teilhaben wollte«.

Jetzt war er sich ganz sicher. »Ja genau. Bestimmt war es so und Levéfre ist wieder einmal auf dem Holzweg«.

Er sah zu Robert Mercier herüber. »Sagen Sie mir, wer der Mann auf dem Foto ist«?

Mit flackernden Augenlidern antwortete der: »Adrian Dupont«.

Fréderic bekam runde Augen. »Der Mann, der mir vorhin auf dem Flur entgegenkam«? fragte er.

»Ich weiß nicht, ob Sie ihn vorhin gesehen haben«, antwortete Robert Mercier monoton.

Fréderic fasste sich an die Stirn, denn jetzt wurde ihm klar, dass er sich doch nicht geirrt und ihn am Vortag zusammen mit Ruven am Hauptbahnhof gesehen hatte.

Die beiden hatten also die ganze Zeit, obwohl Ruven in einer anderen Familie lebte, Kontakt miteinander.

Schnell öffnete er die Bürotür und ging zu Catherine Moreau. »Können Sie sich bitte um ihn kümmern? Ich muss dringend weg«.

Die nickte. »Selbstverständlich«.

Dann sah er Christian an, der erstaunt seine Kaffeetasse abstellte. »Was ist denn los«?

»Komm mit«, antwortete Fréderic.

Ohne seine Antwort abzuwarten, drehte er sich um und rannte zum Aufzug.

Als Christian schließlich bei ihm war, rief er ungeduldig: »Nun sag schon«.

Der nahm sein Mobiltelefon und wählte eine Nummer. »Verbinden Sie mich sofort mit Victor Levéfre«.

Christian sah ihn staunend an. Fréderic fasste ihm beschwichtigend am Arm und flüsterte, während er noch warten musste: »Gleich erkläre ich Dir alles«.

Währenddessen wurde Alain Simon im Verhörzimmer auf der Préfecture von Victor Levéfre mit Fragen überhäuft.

Auch Isabelle Robin war herbeigeeilt, nachdem sie in den Regionalnachrichten von einer Schießerei in der ›Rue Pierre Fontaine‹ gehört hatte.

Ihr Mann Yves hatte versucht, sie davon abzuhalten, denn das Fieber war noch immer nicht wesentlich gesunken, aber jetzt hielt sie es nicht mehr auf der Couch.

Schwitzend saß Alain Simon vor den Beamten. Er hatte wegen Ruven's hartem Schlag ein blaues Auge und trug zudem eine Halskrause.

»Haben Sie Ihrem Sohn die Computer und die andere Technik besorgt«? fragte Victor Levéfre. »Abgesehen davon, dass das ganze Zeug ein Vermögen gekostet haben muss, kann er das nicht allein in sein Zimmer getragen haben«.

»Ich schwöre Ihnen, dass ich keine Ahnung habe, wo dass alles hergekommen ist«, flehte der.

»Ruven hat sich jeden Tag dort eingeschlossen und auch meine Frau durfte nicht hinein. Er hat oft gesagt, dass er sein Zimmer alleine sauber hält und meiner Frau war das natürlich sehr recht. Sie hatte ja auch so schon genug zu tun«.

Es klopfte an der Tür. Victor Levéfre drehte sich genervt um. »Ich dulde jetzt keine Störung«.

Isabelle Robin stand auf und ging zu dem Beamten, der ihr hastig zuwinkte.

Kurz darauf kam sie zurück und sah ihn ernst an. »Unterbrechen Sie das Verhör und kommen bitte mit«.

Zähneknirschend stand der auf. »Was ist denn so wichtig«? zischte er im Flur.

»Fréderic Legrand und Christian Clément sind hier und wollen uns unbedingt sofort sprechen«.

Er atmete schwer. »Kann das nicht warten«? Sie schüttelte den Kopf. »Anscheinend nicht«.

»Na gut«, murmelte er. »Dann hat Alain Simon etwas Zeit, seine Aussagen zu überdenken, aber wenn das eine Finte von Legrand ist, köpfe ich ihn dieses Mal wirklich. Wo sind die beiden«?

»Bei uns im Büro«.

Er drehte sich um und ging mit schnellen Schritten davon. Isabelle Robin eilte ihm mit hochrotem Kopf hinterher.

Mit Schwung öffnete er die Tür. »Worum geht es«? fragte er steif. »Und beeilen Sie sich bitte, Alain Simon sitzt im Verhörraum«.

»Ich habe für Robert Mercier einen privaten Auftrag ausgeführt«, begann Fréderic ohne Umschweife. Dann berichtete er ihm von der Reise seines Bruders in die Genfer Klinik und dem heutigen Telefonat mit den Chefärzten.

»Das Beatrice mit Adrien Dupont fremdgegangen ist, geht eigentlich niemanden außer der Familie selbst etwas an. Sie wäre nicht die erst Frau, die daraufhin ein Kind bekommen hat«.

Weiter sagte er: »Aber glauben Sie mir, Adrian Dupont ist der Schlüssel dieses Falls«.

Er atmete noch einmal durch. »Ich denke, dass der die Tür von Fabienne verriegelt hat, während Ruven den Benzintank im Keller in Brand setzte. Er wusste zwar nicht, dass Fabienne und Christian zur gleichen Zeit einen Streit hatten, aber das kam ihm natürlich im Nachhinein gerade recht, denn damit konzentrierten sich alle Ermittlungen auf Christian«.

»Und warum soll er das getan haben«? fragte Victor Levéfre zweifelnd.

»Auch aus einem der ältesten Motive der Welt«, antwortete Fréderic gelassen. »Geldgier und Rache«.

Er verschränkte die Arme grübelnd vor sich. »Ich sehe das so. Beatrice hatte sein Kind nicht haben wollen und immer verleugnet, bekam aber zwei Jahre später mit ihrem Ehemann eine Tochter. Die wurde mit allem überhäuft, nur Ruven eben nicht.

Der vegetierte in biederen Verhältnissen bei diesem Hausmeister-Ehepaar vor sich hin und wurde nie gefördert. Ich könnte mir vorstellen, dass Adrian Dupont das nie verkraftet hat, zumal er ja auch im Verlag sicher mitbekam, dass die Ehe zwischen Beatrice und Robert Mercier nicht immer glücklich war. Und dann beginnt er einen Plan zu schmieden. Er will die ganze Familie, einen nach dem anderen vernichten und beginnt mit Fabienne. Als das mithilfe von Ruven schließlich gelungen war, wollte er bestimmt auch an Robert Mercier heran, denn Beatrice hatte sich ja bereits das Leben genommen. Ob er es wirklich versucht hat, weiß ich allerdings nicht«.

Victor Levéfre und Isabelle Robin sahen sich an und dachten das Gleiche. ›Der Einbrecher in Robert Merciers Wohnung‹.

»Und wenn es ihm gelungen wäre, auch Robert Mercier umzubringen«, sagte Isabelle Robin jetzt.

»Hätte er dafür gesorgt, dass bekannt wird, dass Beatrice Ruven's leibliche Mutter ist und dann hätte ihm gemäß Erbfolge alles gehört«.

»Genau«, antwortete Fréderic und hob einen Finger. »Es stellt sich nur noch die Frage, ob Ruven wirklich von den Simons adoptiert wurde, oder in einer Pflegefamilie untergebracht war. Wenn ja und Adrien Dupont war nach wie vor sein Vormund, hätte der das ganze Vermögen verwalten und bestimmt auch ausgeben können. Fragen Sie doch Monsieur Simon danach«.

Victor Levéfre sah seine Kollegin an. »Catherine Moreau sagte doch, dass sich Beatrice kurz vor ihrem Tod mit ›IHM‹ getroffen hat. Niemand konnte sich vorstellen, wer damit gemeint war. Es war Adrian Dupont. Und jetzt ist auch klar, wer das viele Geld bekommen hat, dass sie von den Geschäftskonten abgehoben hatte. Vielleicht hat er sie auch noch erpresst und gedroht, alles auffliegen zu lassen«.

Er schluckte. »Schreiben Sie sofort eine Großfahndung nach ihm aus. Ich gehe zurück in den Verhörraum«.

Er eilte zur Tür, da drehte er sich noch einmal zu Fréderic um, als wollte er noch etwas sagen.

Der saß jetzt mit verschränkten Armen da und erwiderte wortlos seinen Blick.

Als er kurz darauf die Préfecture mit Christian verließ, zwinkerte er ihm zu und flüsterte: »Na wie war ich«?

»Brillant«, antwortete er. »Jammerschade nur, dass Du Dich mit Levéfre nicht verstehst«.

Fréderic winkte ab und öffnete mit der Fernbedienung seinen Wagen: »Ich war nicht nur brillant, ich war ihm meilenweit überlegen«.

Schweigend fuhren sie durch die Stadt. »Was überlegst Du jetzt«? fragte Christian.

»Wie sind Beatrice Mercier und Adrian Dupont auf die Idee gekommen, dass Ruven ausgerechnet zu diesem Hausmeisterehepaar gegenüber von Fabiennes Wohnung kommt«?

Christian lächelte. »Das war bestimmt keine große Kunst. Die Wohnung gehörte ja schon ewig den Merciers und sie kannten das kinderlose Ehepaar sicher, seit sie selbst dort eingezogen waren. Bestimmt hatte Beatrice die Idee, ihn dort unterzubringen. So war der Junge in ihrer Nähe und Fabienne hat ihr sicher auch manchmal unbewusst von ihm erzählt, oder von Beatrice geschickt gestellte Fragen beantwortet. Auf jeden Fall wusste sie dadurch immer, wie es Ruven ging«.

Fréderic sah ihn verblüfft an. »Na sieh mal einer an«, sagte er mit verschmitzter Stimme. »Das war gerade hervorragend kombiniert«.

»Du vergisst, dass ich ein Journalistik-Studium begonnen habe«, antwortete der lächelnd.

»Und hoffentlich auch irgendwann erfolgreich abschließt«, antwortete Fréderic, ohne ihn dabei anzusehen.

»Das werde ich auch«, antwortete Christian selbstbewusst. »Ich habe mich schon bei zwei Unis erkundigt, wo ich mich in Kürze einschreiben werde«.

»Aber heute machen wir uns keine Gedanken mehr darüber«, sagte Fréderic. »Wir erzählen jetzt Marie davon und natürlich kannst Du auch bei uns übernachten. Und dann kippen wir uns kräftig einen hinter die Binde«.

**

Victor Levéfre und Isabelle Robin saßen nun schon seit über einer Stunde wieder im Verhörraum.
Zur gleichen Zeit waren mehrere Beamte auf dem Weg zum Wohnhaus von Adrien Dupont und auch alle Bahnhöfe und die Flughäfen waren informiert.

Mit gesenktem Kopf erzählte Alain Simon jetzt, wie Beatrice Mercier und Alain Dupont seinerzeit, mit einem kleinen Baby im Arm, eines Abends zu ihnen gekommen waren und es auch gleich über Nacht dagelassen hatten.

»Beatrice wusste ja schon einige Zeit, dass wir gerne eins gehabt hätten und machte uns den Vorschlag, eine Pflegschaft zu beantragen«.

Schniefend schilderte er weiter, wie sie seine Frau und ihn beschworen hatte, ihrem Mann Robert nichts zu sagen und auch sonst keine Fragen zu stellen. Und finanziell würden sie und der Vater des Kindes für alles aufkommen.

»Der Vertrag auf dem Amt war kein großes Problem«, sagte er weiter. »Und Adrian Dupont wurde als Vormund eingesetzt. Schließlich war er ja der leibliche Vater und so tauchte Beatrice Name in den Unterlagen nicht auf. Und beide riefen ja auch immer wieder an, fragten wie es Ruven ging und schickten regelmäßig Geld«.

»Eine Betreuerin vom Amt kam anfangs auch mal vorbei und sah sich bei uns um, aber ihre Besuche wurden mit der Zeit immer seltener und schließlich kam sie gar nicht mehr«.

»Wo haben die Merciers gewohnt, als Ruven zu ihnen kam«? fragte Isabelle Robin.

»Die hatten sich ein Jahr vorher das Stadthaus in der ›Avenue Victor Hugo‹ gekauft und die Wohnung vermietet, bis Fabienne diesen Lucas Bellier geheiratet hatte und selbst eingezogen war«.

Unbehaglich rückte er jetzt auf seinem Stuhl hin und her. »Aber Ruven wurde älter und plötzlich bemerkten wir, dass er sich irgendwie anders verhielt, als sonst Kinder seines Alters. Er wollte sich nicht anfassen lassen, begann auffallend oft Selbstgespräche zu führen und verkroch sich nach der Schule in seinem Zimmer. Wir waren bei Ärzten und Professoren, aber jeder sagte uns, dass er einfach nur etwas introvertiert, dennoch sehr intelligent sei und bestand alle Tests, die man dort mit ihm gemacht hatte«.

Jetzt sah er die Kommissare doch wieder an. »Natürlich waren wir froh über diese Aussagen, denn man möchte ja eigentlich auch nichts Anderes hören. Doch irgendwann war unübersehbar, dass mit ihm etwas nicht stimmte. Alles um sich herum begann er zu kontrollieren, nur nicht sein Essen. Wahllos stopfte er es in sich hinein und wurde immer dicker«.

»Wusste er, wer seine leiblichen Eltern waren«? »Wir haben es ihm nicht gesagt, denn wir wollten, dass er unbeschwert und fröhlich aufwachsen kann. Später hat er das selbst herausgefunden, denn er durchsuchte, wann immer er die Gelegenheit dazu bekam, alle Schränke.

Eines Tages sagte er uns beim Mittagessen, dass er wüsste, wer sein Vater sei und dass er ihn auch schon getroffen hatte«.

»Wissen Sie, wie der darauf reagiert hat«? Alain seufzte. »Adrian Dupont tauchte noch am selben Abend bei uns auf, hat uns Vorhaltungen gemacht, was aus seinem Sohn geworden sei und dass wir unfähig wären, ihn zu erziehen. Und ab sofort würde er sich jetzt regelmäßig mit ihm treffen«.

»Hat der ihm das ganze Equipment in seinem Zimmer besorgt«? fragte Victor Levéfre.

»Ich nehme es an«, antwortete er. »Meine Frau und ich waren es jedenfalls nicht, denn wir haben gar keine Ahnung von diesen Dingen«.

»Warum haben Sie uns bei Ihrem ersten Verhör nichts davon gesagt«? fragte Victor Levéfre mit finsterer Miene. »Dann hätten wir Adrian Dupont mit Sicherheit eher auf dem Schirm gehabt«.

»Ich hätte doch nie im Leben daran gedacht, dass er unseren Ruven zu so etwas verleiten könnte«, rief er entrüstet. »Und haben uns bisher noch nie etwas zuschulden kommen lassen«.

»Schon gut«, sagte Isabelle Robin beschwichtigend. Dann sah sie ihren Kollegen an.

»Wir können ihn vorerst nach Hause lassen, sobald er seine Aussage unterschrieben hat, oder«?

Der nickte und legte eine Visitenkarte auf den Tisch. »Aber sollte sich Adrian Dupont bei Ihnen melden, informieren Sie uns sofort«.

Alains Gesicht erhellte sich. Eilig rutschte er von seinem Stuhl. »Oh, vielen Dank«.

Kurz darauf verließ er die Préfecture und machte sich auf den Heimweg.

Währenddessen saß Catherine Moreau nachdenklich in der Metro. Sie hatte eine große Tasche mit Wäsche dabei, die sie heute unbedingt noch zu ihrer Mutter bringen musste.

Aber sie war spät dran, denn sie hatte noch ein langes Gespräch mit Robert Mercier gehabt. Jetzt machte sie sich große Sorgen, denn sie musste ihn in seiner schlechten Verfassung zurücklassen.

Schnell hatte sie noch ein Taxi gerufen, dass ihn nach Hause brachte, rief seine Haushälterin an, erklärte ihr alles Wesentliche und vergewisserte sich, dass er den Abend nicht allein verbringen musste.

Endlich, an der Haltestelle ›La Defense‹ angekommen, stieg sie aus.

Jetzt hatte es auch noch zu regnen begonnen. Genervt schlug sie sich den Kragen ihres Mantels nach oben und eilte an einer stark befahrenen Straße entlang.

Plötzlich bemerkte sie hinter sich einen Mann, der ihr wie ein Schatten folgte.

Ruckartig drehte sie sich um und erschrak. »Monsieur Dupont«, rief sie, als sie ihn erkannt hatte. »Sind Sie hinter mir her«?

Ungerührt stand der vor ihr und starrte durch die mit Wassertropfen benetzte randlose Brille.

»Sie müssen mich verstecken«, begann er mit grimmiger Miene.

»Ich Sie verstecken? Warum sollte ich das tun«? Drohend ging er langsam auf sie zu. »Ich habe eine Waffe in meiner Jackentasche«, zischte er. »Und jetzt vorwärts«.

Catherine schluckte und drehte sich um. »Wohin wollten Sie gerade«? flüsterte er hinter ihr.

»Ich bin auf dem Weg zu meiner Mutter in die ›Rue Voltaire‹«, antwortete sie ängstlich. »Sie wohnt hier ganz in der Nähe«.

»Das ist ja noch viel besser«, sagte er. »Darauf wird die Polizei bestimmt nicht kommen«.

Catherine blieb stehen. »Bitte«, flehte sie. »Lassen Sie meine Mutter in Frieden«.

Er antwortete nicht darauf, sondern zischte: »Weiter«.

Schließlich standen sie vor dem Mehrfamilienhaus und Catherine überlegte fieberhaft, was sie tun konnte.

Ihr Mobiltelefon hatte sie noch im Büro ausgeschaltet. ›Mist‹, dachte sie. ›Was mache ich denn bloß‹?

Umständlich kramte sie den Haustürschlüssel hervor und betrat den Flur. Dann ging sie zum Aufzug, der geöffnet war und sie fuhren nach oben.

Vor der Wohnungstür drehte sie sich noch einmal zu ihm um. »Bitte tun Sie ihr nichts«.

Mit starrer Miene antwortete er: »Los rein da«. Mit zittrigen Händen steckte sie den Schlüssel ins Schloss. »Hallo Mama«, rief sie und versuchte sich nichts anmerken zu lassen.

Schnell schob er sie hinein und drückte die Tür leise zu.

Catherine war inzwischen im Wohnzimmer, wo ihre Mutter um diese Zeit in ihrem Ohrensessel saß und Fernsehen schaute.

»Wundere Dich bitte nicht, denn ich habe einen Freund mitgebracht«, sagte sie und gab ihr einen Kuss auf die Wange.

Hastig sah sie zum Telefon, das neben ihr auf einem kleinen Beistelltisch stand und plötzlich fiel ihr etwas ein.

Ihre Mutter hatte einen Notrufknopf an einer silbernen Kette um den Hals hängen, der einen stillen Alarm in einer Servicestelle auslöste und in kürzester Zeit Hilfe kommen würde.

Doch vorher würde man versuchen, hier anzurufen.

Adrien Dupont stand inzwischen hinter ihr. Sie drehte sich zu ihm um und sah ihn an. »Sie können hierbleiben«, sagte sie steif. »Möchten Sie einen Tee«?

»Nein«, antwortete der. »Einen Cognac würde ich aber nehmen«.

»Bedienen Sie sich«, antwortete sie steif und deutete auf einen kleinen Wandschrank, in dem ihre Mutter einige Flaschen Alkohol aufbewahrte.

Die trank fast immer vor dem Schlafengehen ein Gläschen Wein oder Schnaps.

Catherine hatte schon lange aufgegeben, sie davon abzubringen, denn sie war der Meinung, dass sich dies mit ihren Tabletten, die sie täglich nehmen musste, nicht vertrug.

»Sehr freundlich«, antwortete er sarkastisch. Doch jetzt sah er das Telefon und wurde ernst.

»Sie werden mich doch wohl nicht für so blöd halten«. Er stieß sie zur Seite und riss den Stecker heraus.

»Was machen sie denn da«? fragte Catherines Mutter entrüstet.

»Sei still Mama«, flüsterte Catherine. »Das ist halb so schlimm«.

»Aber ich brauche doch mein Telefon«, antwortete sie.

Plötzlich stand Adrian Dupont drohend neben ihr. »Sie soll den Mund halten«.

Catherine nahm tröstend ihre Hand, während er jetzt zu dem Wandschrank in der anderen Ecke des Raumes ging.
Schnell drückte sie auf den Notrufknopf, der noch immer vor ihrer Mutter baumelte und drehte sich wieder zu ihm um.

»Haben sie den Schnaps gefunden«? fragte sie mit unschuldiger Miene.

Er antwortete nicht, nahm sich ein Wasserglas und schüttete es voll bis zum Rand. Dann prostete er ihr zu und trank es in einem Zug aus.

»Ah«, sagte er genüsslich und ließ das Glas auf den Boden fallen.

»Mein schöner Teppich«, beschwerte sich jetzt Catherines Mutter erneut. »Dieser Mann soll sofort gehen. Er ruiniert mir ja meine Wohnung«.

In diesem Moment klingelte es mehrfach an der Wohnungstür. Jemand rief: »Madame Richard, machen Sie auf«.

Adrien Dupont zischte: »Wer kann das sein«?

Catherine schluckte. »Das ist der Notruf-Service. Ich habe ihn alarmiert«.

Seine Augen wurden schmal. »Sie sagen denen, das alles in Ordnung ist und das Ganze ein Missverständnis war, sonst werden sie und Ihre Mutter das bereuen«.

Das Klingeln ertönte jetzt energischer. »Madame Richard«, rief der Mann wieder. »Wir haben Ihren Wohnungsschlüssel dabei und kommen jetzt herein«.

Schon wurde die Tür geöffnet. Der Sanitäter, ein etwa zwei Meter großer Mann, traute seinen Augen nicht, dass ein Mann Catherine eine Pistole an die Schläfe hielt.

»Verschwinden Sie und zwar sofort«, drohte Adrian Dupont. »Und sollte die Polizei hier auftauchen, bringe ich die beiden um«.

»Lassen Sie die Frau los«, antwortete der Sanitäter und ging langsam auf ihn zu.

Adrian zog Catherine rückwärts mit. »Sie sollen gehen, sonst mache ich Ernst«.

Er hatte jedoch nicht bemerkt, dass noch ein Sanitäter im Treppenhaus stand und mit der Polizei telefonierte.

Plötzlich stolperte Adrian über einen Schirmständer und stürzte mit Catherine rückwärts auf eine danebenstehende Kommode. Die konnte sich losreißen und rannte zu ihrer Mutter, die ungläubig das Geschehen verfolgt hatte.

Der Sanitäter stürmte los und entriss ihm die Waffe. »Michel«, schrie er. »Komm her und hilf mir«.

Adrian Dupont war bewusstlos.

Die Sanitäter öffneten schnell ihren Koffer und fesselten ihn mit einem festen Tape an Händen und Füßen.

Inzwischen konnten sie hören, dass mehrere Polizeiwagen mit heulenden Sirenen am Haus vorgefahren waren und Beamte die Treppe nach oben eilten.

**

Fréderic, Christian und Jean saßen am nächsten Morgen verkatert in der Küche. Ein frischer Wind ließ den Regen gegen die Fensterscheibe prasseln und der Kaffee wollte ihnen auch nicht schmecken.

Jean, der direkt vom Hauptbahnhof zu ihnen gefahren war, staunte nicht schlecht, als die beiden ihm erzählt hatten, was inzwischen passiert war.

Die Haustür klappte. »Guten Morgen«, sagte Marie und kam mit einem Korb herein. »Ich war gerade auf dem Markt und habe ein Frühstück mitgebracht«.

Fréderic zog die Augenbrauen zusammen. »Das ist sehr nett von Dir, aber ich glaube nicht, dass ich jetzt schon etwas herunterkriege«.

Sie drehte sich um. »Das wundert mich nicht. Ihr habt den ganzen Whisky ausgetrunken, den Du sonst immer wie Deinen Augapfel hütest«.

Auch Christian und Jean fühlten sich heute gar nicht wohl, denn eine solche Menge Schnaps war einfach zu viel gewesen.

Marie sah die Männer kopfschüttelnd an, die wie ein Häufchen Elend auf ihren Stühlen hockten.

»Na da bin ich mal gespannt«, sagte sie zweifelnd. »Ob Ihr heute wirklich beginnen wollt, die neue Bar auf Vordermann zu bringen«.

Das Telefon klingelte.

Fréderic zuckte zusammen, denn der schrille Ton fuhr ihm bis in die Haarspitzen. »Ich glaube, dass ich mich noch ein bisschen hinlegen muss«, murmelte er.

Marie, die inzwischen abgenommen hatte, kam jetzt herein und hielt ihm den Hörer hin.

»Robert Mercier ist dran«, flüsterte sie.

Fréderic schreckte auf. »Auch das noch«, flüsterte er. Er räusperte sich und sagte er mit heiserer Stimme. »Legrand«.

Dabei hatte er das Gefühl, dass der sogar durch den Hörer seine Alkoholfahne riechen konnte.

Doch dann setzte er sich plötzlich aufrecht hin. »Vielen Dank, dass Sie mich informiert haben Monsieur Mercier«.

Als er aufgelegt hatte, sah er zu Christian. »Adrian Dupont wurde gestern Abend gefasst«.

»Und wo«? fragte der gespannt.

»In der Wohnung von Catherine Moreaus Mutter«.

Christian blieb der Mund offen. »Ist Ihr etwas passiert«?

»Nein«, antwortete er. »Catherine ist mit der Metro unterwegs gewesen und Dupont muss sie verfolgt und gezwungen haben, die Wohnung zu öffnen. Er wusste aber nicht, dass ihre Mutter mit einem Notrufsystem verbunden war und als die kamen, hat ihn ein beherzter Sanitäter zur Strecke gebracht«.

Er wiegte den Kopf. »Kein schlechter Plan von Dupont, denn darauf wäre Levéfre bestimmt nicht so schnell gekommen«.

»Meinst Du nicht, dass es an der Zeit wäre, das Kriegsbeil mit dem zu begraben«? fragte Christian vorsichtig.

»Wir werden nie Freunde werden«, murrte Fréderic und verfolgte mit den Augen einzelne Regentropfen, die auf die Fensterbank tropften.

»Das müsst Ihr doch auch nicht«, sagte nun auch Jean. »Aber Du solltest einfach über Deinen Schatten springen und mit ihm reden«.

»Wieso springt der nicht über seinen Schatten und redet mit mir«? fragte er vorwurfsvoll.

»Weil der Klügere nachgibt«, mischte sich jetzt Marie ein.

Fréderic verdrehte die Augen und stand auf, denn er fühlte sich jetzt von allen Seiten in die Enge getrieben. »Lasst mich alle in Ruhe«, sagte er genervt. »Ich lege mich jetzt noch einmal ins Bett«.

Jean sah zu Marie herüber. »Was machen wir denn jetzt«?

Sie überlegte. »Ich weiß ja nicht, ob ihr Euch auch wieder die Bettdecke über den Kopf ziehen wollt. Ich schlage vor, dass wir jetzt in die »Rue Loraine‹ fahren und mit der Renovierung des Ladens beginnen. Wir schreiben Fréderic eine Nachricht und dann kann er ja nachkommen, wenn er seinen Rausch ausgeschlafen hat«.

Jean nickte lächelnd. »Das ist eine gute Idee, aber ohne Material und Werkzeug kommen wir nicht weiter«.

»Das habe ich gestern direkt dort anliefern lassen«, antwortete sie zufrieden. Sie sah von einem zum anderen. »Also Jungs, wollen wir«?

Die standen auf. »Na dann mal los«, sagte Jean und nahm die Autoschlüssel.

»Ich fahre«, sagte Marie streng an und schnappte sie ihm weg.

»Schon gut«, antwortete der und zog sich die Jacke über.

Als sie dort ankamen, stand Eric Fabre mit seinem Vater vor dem Haus und hatten gerade damit begonnen, einige Möbel von einem Kleintransporter abzuladen.

»Können wir helfen«? fragte Christian, als die schwitzend eine schwere Kommode zum Eingang schleppten.

Eric nickte. »Ja gerne und wenn die Möbel oben sind, mache ich mich gerne bei Euch nützlich«.

**

Isabelle Robin und Victor Levéfre hatten die ganze Nacht auf der Préfecture verbracht.

Nachdem Adrien Dupont von einem Arzt untersucht und trotz seiner Bewusstlosigkeit für hafttauglich erklärt worden war, hatten sie mit ihm ein langes Verhör geführt. Unter der Last der Beweise war der schließlich zusammengebrochen und hatte ein Geständnis abgelegt.

Jetzt saßen sie allein im Büro und tranken Kaffee. Jeder hing seinen eigenen Gedanken nach.

»Müssen Sie nicht nach Hause«? fragte er leise. Isabelle gähnte. »Eigentlich schon. Ich werde auch gleich gehen und mich erst mal ausschlafen«.

Sie sah zu ihm hinüber. »Und Sie? Sind Sie gar nicht müde«?

Er rieb sich die Augen. »Doch«, murmelte er. »Aber ich bin immer noch so aufgekratzt und komme einfach nicht zur Ruhe. Wenn ich bloß daran denke, was passiert wäre, wenn Catherine Moreau diesen Notruf-Service nicht hätte alarmieren können«.

Isabelle nickte. »Ja, wer weiß, aber es ist ja noch mal alles gut gegangen«.

Sie sah ihn ernst an. »Monsieur Levéfre«, begann sie zögernd. »Darf ich Sie etwas fragen«?

»Ja, natürlich«, antwortete er erschöpft. »Alles, aber bitte nichts Kompliziertes, denn dafür bin ich jetzt wirklich zu müde«.

»Mir geht es um Fréderic Legrand«, begann sie zaghaft.

Ärgerlich unterbrach er sie. »Ich sagte doch, bitte nichts Kompliziertes«.

»Aber eigentlich ist es doch gar nicht kompliziert«, antwortete sie leise. »Sie müssen, ob Sie nun wollen oder nicht, sowieso mit ihm über die Sache mit Eric Fabre sprechen. Nutzen Sie die Gelegenheit, abgesehen davon hat er einen großen Anteil daran, dass wir Adrien Dupont auf die Schliche gekommen sind«.

Unbehaglich sah er sie an. »Vielleicht haben Sie Recht. Ich werde darüber nachdenken«.

Sie und nahm ihre Handtasche und stand auf. »Ich gehe jetzt, bis morgen«.

Als Victor Levéfre allein war, lehnte er sich in seinem Schreibtischstuhl zurück und verschränkte nachdenklich die Arme.

Gerade, als ihm die Augen zufielen, klopfte es an der Tür.

»Herein«, rief er erschrocken und fuhr sich über das Gesicht.

Fréderic Legrand betrat den Raum und sah ihn ernst an. »Kann ich kurz mit Ihnen sprechen«?

Victor schluckte und setzte sich aufrecht hin.
»Ja natürlich«, antwortete er. »Setzen Sie sich doch«.

Fréderic sah ihn scheinbar ungerührt an. »Danke, aber ich möchte stehen bleiben«.

Jetzt stand auch Victor Levéfre auf und stellte sich ihm direkt gegenüber.

Fréderic begann: »Heute Morgen haben mir meine Frau, mein Bruder Jean und Christian Clément ins Gewissen geredet, unsere Fehde aus der Welt zu schaffen und deshalb bin ich jetzt hier. Ich denke, dass wir beide in der Vergangenheit Fehler gemacht haben, die wir uns jedoch gegenseitig nicht mehr aufrechnen müssen.

Auch glaube ich nicht, dass wir jemals wirklich Freunde werden, wir könnten uns aber in Zukunft mit Respekt, statt mit Hass begegnen. Und ich möchte Sie bitten, bei Eric Fabre Gnade vor Recht ergehen zu lassen, denn er ist ein guter Polizist«.

»Haben sie das zu Hause vor dem Spiegel auswendig gelernt«? fragte Victor Levéfre steif.

»Wollen Sie mich etwa verhöhnen«? fragte Fréderic zähneknirschend.

»Nein«, antwortete der und begann zu lächeln. »Eigentlich saß ich gerade da und habe überlegt, wie ich Ihnen sinngemäß das Gleiche sagen kann, denn Isabelle Robin hat mir bis vor einer viertel

Stunde ebenfalls ins Gewissen geredet, die Sache endlich aus der Welt zu schaffen«.

Er sah ihm in die Augen und dann hielt er ihm die Hand entgegen. »Danke«.

Der schluckte und nahm sie. »Keine Ursache Capitaine de Police Levéfre«.

**

Catherine hatte die Nacht bei Ihrer Mutter verbracht und saß jetzt mit ihr im Taxi. »Du kommst erst einmal mit zu uns«, hatte sie gesagt. »Ich lasse Dich hier nicht allein«.
Noch immer saß der Schock bei beiden Frauen tief, nachdem Adrien Dupont am Vorabend in Handschellen abgeführt worden war.

Die Sanitäter waren noch lange bei ihnen gesessen und als schließlich Victor Levéfre und Isabelle Robin hinzugekommen waren, mussten sie einige Fragen beantworten.

Irgendwann waren auch die wieder weg und sie hatte ihre Mutter ins Bett gebracht. Schlaflos hatte sich Catherine dann auf der Couch im Wohnzimmer hin und her gewälzt und war nicht zur Ruhe gekommen.

Jetzt war sie froh, wieder in ihre Wohnung zu kommen, wo Philipe und Carole schon ungeduldig auf sie warteten.

Als sie schließlich die Tür öffnete und ihre Mutter hereinführte, fielen die ihr um den Hals.

»Mama, Grand-mère«, schluchzte Carole. »Wie geht es Euch«?

Catherines Mutter nickte wortlos und ließ sich erschöpft im Wohnzimmer in einen Sessel fallen.

»Es ist alles in Ordnung«, flüsterte Catherine. »Aber im Moment möchte ich sie nicht alleine lassen«.

»Was ist überhaupt passiert«? fragte Philipe. »Setzt Euch«, antwortete sie.

Sie erzählte ihnen, was sich zugetragen hatte und sagte zum Schluss: »Jetzt bin ich sicher, dass meine Entscheidung in Paris zu bleiben, richtig war«.

Sie sah zu ihrer Mutter herüber, die inzwischen die Augen geschlossen hatte.

»Die ganze Aufregung hat sie sichtlich mitgenommen. Bleibt bitte bei ihr, dann kann ich inzwischen kurz zu Robert Mercier fahren. Ich mache mir große Sorgen, wie es ihm jetzt geht«.

Schnell verließ sie das Haus und winkte einem Taxifahrer zu.

Als sie schließlich vor seiner Wohnungstür stand und Maria Costas öffnete, hörte sie Kinderlachen.

»Salute Maria. Hat Monsieur Mercier Besuch, oder läuft der Fernseher«?

Die nickte lächelnd. »Sie werden es nicht glauben«, sagte sie aufgeregt. »Fabiennes Sohn

Luce und sein Vater sind vorhin gekommen und Monsieur Mercier zeigt ihm gerade Fotos seiner Mama aus Kindertagen, über die sich der Kleine köstlich amüsiert«.

»Dann möchte ich nicht weiter stören«, antwortete sie.

Plötzlich kam Robert Mercier zur Haustür. »Ach Madame Moreau«, sagte er freundlich. »Kommen Sie doch herein«.

»Ich wollte nur wissen, wie es Ihnen jetzt geht«, antwortete sie. »Aber wie ich gerade gehört habe, ist meine Anwesenheit überhaupt nicht erforderlich«.

»Danke der Nachfrage«, antwortete er lächelnd und nahm ihre Hand. »Übrigens hatte mich Capitaine de Police Levéfre noch gestern Abend angerufen. Es tut mir sehr leid, dass Sie und Ihre Mutter mit hineingezogen wurden. Wie geht es ihr«?

»Den Umständen entsprechend«, antwortete Catherine. »Ich habe sie vorläufig mit zu mir nach Hause genommen, Carole und Philipe kümmern sich gerade um sie«.

Er nickte. »Auch ich habe nachgedacht«, sagte er leise. »Ich werde nicht nach Nizza ziehen. Schließlich habe ich einen Enkel, für den ich jetzt da sein möchte und deshalb vorhin mit Lucas Bellier telefoniert«.

Sie sah ihn fragend an.

»Nein«, sagte er lächelnd. »Ich stelle meinen Rückzug aus dem Verlag nicht infrage, aber wir brauchen einen vernünftigen Job für Luces Vater und deshalb habe ich den Vorschlag gemacht, dass er ab nächste Woche bei uns im Versand arbeiten kann. Was meinen Sie dazu«?

»Das ist eine gute Idee«, antwortete Catherine. »Aber jetzt möchte ich Sie nicht weiter stören und werde wieder nach Hause fahren«.

Zufrieden und sichtlich beruhigt fuhr sie mit dem Fahrstuhl nach unten.

Als sie auf die Straße trat, betrachtete sie lächelnd den Eiffelturm, der von weitem zu sehen war. Und dann hatte sie eine Idee.

Schnell ging sie zur nächsten Metro-Station und stieg schließlich am ›Place du Trocadero‹ wieder aus.

Als sie den Eiffelturm erreichte, waren viele Touristen unterwegs, die alle das gleiche Ziel wie sie hatten.

Nach langer Wartezeit fuhr sie schließlich mit einer dänischen Reisegruppe auf die oberste Besucherplattform und stieg aus.

Nachdenklich sah sie über die Stadt, in der sie ihr ganzes bisheriges Leben verbracht hatte.

Hier wurden ihre Kinder geboren und hier war sie mit ihrem Mann Jules viele Jahre glücklich. Jetzt war sie sich ganz sicher.

›Ich bleibe für immer hier‹.

****

Bereits erschienen:

www.ingramcontent.com/pod-product-compliance
Lightning Source LLC
Chambersburg PA
CBHW020642030726